Numi Teusch

Teneriffa – Lichter und Schatten

Der zweite Guanchenkrimi
mit Evelyn Jakob und Bentagay de las Casas

ISBN-13 : 979-8873983636

Foto Cover Vorderseite, Rückseite & Gestaltung © Numi Teusch

www.numiteusch.de

Für meinen Vater
Dieter Teusch
† Barcelona 2020

Inhalt

Prolog

„Sastanàqqàm"

Ténéré sastanàqqàm
Indek tifut n- imidiwàn
Tiled tasnit, tiled achàkwa
Aynayàn wàràn issindjày
Tissanàd tabaràt
S- àkkoz itran dàgh ichinnawàn
Tinariwen

Issa

Ich bin Issa Touré der Sohn von Ali und Tachfine Touré aus Timbuktu, einer Stadt in der Wüste am nördlichen Ufer des Niger in einem Land dessen Grenzen von Kolonialmächten mit dem Lineal gezogen wurden. Mein Vater stammt aus dem Südosten des Landes. Seine Vorfahren gehören zum Stamm der Songhai, seine Haut ist dunkler als die meiner Mutter. Meine Mutter ist eine *Imuhar,* aber schon meine Großeltern haben ihre ursprüngliche nomadische Lebensweise aufgeben müssen und sind in die Stadt umgesiedelt.

Meine Mutter erzählte mir von den Karawanen, dem Sternenhimmel über der Wüste, den guten und den bösen Geistern, den *Kel Esuf.*

Ich bin weit weg von meiner Familie, meiner Heimat, der Klarheit der Wüste, und es fällt mir immer schwerer zu unterscheiden, ob es gute oder böse Geister sind, die ich gerufen habe, die mir erscheinen.

Ich bin nicht am Ziel, wie ich es gehofft hatte, das Ende der Reise ist nicht das Ende der Suche. Noch schweige ich.

Das Schicksal lässt sich nicht aufhalten aber vielleicht könnte ich ihm helfen, dem Schicksal? Könnte ich Einfluss nehmen auf seinen Lauf oder ist das zu vermessen? Ist das schon das Heraufbeschwören der bösen Geister, haben die bösen Geister mir sogar eingeflüstert das zu tun? Ich weiß es nicht. Ich habe Beweise gesammelt. Und ich habe jemanden kennengelernt. Er sieht aus wie ein Krieger, wie eine dieser Bronzefiguren, die an der Promenade von Candelaria stehen, mit dem Rücken zum Meer. Die Wellen des Ozeans können ihnen nichts anhaben. Groß, muskulös, die halb langen Haare mit einem Stirnband gebändigt, eine weiße Muschelkette um den Hals. Es ist keiner von denen, die den Eroberern ein Friedensangebot machen. Er trägt einen Speer als Waffe. Vielleicht kann er mir helfen. Er sagt, dass er für eine Hilfsorganisation arbeitet. Er sagt, ich soll ihm die Beweise zeigen. Ich will jedoch erst sehen, ob er ein ehrenwerter Mensch ist, ob man ihm trauen kann und ob er überhaupt etwas erreichen kann. Nicht für mich, sondern für meine Brüder und Schwestern hier und für die Mitglieder meiner Familie, die auf dem Weg hier her sind. Wie viele werden sich noch auf die Reise begeben? Nein, geht nicht, möchte ich ihnen zurufen. Auch Eyadou, der jüngste Sohn meiner Tante ist aufgebrochen. Vor ihm liegt ein langer gefährlicher Weg und ich bange Tag um Tag um ihn. Ob er schon tot ist, überfallen wurde, eingesperrt? Aber ich schiebe die dunklen Gedanken weg. Ich schreibe ihm, obwohl ich sehe, dass er meine Nachrichten schon lange nicht mehr angeschaut hat. Ich mache Andeutungen über meine Pläne. Und ich habe ihm die Koordinaten geschickt.

In meinen Träumen habe ich einen Schutzpatron. Einen guten Geist, der mich beschützt. Es ist der Geist eines Guanchenkönigs. Er bedeutet mir, ihm zu folgen. Er wandert mit mir in die Berge. Er zeigt mir die Höhle und die Zeichen, die ich selber auf einem Spaziergang gefunden habe. Er passt auf mich auf. Er tröstet mich, wenn ich mich fürchte. Aber wenn die Angst überhandnimmt, wenn die Schatten immer dunkler werden, dann wird auch er immer ungeduldiger, bedrohlicher. Er schaut mich durchdringend an, fuchtelt mit seinem Speer und stößt unverständliche Laute hervor. Er ist ärgerlich, weil ich ihn nicht verstehe. Ich habe den Eindruck, dass er mein Verhältnis mit der traurigen Frau nicht gut heißt. Ihre Traurigkeit erstickt mich, legt sich auf mich wie Zementstaub. Ich weiß nicht mehr, ist das jetzt Traum oder Wirklichkeit. Guter oder böser Geist, ich schreie „*əgəl*! Geh weg!“, aber es kommt kein Laut heraus. Ich will weglaufen, aber ich bin wie festgefroren. Ich reiße mir mein T-Shirt vor den Mund, damit die bösen Geister nicht in mich eindringen können.

Das Schicksal war lange genug ungerecht.

1. Kapitel

„Willkommen, Bienvenue, Welcome“

Willkommen! And bienvenue!
Welcome!
Fremder, étranger, stranger
Glücklich zu sehen Je suis enchanté
Happy to see you
Bleibe, reste, stay

Joel Grey

Evelyn

„Willkommen - *bienvenue - welcome*! Im Cabaret, *au Cabaret, to Cabaret*“, ich war auf dem Weg zu den Gepäckbändern und trällerte die Einstiegs-Melodie aus einem 70er Jahre Film mit Liza Minelly und Fritz Wepper vor mich hin. Auf den Trennwänden, die mich vom Transitbereich des Flughafens trennten, stand allerdings nicht *bien venue* sondern *bienvenidos* drauf. Und auf den Sonnenschutzrollos stand *Tenerife amable* - liebliches Teneriffa - wen wollten sie hier in die Irre führen? Wer es nicht schon vorher wusste, hatte spätestens eben beim Landeanflug gesehen, dass die Landschaft alles andere als lieblich war. Von Norden her kommend, hatte La Palma rechts gelegen und Teneriffa links, dazwischen blaues Meer und weiße Wellen. Der Pilot war eine halbe Umrundung um den Teide geflogen, den mit seinen 3.700 m höchsten Berg Spaniens - immer wieder beeindruckend. Mit Kribbeln im Bauch und Neugier auf alles, was mich erwartete, hatte ich von oben auf die Südhälfte der Insel gestarrt: Es sah aus, als würden wir gleich auf dem Mars landen. Und ein paar Quarantäne-Unterkünfte für menschliche Siedler gab es offensichtlich auch schon. In Wirklichkeit waren das da unten wohl neue Ferienhäuser, aber - eingekeilt zwischen Autobahn und Flughafen - sahen sie aus, als ob ein Kind ein paar große Bauklötze aus dem Flugzeug geworfen hätte. Ich war mir sicher, dass diese Appartementkomplexe vor drei Monaten noch nicht da gewesen waren. Ob

Ben schon draußen auf mich wartete? Ob wir gleich in seine neue Wohnung fahren würden und ...?

Die Halle mit den Gepäckbändern wurde von einem riesigen Teneriffa-Relief dominiert. Wenn man auf die Knöpfe darunter drückte, konnte man verschiedenfarbige Lämpchen zum Leuchten bringen. Nach welchem System war mir allerdings auch nach eingehender Betrachtung nicht klar geworden. Alle Passagiere aus der Maschine waren inzwischen versammelt, was nicht da war, war das Gepäck. Vor dem Band war ein heilloses Gedränge, ich musste weit abgeschlagen warten und den Hals recken, um etwas zu sehen. Eine verschwitzte, dicke Frau mit einem leeren Gepäckwagen und sturem Blick nach vorn rempelte mich an. Deshalb verlor ich für einen Augenblick das Gleichgewicht, taumelte nach hinten und stieß mit jemandem zusammen. Ich drehte mich erschrocken um: Ein Mann ungefähr in meinem Alter. So Ende zwanzig, Anfang dreißig. Sehr gepflegte Erscheinung, wäre früher genau mein Typ gewesen. Schwarze, kinnlange Haare, schlanke, athletische Gestalt, südländisch. Er trug eine Sonnenbrille, obgleich es nicht gerade hell hier unten war. Wir entschuldigten uns wortreich, aber in verschiedenen Sprachen. Der Mann sprach Spanisch und wartete anscheinend am Band nebenan. Fremder, *etranger, stranger,* dudelte die zweite Zeile meines Ohrwurms in meinem Gehirn vor sich hin. Als er die Brille abnahm, trafen sich unsere Blicke. *Wow.* Tolle dunkle Augen. Glücklich zu sehen, *je suis enchantée, Happy to see you* ... Der Fremde sah mich forschend an, bis ich lächeln musste. Das laute Ruckeln des startenden Gepäckbandes riss mich aus meiner Trance: Was machte ich denn hier? Ich war doch nach Teneriffa gekommen, um zu sehen, ob es etwas Ernstes zwischen Ben und mir war. Ich freute mich so sehr, Ben gleich wiederzusehen, dass ich die ganze Welt hätte umarmen können. Ich ahnte, dass das von einem Teil der Welt missverstanden werden könnte. Ich drehte mich um und hielt über die Köpfe der anderen Reisenden hinweg Ausschau nach dem Gepäck. Als der Fremde kurze Zeit später wieder in mein Blickfeld geriet, war er sehr lässig auf den

hochgezogenen Griff seines Handgepäcks gestützt. Unsere Blicke trafen sich erneut und er sprach mich auf Englisch an:
„Was führt Sie hierher?"
Genau das hatte ich mich ja auch gerade gefragt! Allerdings schien es mir unpassend, ihm - wenn auch in aller Kürze - meine Romanze mit Ben zu schildern, deshalb richtete ich eine Gegenfrage an ihn:
„Und Sie? Urlaub oder Geschäftlich?"
„Wegen des Karnevals natürlich! Sie nicht?"
Ich schüttelte den Kopf.
„Ich komme jedes Jahr zum Karneval, der ist spektakulär, Sie werden begeistert sein, man sagt, es sei der beste nach Rio, ich finde ihn sogar noch besser! Und wenn Sie mir nicht sagen wollen, warum Sie hier sind, dann muss ich eben raten: Sie sind Steuerberaterin und besuchen betuchte Kunden? Oder nein", der Mann ließ seinen Blick kurz und fachmännisch über meinen Körper gleiten, „falsch, Sie sind Tauchlehrerin ..."
Dieses anzügliche Abchecken war mir unangenehm und ich beendete das Rätselspiel:
„Nein, ich bin Archäologin!"
„Oh, das ist aber interessant!"
Wir behielten beide während unserer kleinen Unterhaltung die Flut der heranrollenden Koffer und die Touristenmeute im Auge, die sich wie ein Schwarm Piranhas auf die einzelnen Beutestücke stürzte. Meine Reisebekanntschaft entdeckte jetzt sein Eigentum auf dem Band, das seinem Flug zugeordnet war. Er bahnte sich einen Weg durch die anderen Reisenden, die sich gerade vor ihm an die Rampe gedrängelt hatten und griff zu. Auf dem Weg zurück zu mir entfernte er routiniert die Gepäckbanderolen der Fluglinie. Er lächelte und wollte wohl gerade etwas sagen, als sein Handy klingelte. Er setzte seinen Koffer ab, bat mich per Handzeichen einen Augenblick zu warten und beantwortete den Anruf leicht weggedreht. Ich hatte den Eindruck, als würde er unter der angeborenen Bräune erblassen. Dann dachte ich, das könne auch am Flughafenneonlicht liegen und ich sollte mich lieber um meine eigenen Sachen kümmern. Gerade als ich mich abwenden wollte,

um mich durch die sich lichtenden Reihen am Gepäckband zu drängeln, streifte der Fremde meinen Arm. Eine zarte, unaufdringliche Berührung. Im Vorbeigehen raunte er mir zu:
„Schade, da hätte ich gerne mehr drüber erfahren, aber ich muss los, vielleicht ein andermal, auf Wiedersehen."
Dann verschwand er in der Menge, Richtung Ausgang. Mist, dass mein blöder Koffer noch nicht da ist, dachte ich noch und im nächsten Moment registrierte ich, dass der Fremde sein Gepäck stehengelassen hatte. In der Eile war er nur mit seinem Handgepäck losgerannt. Ich sah ihn noch am anderen Ende der Halle und überlegte nicht lange, schnappte mir seinen Koffer und rannte hinter dem Mann her:
„Hallo, hallo, warten Sie, *wait, you forgot your luggage*!", rief ich und kam mir ziemlich dämlich dabei vor. Nicht wenige der plumpen Kanarenbesucher drehten sich nach mir um. Und noch bevor ich den Zoll erreicht hatte, war ich plötzlich von Polizisten umzingelt, die mich mit gezogenen Waffen zum Halten brachten.
„*¡Alto! ¡Párese!* Bleiben Sie stehen! Stellen Sie den Koffer ab und nehmen Sie die Hände hoch!", brüllte der Anführer.
Willkommen - *bienvenue* - *welcome* hallte es in meinem Kopf nach. Ich ließ den Koffer fallen, riss die Hände nach oben und zuckte zusammen: Alle Maschinenpistolenträger machten gleichzeitig einen Schritt zurück. Dann hörte ich ein metallisches Klacken, als neu auf mich justiert wurde.

Ben

„Also, de las Casas", Carreras hatte ihn über eine Stunde warten lassen, Ben saß auf glühenden Kohlen, „wie ist der Stand in Ihrer - für uns alle so wichtigen - *Unidad* der *Policia Canaria*?"
„Ja, wir machen Fortschritte."
Der Aufbau der Einheit Tötungsdelikte, Raub und Erpressung - wie die Abteilung Kapitalverbrechen mit vollem Namen hieß - lief. Er hatte einen aufgeräumten Schreib-

tisch hinterlassen, alle aktuellen Ermittlungen waren sehr übersichtlich, nichts wirklich Dringendes, er hatte sie getrost seinen Mitarbeitern Crockett und Tubbs überlassen können. Während seine Sekretärin Ignacia sich um die Personalpolitik kümmern würde. Es war in der Vergangenheit gar nicht so einfach gewesen, Leute für die *Policía Canaria* zu werben. Die schlechte Bezahlung und die albernen Uniformen hatten sicher ihren Anteil daran. Aber diese drei hatten sich bei ihrem ersten großen Einsatz gegen die fehlgeleiteten Wintersonnenwendler kurz vor Weihnachten sehr bewährt.
„Die Karnevalszeit ist - Sie erinnern sich sicher - bei uns immer eine besonders stürmische Zeit", Carreras schaute aus dem Fenster, wo strahlender Sonnenschein herrschte.
Das sagt sie mir jetzt, ich habe den Urlaubsantrag vor Wochen eingereicht!, dachte Ben und konnte sich kaum beherrschen.
„Der Karneval ist für Teneriffa so eine Art Aushängeschild in der Welt, ich würde es sehr bedauern, wenn es da zu Zwischenfällen kommen würde, die wir nicht im Griff hätten."
Überstunden, Nachtschichten, Zusatzeinsätze - alles kein Problem - aber nicht heute, nicht diese Woche!, hämmerte es in Bens Kopf.
„Besonders mit Blick auf die nächste stürmische Zeit", Carreras machte eine Kunst-Pause und schaute Ben mit leicht geneigtem Kopf an, um zu sehen, ob dieser ihren Hinweis verstanden hatte, aber Ben machte ein betont unwissendes Gesicht.
Carreras räusperte sich:
„Ich meine die Regionalwahlen im Mai."
Früher hätte Ben in einer solchen Situation vielleicht überreagiert. Hätte versucht seine Verfügungsbefugnisse auszureizen, mit dem Kopf durch die Wand zu gehen. Früher hatte er sich so benommen, ohne Rücksicht auf Verluste und Karriere. Aber er hatte sich mit den Jahren ein wenig zu beherrschen gelernt. Heute wusste er: *Es mejor encontrar la puerta que golpear la cabeza contra la pared*. Und wenn er damals schon etwas taktischer vorgegangen wäre, dann hätten sie ihm wahrscheinlich auch nicht diese blöde

Versetzung auf seine Heimatinsel aufgebrummt. Etwas, worum er nie gebeten hatte, wahrscheinlich das Letzte, was er sich gewünscht hätte. Lieber wäre er weit weg gegangen, auch gefährliche Einsätze scheute er nicht, nur nicht zurück nach Hause, auf diese Insel voller unverdauter Erinnerungen und verworrener Machtstrukturen. Natürlich sah es so aus, als wäre die Aufgabe, mit der er betraut worden war, eine sehr ehrenvolle, besonders in seinem Alter - denn Ende Dreißig war in den oberen Rängen der spanischen Polizei immer noch jung. Die Aufgabe bestand darin, auf den kanarischen Inseln eine Gebietspolizei zu etablieren und zwar nach dem Vorbild der *Policía Foral de Navarra*, einer Polizei also, die auch über Kriminalistische Abteilungen verfügte und nicht nur lokale Streitigkeiten zu schlichten hatte. Seine Einheit sollte die Speerspitze der neuen *Policía Canaria* sein. Aber bei genauem Hinsehen, war die Aufgabe weniger ehrenhaft als mühselig und undankbar. Die Aufgabe, eine Einheit aufzubauen in einer Zeit, wo überall gekürzt wurde. Sich Zuständigkeiten zu erkämpfen, wo sich bereits drei verschiedene Polizeiapparate um die Kompetenzen stritten: Die *Guardia Civil*, der *Cuerpo Nacional de Policía* und die *Policía Local*. Einer autonomen Polizei anzugehören, die nicht wie die *CNP* dem Innenministerium unterstellt war oder wie die *GC* dem Innen- und dem Verteidigungsministerium, sondern einzig und allein dem *Cabildo*, also der Gebietsregierung der Inseln. Ben fragte sich gerade, nicht zum ersten Mal, ob das wirklich ein Vorteil war! Er beschloss, es mit Ironie zu versuchen:

„Und jetzt sagen Sie gleich, wir sollen in den neuen Uniformen eine Formation im Karnevalszug mitlaufen!"

Carreras Lippen wurden etwas schmaler:

„Schwarz und Rot - die Farben des Vulkans - ich bin sehr stolz darauf. Aber ja, mir ist schon zu Ohren gekommen, das einige Beamte etwas gegen die neuen Uniformen haben, das würde ich an Ihrer Stelle nicht so ernst nehmen, es ist doch oft so, dass die einfachen Leute revolutionäre Ästhetik nicht zu würdigen wissen."

Ironie hatte natürlich nicht funktioniert.

„Sie werden sicherlich trotzdem genügend Zeit mit ihrer deutschen Freundin verbringen können!", sagte Carreras jetzt und zwinkerte Ben zu.
Hatte sie tatsächlich gezwinkert? Woher wusste sie, dass Evelyn gleich am Flughafen ankommen würde? Ben hatte es niemandem gesagt, einfach nur ein paar Tage wohlverdienten Urlaub genommen. Am liebsten hätte er geantwortet „Ich glaube nicht, dass es Sie etwas angeht, wie ich meine freien Tage oder was davon übrig bleibt, verbringe!" und wäre grußlos aus dem Büro gestürmt. Sie wollten ihm also ans Bein pinkeln! Das war eine Retourkutsche für sein rückhaltloses Vorgehen Anfang des Jahres, als er die Verstrickungen von Teilen des *Cabildo* in die Mauscheleien beim Bau der Autobahn aufgedeckt hatte. Mauscheleien, die zur skrupellosen Zerstörung jahrtausendealter Kulturgüter geführt hatten. Wegen einer Autobahn, deren Bau inzwischen aus Kostengründen eingestellt war! Ben sah auf die Uhr, kurz nach drei, Evelyn war schon gelandet. Carreras nahm seinen Blick auf und entließ ihn mit einem süffisanten Lächeln:
„Danke, de las Casas, Sie können dann jetzt gehen!"
Sobald Ben auf dem Flur war, griff er nach seinem Mobiltelefon. Aus den Augenwinkeln bemerkte er einen Mann, - Allerweltsgesicht, schmale Statur, leicht gebückte Haltung - der jetzt das Vorzimmer Carreras' betrat. Dann meldete sich seine Sekretärin gewohnt schnarrend am Telefon.
„Ignacia, falls jemand fragt: Ich bin <u>nicht</u> im Urlaub!"
„Das tut mir aber leid, *comisario*."
Bei Ignacia wusste er immer noch nicht genau, woran er war, tat es ihr wirklich leid oder schwang da eine Spur Sarkasmus mit? Bisher hatte er versucht diesen Unterton zu ignorieren, aber wie lange würde das noch gut gehen?

Mantilla, der Schatten

Der Schatten, wie Señor Marino Mantilla Gracían, *Funcionario del Vicesecretariado General del Consejo de Gobierno Insular* genannt wurde, hatte an Carreras' Tür geklopft, aber

keine Antwort abgewartet und war direkt an den Schreibtisch der Direktorin der *Órganos Directivos* herangetreten. Carreras sah von ihren Papieren auf und erwartete offensichtlich so etwas wie eine Begrüßung, aber die kam nicht, stattdessen schüttelte der Eindringling nur traurig den Kopf, bevor er seufzte und sagte:
„Wenn es nach mir ginge, hätte er mehr Urlaub als ihm lieb wäre!"
„Ich fürchte, wir haben noch nicht genug Material, um ihn beurlauben zu lassen oder wieder dahin zurückzuschicken, woher er gekommen ist."
„Leider ist er tatsächlich ein *Tinerfeño*. Eine der ältesten Familien. Schon sein Vater ..."
„Ja, ja, ein Nestbeschmutzer."
„Er ist neu, er ist unberechenbar, schlimmer noch: Bisher sieht es so aus, als sei er unbestechlich ..."
„Nicht auszudenken, was passieren könnte, wenn noch mehr Staub um diese sogenannte ‚Korruptionsaffäre' aufgewirbelt würde. Was glauben die Leute eigentlich, wie man ein Land - eine Insel - regiert? Was *Patria* bedeutet? Wozu haben wir denn die autonome Polizei eingeführt! Sicher nicht, um uns hier von so einem von Madrid ferngesteuerten drittklassigen Polizisten unsere legitimen, regionalen Interessen kriminalisieren zu lassen", Carreras war ganz gegen ihre Gewohnheit laut und leidenschaftlich geworden. Jetzt fiel sie wieder in sich zusammen und suchte kurz nach Worten:
„Wir müssen aufpassen, dass die Wirtschaftskrise der Sozis uns nicht ..."
Mantilla runzelte die Stirn:
„Der Sozis?"
„Naja, jedenfalls haben sie sie jetzt am Hals und es wäre doch ein Witz, wenn wir das nicht bei den Wahlen für uns nutzen könnten, das ist ja praktisch ein Selbstläufer ... aber de las Casas, bitte, Mantilla, kümmern Sie sich darum, ich brauche etwas Belastendes, und dann fangen wir mit der *Policía Canaria* noch mal ganz von vorne an."
„Mein Vorschlag wäre eine PC ohne Kriminalabteilung ..."
„Beziehungsweise eine Kriminalabteilung, die sich nicht verselbständigt. Was schlagen Sie vor?"

„Nun ja, sagen wir mal, ich bin einfach immer gerne informiert. Wir könnten ihn beobachten lassen, ihn und seine Freundin ..."
„Gut. Behalten Sie beide im Auge. Da haben wir sicher in kurzer Zeit was gegen de las Casas in der Hand."
„Zur Not eben die Freundin", Mantilla lächelte nicht, als er das sagte und verschwand ebenso rasch und unauffällig wie er gekommen war.
Carreras hatte ihm gerade noch sagen wollen, dass Fräulein Evelyn Jakob vor zehn Minuten mit der Condor Maschine aus Frankfurt gelandet war, aber bevor sie den Mund aufmachen konnte, fiel schon die Tür ins Schloss und sie murmelte:
„Das weiß der Schatten wahrscheinlich selber!"

Ben

Ben hatte unterdessen die Plaza de España überquert, war aus dem monströsen Bau der Inselverwaltung - einem steinernen Gruß aus der Franco Zeit - getreten und in die unterirdischen Parkkatakomben hinab gestiegen, um sein Auto zu holen. Von Santa Cruz waren es zum Flughafen Teneriffa Süd keine vierzig Minuten, aber die Maschine aus Frankfurt war längst gelandet. Jedenfalls nahm er das an, denn diese verdammten deutschen Fluglinien waren meistens pünktlich. Er gab Gas, aber nur bis zur nächsten Ampel, den Rest der Strecke stadtauswärts verbrachte er im *Stop and Go*. Auch nach der Stadtgrenze ging es nicht flüssig weiter. Es war heiß und stickig. Er ließ das Fenster runter, aber die bröckelnden Felswände seitlich der Autobahn waren von der Märzsonne schon so aufgeheizt, dass das keine Besserung bedeutete. Auch die Gedanken an Evelyn brachten keine Abkühlung. Sie könnten direkt in seine Wohnung fahren ... Nein, wie würde das denn aussehen, als wäre er ein alternder Lüstling, der nur darauf aus war, mit ihr ins Bett zu springen. Das war doch peinlich, da würde er schon etwas mehr bieten müssen. Die Sache schien doch irgendwie ernst zu werden ... Aber vielleicht blieb noch ein wenig Zeit, bevor die große Gala zur

Wahl der Karnevalskönigin startete. Die sollten sie auf keinen Fall verpassen. Er sah schon ihr beeindrucktes Gesicht vor sich, wie sie sich auf die Unterlippe biss und ihn anstrahlte ... Während Ben immer noch im Stau auf der TF-1 stand, hatte Mantilla, der Schatten, längst vorgesorgt, natürlich war bereits jemand am Flughafen postiert, dem er jetzt lediglich ein *¡vamos!* für die lang geplante Überwachung geben musste.

Evelyn

„Der gehört mir nicht! *Not my luggage! Non mi ...*", ich suchte noch nach dem spanischen Wort für Gepäck, als ich den Besitzer des Koffers aus der Herrentoilette kommen sah. Mit lang ausgestrecktem Arm deutete ich auf den Mann:

„Da, das ist er, dem gehört der Koffer!"

Komischerweise kam ich mir wie eine Verräterin vor. Einer der Flughafenpolizisten, die mich umzingelten, gab zwei anderen mit dem Kopf ein Zeichen. Sie stürzten Richtung Toilette. Aber der Koffermann war schneller. Wie ein fliehender Rehbock sprang er über Gepäckstücke, stieß Leute zur Seite und löste schließlich an einem Notrufkästchen Feueralarm aus. Jetzt war das Chaos komplett. Alle strömten zu den Ausgängen, wo sie von den Sicherheitskräften zurückgedrängt wurden. Die Polizisten, die mich immer noch in Schach hielten, wurden von den Massen einfach weggeschoben. Ich schaute mich verwundert um und nahm dann langsam die Hände runter. Was nun? Die Ordnungshüter waren plötzlich vollauf damit beschäftigt, die panische Menge zu beruhigen. Mein Blick fiel auf das Kofferband, an dem ich eben, als die Welt noch in Ordnung gewesen war, gewartet hatte. Ein einzelnes Gepäckstück drehte traurig seine Runden. Es dauerte noch ein bisschen, bis ich realisierte, dass es sich dabei um meine eigene Reisetasche handelte. Da sich sonst im Moment niemand um mich kümmerte und da ich ja auch wusste, dass es sich nicht um einen echten Feueralarm handelte, ging ich hin und holte meine Tasche. Ob Ben schon draußen auf

mich wartete? Ob er mir helfen konnte bei dem ganzen Schlamassel? Oder wäre das schon Beeinflussung der ausführenden Staatsgewalt? So eine Art Korruption, die ihm angehängt werden konnte? Aber ich hatte doch gar nichts gemacht! Der Schock ließ langsam nach und ich war den Tränen nahe. Ich wollte mich jetzt einfach nur in Bens tröstende Arme kuscheln. Der Alarm ging aus. Die Menge beruhigte sich. Ich schaute auf mein Handy. Bei dem Lärm hatte ich nicht gehört, dass Nachrichten eingegangen waren: Die übliche Begrüßungs-SMS des Mobilfunkanbieters (Willkommen, *bienvenue, welcome*) und schon zwei von Ben! Hastig klickte ich die Nachrichten auf: „Bin aufgehalten worden. Versuche trotzdem pünktlich zu kommen!" und dann: „Bin unterwegs, Liebes, warte auf mich im Café, ja?". Sehr schön. Hoffentlich war er nicht schon im Café und dachte nun, ich hätte nicht auf ihn gewartet. Ich wählte seine Nummer, aber jemand nahm mir das Telefon aus der Hand und drückte die Stopptaste, bevor der Anruf getätigt wurde:
„Kommen Sie bitte mit, *señorita.*"

Ich saß nun schon eine gefühlte Ewigkeit in einem kahlen Raum, wo die Flughafenpolizei ihre Verhöre durchführte oder ihre Verdächtigen verwahrte. Das Zimmer hatte keine Fenster und es roch nach verbrauchter Luft. Lediglich die mich befragenden Beamten wechselten, sahen dabei aber immer gleich aus und stellten auch die gleichen Fragen. Gepäck und Handy hatten sie mir abgenommen. Eine verhärmt aussehende Beamtin, unbestimmbaren Alters, irgendwas zwischen dreißig und sechzig, setzte sich mir jetzt gegenüber. Sie sprach ein gebrochenes Englisch:
„Evelyn Jakob?"
„Haben Sie Ben de las Casas von der *Policía Canaria* erreicht?"
„Woher kennen Sie Herrn Madrigal?"
„Ich kenne ihn gar nicht!"
Ein langer, gelangweilter Blick traf mich.
„Haben Sie etwas für ihn transportiert?"
„Nein! Das ist doch alles ein Missverständnis!"

„Und warum haben Sie dann diese speziellen Substanzen in ihrem Koffer? Doch wohl um den Geruch der Drogen zu überdecken und die Drogenspürhunde zu täuschen!"
„Ich habe was? Das ... das muss mir jemand in den Koffer getan haben, ich ..."
„Haben Sie Ihr Gepäck unbeaufsichtigt gelassen?"
„Eigentlich nicht."
„Auf dem Etikett steht Ihr Abflugort, leugnen Sie, dass Sie das Produkt", die Beamtin schlug in ihren Unterlagen nach, „'Essische Andkas' erworben haben?"
„Ach so, das meinen Sie, nein, äh, Hessischer Handkäse", ich bemühte mich, den Namen möglichst deutlich und harmlos klingend auszusprechen, „ist ein Käse, eine deutsche Spezialität ..."
Die Frau machte sich Notizen, ohne weiter auf mich einzugehen. Dann klopfte es an der Tür und die Verhärmte sagte:
„Herein."
Es war Ben. Ich wollte schon aufspringen und ihm um den Hals fallen, aber er nickte mir nur knapp zu und wandte sich dann an die Beamtin. Sie wechselten ein paar Worte in Spanisch, die ich nicht verstand, dann nickte er mir abermals zu. Ich zögerte jetzt, ich hatte Angst, seine Geste falsch zu deuten. Und er sagte:
„*You can come with me now*", aber es klang weder freundlich noch beruhigend!
Ich schauderte, versuchte aber Contenance zu wahren und sagte mit fester Stimme:
„Ok. Ich brauche nur noch mein Gepäck."
Als ich meine Sieben Sachen wieder beisammen hatte, traten wir aus einer kleinen unscheinbaren Tür in die große Empfangshalle des Flughafens, wo die Autovermieter ihre Schalter hatten. Ben trug meine Tasche und ging wortlos vor. Als wir an dem Flughafen-Café vorbei kamen, wo er auf mich gewartet hatte, rief ihm der *Barrista* freundlich zu:
„¡¿Haben Sie sie eingefangen, *comisario*?!"
„Ja, danke noch mal", sagte Ben im Vorbeigehen.
Ich fühlte mich tatsächlich eher eingefangen, als in Empfang genommen. Wie wäre es mit einem Begrüßungskuss,

einem hingehauchten „*Happy to see you,* bleibe, *reste, stay*", oder dergleichen? Ich musste mich beeilen, um mit Ben Schritt zu halten.

Als wir das Flughafengebäude verließen, traten wir in gleißenden Sonnenschein, ich schirmte die Augen mit der Hand ab und blinzelte in die Kronen meterhoher schlanker Palmen. Auf einem der wartenden Reisebusse der ToiToi-Toi Gruppe stand in großen verschnörkelten Lettern „Willkommen, *Welcome, Bienvenidos*".

Ben ging weiter, wahrscheinlich Richtung Auto. Oder war ich vielleicht weiterhin unter Arrest und Ben geleitete mich nun zu einem Gefangenentransport, schoss es mir durch den Kopf. Seine Miene war düster, seine dunklen Augen schienen schwarz, aber er versuchte einen mitfühlenden Ton in seine tiefe Stimme zu legen, als er fragte:

„Was, um Himmels willen, ist denn bitte passiert?"

„Ein totales Missverständnis. Jemand hat seinen Koffer vergessen und ich ..."

„Du hast einen herrenlosen Koffer angefasst?"

„Nein, ja, ich meine der war ja nicht herrenlos, ich hatte mich ja gerade noch mit dem Typen unterhalten."

„Unterhalten?"

„Ja, einfach unterhalten, wo kommen Sie her, was machen Sie hier? So was. Smalltalk."

„Und wo kam er her?"

„Weiß ich nicht, das ist doch jetzt auch gar nicht wichtig, willst du mich jetzt auch noch verhören?"

Ben sah mich von der Seite an, nicht böse, eher ein bisschen traurig. Er antwortete nicht auf meine Frage und auf einmal war da dieser Anflug von Fremdheit. Trotz all der Nähe, die wir in den langen Telefonaten aufgebaut hatten. Trotz des Gefühls der Zusammengehörigkeit, das ich bis in jede Faser meines Körpers gespürt hatte. Als wir uns vor ein paar Monaten hier am Flughafen verabschiedet hatten und auch noch in dem trostlosen Verhörraum. Ein einander fremd sein, das sich aus der Angst vor sprachlichen und kulturellen Missverständnissen speist. Vielleicht war es von Bens Seite sogar eine Art Misstrauen, das ein Polizist von Geburt an haben musste oder durch bittere

Erfahrungen erworben hatte und wahrscheinlich seiner gesamten Umwelt entgegenbrachte. Und hatte er nicht Recht? Hatte Ben nicht allen Grund, mir gegenüber misstrauisch zu sein? Sicher hatte er noch nicht vergessen, dass ich ihm damals, bei unserer ersten Begegnung nicht die volle Wahrheit gesagt hatte und damit ganz schnell von einer Zeugin zu einer Verdächtigen geworden war! Ich seufzte und sah Ben mit einem um Versöhnung bittenden Lächeln an:

„Tut mir leid, ich hätte den Koffer nicht anfassen sollen, aber das war eine Kurzschlussreaktion, ich habe nicht darüber nachgedacht. Ich hoffe, du bekommst keinen Ärger oder so was. Haben sie den Typen denn nicht festgenommen? Was war eigentlich drin in dem Koffer. Drogen, oder was?"

„Ich darf nicht mit dir darüber sprechen."

„Ah, natürlich nicht. Komisch, wird denn das Gepäck nicht beim Einchecken durchleuchtet? Bei mir im Handgepäck finden sie jedenfalls immer das letzte Cremedöschen und machen ein riesiges Theater ...", ich fasste wieder Mut, zwar war ich noch unsicher - und dann redete ich immer ein bisschen zu viel - , aber ich konnte wieder atmen und sog die warme Luft ein, den Geruch nach Meer und Wüste und dickblättrigen, stachligen Pflanzen. Wir waren am Auto angekommen und Ben verlud meine Tasche in den Kofferraum, den er mit einem lauten Knall zuschlug. Ben sah auf die Uhr.

„Wir sind ganz schön spät dran, die Wahl der *Reina del Carnaval* geht gleich los, aber wenn du nicht willst ..."

„Doch, klar, wenn du dir das so überlegt hast, mir ist ja nichts passiert, ...", ich war dankbar für den Themenwechsel und wollte nichts verkomplizieren, obwohl ich eigentlich schon gerne erstmal unter eine Dusche gesprungen wäre. Vielleicht würde mich dieser Karneval ja wirklich auf andere Gedanken bringen, nach diesem total vermurksten Einstieg.

Pozo

Der dicke Mann, der Evelyn und Ben seit der Ankunftshalle beschattet hatte, war bei dem Knall der Kofferraumtür gehörig zusammengeschreckt. Er war aber hinter einem Blumenkübel so gut verborgen gewesen, dass weder der Kommissar noch die Frau ihn bemerkt hatten. Jetzt hechtete er zu seinem Wagen, um dem Paar weiter folgen zu können und um kurze Zeit später mit den beiden im Gewimmel am Eingang zur ausverkauften Messehalle in der Avenida de la Constitucíon unterzutauchen.
José Marcos Pozo de Garrucha oder kurz Pozo war in seinem Element. Mummenschanz! Maskerade! Identitätswechsel. Eins werden mit den lustigen Massen, unsichtbar werden, und als Königin wieder auferstehen. Die Fastnachtszeit war einfach perfekt für Beschattungsaktionen. Am Flughafen war er noch als normaler Reisender unterwegs gewesen, aber jetzt hier im Getümmel hatte er sich für einen Auftritt als Clown entschieden. Die Verwandlung hatte er mit ein paar einfachen Handgriffen bewerkstelligt. Mit langwierigem Umziehen auf irgendeiner Bartoilette hätte er schließlich riskiert, die beiden aus den Augen zu verlieren. Nase dran, Perücke auf und das Jackett gegen das karierte aus dem Aktenkoffer getauscht: Fertig. Dabei war es überhaupt kein Problem gewesen, den beiden unbemerkt zu folgen. Er hatte sich besondere Vorsicht auferlegt, schließlich sollte er hier ja einen Kollegen beschatten, also quasi einen Kollegen, einen Profi - aber der Kommissar hatte anscheinend nur Augen für seine kleine Freundin. Pozo hätte genauso gut in Trenchcoat und Schlapphut kommen können und wäre trotzdem unbemerkt geblieben! Aber Verkleiden war seine Leidenschaft und der durfte er als Privatschnüffler viel besser nachgehen als richtige Polizisten das konnten. Zu denen hatte er auch einmal gehört. Aber das war *Agua pasada* und mit den Aufträgen von Mantilla lief es inzwischen für ihn wieder ganz gut.

Ben

Die *Gala de Elección de la Reina del Carnaval* war das Hauptereignis am Anfang der närrischen Zeit auf Teneriffa. Sie fand im ausverkauften Kongresszentrum statt und wurde live im Fernsehen übertragen. Es hatte Ben einige Mühe gekostet, an die Karten zu kommen. Trotzdem hatte es nur noch für Stehplätze gereicht. Bei ihrer Ankunft schien die ganze Halle in Bewegung zu sein und er stellte erleichtert fest, dass sich Sitzen völlig falsch angefühlt hätte.
Ben bestellte an einem Stand zwei Getränke, dann drehte er sich zu Evelyn um, die inmitten der lärmenden Karnevalisten etwas verloren wirkte. Ein Mann mit einem Strauß Rosen in der Hand verneigte sich vor Evelyn. Er war zur Hälfte als Braut und zur anderen Hälfte als Bräutigam verkleidet. Ben lachte. Wenn er lachte, hatte er Grübchen, die klein um die Mundwinkel anfingen und dann in Richtung seiner Ohren immer größer wurden, wie Wellen auf dem Meer. Diese absurde *All-in-one-wedding*-Lösung amüsierte ihn wirklich und befreite ihn ein bisschen von den Sorgen und Anspannungen des Tages. Er verbeugte sich ebenfalls. Die Erscheinung verschwand mit einem Augenzwinkern wieder in der Menge. Evelyn lachte nicht, sie runzelte die Stirn. Warum lachte sie nicht? Warum schaute sie dem Mann so betrübt hinterher? Sie war angestrengt und blass und wirkte trotzdem stark und stolz, stolz aber nicht hochnäsig. Sie beobachtete das bunte Treiben: Ein Fest für die ganze Familie, wer sich nicht verkleidet hatte, war zumindest in Schale geworfen. Familienväter hielten ihren zurechtgemachten Nachwuchs auf dem Arm, Großmütter schwangen Zepter. Mädchen tanzten in Bananenröcken. Eine Rotte Kinder marschierte vorbei, jedes eine kleine Micky Maus. Ein dicker Clown schob sich hinter den Kindern durchs Gewühl. Das Gesicht kam Ben bekannt vor. Ließ sich aber nicht einordnen. Und schon war es hinter einem Dutzend Mischwesen verschwunden, die wie eine Synthese aus Pink Panther und Darth Vader anmuteten.
Evelyns wohlgeformte Augenbrauen hoben sich kritisch. Fast hätte Ben wieder laut losgelacht: Er liebte ihre lebhafte Mimik, die sie immer verraten würde. Er erinnerte sich

daran, wie er sie kennengelernt hatte, als Zeugin und bald auch als Verdächtige. Auf ihrer ersten gemeinsamen Autofahrt hatte sie ihn überhaupt nicht zu Wort kommen lassen.

Plötzlich kam sie ihm wieder so zerbrechlich vor, ein ganz zartes, wertvolles Wesen, das er mit seinen großen Händen leicht kaputt machen könnte, das er vorsichtshalber nicht anfassen sollte, andererseits wünschte er sich gerade nichts mehr als das ...

¿Quizás? – vielleicht war es doch ein Fehler gewesen, nicht direkt in seine Wohnung zu fahren! Das Alter mit seinen Bedenken und falschen Weisheiten schien ihm doch den einen oder anderen Streich zu spielen. Die Verkäuferin reichte ihm die zwei Drinks.

„¿Evelyn?", Bens Stimme lies Evelyn aus ihren Gedanken oder Beobachtungen auftauchen.

„¡*Aqui tiene, darling*!", er reichte ihr einen Becher frisch ausgepressten Blutorangensaft.

Sie hatten sogar ihre eigene intime Sprache gefunden, ein Gemisch aus Englisch, Spanisch, Deutsch und Italienisch. Die Basis war Englisch. Bens Englisch war gut, dank seiner Zeit bei Scotland Yard und einer sehr motivierten Kollegin vor Ort. Auch wenn ihm Selbstlob zuwider war, musste er zugeben, dass er im Vergleich mit seinen Kollegen besser abschnitt. Außerdem hatte er bei irgendeinem Interpolaustausch ein paar Brocken Deutsch aufgeschnappt. Evelyns Spanisch war dagegen sehr bescheiden, aber sie half sich mit Italienisch, das sie studiert hatte. Natürlich war das der fruchtbarste Nährboden für Missverständnisse, *malentidos, missunderstandings*. So ein Sprachenwirrwarr, so ein einander letztlich eben doch nicht verstehen.

Evelyn

Ein Traum in Gold und weiß! Da steckte eine kleine, dünne, zappelnde Puppe in einem riesigen Aufbau aus Stahl und Federn und schob damit über die Bühne. Wie eine Made in einem Apfel oder eine Ameise, die einen Brotkrümel trägt, der um so vieles schwerer wiegt als sie

selbst. Flitterkram umgab sie, klebte auf ihren Lippen, auf ihren Lidern, saß in Haubenform als Kopfschmuck auf ihren Haaren. Die Puppe winkte und schmiss mit Luftküssen.
„Für ihren Auftritt, der sie auf den Thron der Karnevalskönigin bringen soll, hat jede der siebzehn Anwärterinnen dreieinhalb Minuten Zeit", rief der aufgeregte Ansager an der Rampe und versuchte dabei den Lärm in der Halle zu übertönen.
Da rollte auch schon die nächste Kandidatin heran: Eine rosa Wolke. Ob die keine Platzangst hatten in dem Eisenskelett, das sie mit den Füßen über die Bühne zerren mussten! Die rosa Wolke bog nach rechts ab und blieb hängen. Ein Moment der Panik. Alle hielten kurz den Atem an, dann gelang es ihr, ihre Konstruktion doch noch über die unsichtbare Schwelle am Rand des eingezeichneten Vierecks auf die Bühne zu ziehen. Alle atmeten kollektiv aus. Als nächstes tänzelte einer der Designer ins Scheinwerferlicht. Er bekannte, das ganze Jahr nur an Karneval zu denken und bedankte sich überschwänglich bei den Sponsoren. Aha, jeder Auftritt hatte also Sponsoren, die mit fünfstelligen Summen diese rollenden halb-Mensch-halb-Kaufhausauslage-Gebilde möglich gemacht hatten. Der Designer berichtete weiter, dass er sich die Balance zwischen Volumen und Leichtigkeit von der Natur abgeschaut hatte und dieses Jahr hauptsächlich mit Pfauenfedern arbeitete. Ich hatte noch nie weiße Pfauenfedern gesehen, da mussten sie ein ganzes Rudel von sicherlich höchstseltenen, wahrscheinlich vom Aussterben bedrohten Albino-Pfauen gerupft haben! Das Modell des Designers hieß „100 Jahre Geschichte". Hundert Jahre welche Geschichte? Hundert Jahre Gold und Federn und Swarowski Kristalle und Schmetterlinge um die Ohren? Als eine, die sich wissenschaftlich mit historischen Themen beschäftigte, hätte ich das gerne etwas genauer gewusst. Der Designer, blieb mir die Antwort schuldig. Das Ganze erinnerte mich irgendwie ungut an die ‚Hunger Games'. Jetzt betrat ein seriöser Herr mit Mikro die Bühne: Es gab einen Toten? Angestrengt versuchte ich, zu entschlüsseln, worum es ging und wer gestorben war. Aber

anscheinend hatte es keinen Zwischenfall hinter dem Vorhang gegeben, es handelte sich vielmehr um die Ehrung des in hohem Alter dahingeschiedenen Mitbegründers dieses kanarischen Karneval-Wahnsinns.
Blieb die Frage, wer nun Karnevalskönigin werden würde: Vielleicht hatte die Obstplantage auf Rädern Chancen? Oder die alte Schallplatte mit den bunten Federn drumherum? Oder doch die drei Neonfederbrüste? Die Jury zog sich zur Beratung zurück: Spannung, Trommelwirbel, Getuschel. Schon versammelten sich wieder alle auf der Bühne, erstaunlich, dass die überhaupt groß genug war. Jedes einzelne Kostüm maß doch bestimmt fünf mal fünf Meter! Die Jury hatte entschieden und wie beim Boxkampf schrie der Ansager den Namen der Gewinnerin heraus: „*¡El Carnaval de Santa Cruz de Tenerife ya tiene reina: Señorita* Naomi Cabrera Pulido!“
Ein spitzer Schrei war zu hören! Alle zuckten zusammen und suchten mit den Augen nach der Person, die geschrien hatte. Was war passiert? Hatte die Konkurrentin mit den goldenen Hörnern auf dem Kopf, diese der Siegreichen in die nackte Seite gerammt? Nein, ein Blick auf die Gewinnerin brachte die Aufklärung: Siegertränen flossen und ihre Mimik verriet, der Schrei war nur ein Freudenschrei gewesen. Auch die Mitbewerberinnen freuten sich pflichtbewusst. Allein das Mädchen mit den goldenen Hörnern sah etwas traurig aus, als sie die gigantische Konstruktion - vorne Wikinger Schiff, hinten Loch Ness - mit sich von der Bühne schleifte.
Ich erinnerte mich, dass mein Vater mal ein Wikingerschiff ausgegraben hatte, oder jedenfalls hatte er da mitgemacht, als Student oder Doktorand oder so.
Das Haithabu-Schiff 1979 war das gewesen. Das Wrack wurde geborgen, konserviert und dann so rekonstruiert, wie es früher mal ausgesehen hatte. Ich hatte ein genaues Bild davon vor Augen, obwohl ich damals noch nicht geboren war. Es gab einen Film darüber, den ich mir als Kind oft angeschaut hatte. Vor allem hatte mich dabei gewundert, dass mein Vater so jung aussah und so viele Haare hatte.

Ich stutzte. So jung? Da war er ungefähr so alt wie ich jetzt, sogar ein bisschen jünger vielleicht. Und was machte ich? Forschte ich an bedeutenden Weltkulturerbestätten? Mehrte ich den Ruhm der Archäologie? Eigentlich war ich immer noch auf der Suche.
Ich schüttelte mich, irgendwie fühlte ich mich beobachtet. Und klebrig. Überall um mich herum waren diese hüllenlosen Schönheiten mit ihren üppigen Formen und ihren geschmeidigen Bewegungen. Im Vergleich kam ich mir einfach nur hölzern vor. Wer sollte denn da mithalten? Ich warf Ben einen verstohlenen Blick zu. Ben war nicht verkleidet. Er stand da in seiner Lederjacke, die Hüfte leicht vorgeschoben, lässig und felsenfest zugleich, das Meer aus Karnevalisten schwappte um ihn herum, ohne ihn zu berühren. Er ruhte in sich und bewegte sich dabei fast unmerklich im Sambarhythmus. Sexy war gar kein Ausdruck dafür. Ein Ausbund an Erotik, die breiten Schultern, die schwarzen Haare, diese Lässigkeit, der sinnliche Mund und die dunklen, halbmondförmigen Augen. Wie oft hatte ich mir das in den letzten Wochen vorgestellt und jetzt war es zum Greifen nah und doch ... Als Ben merkte, dass ich ihn ansah, drehte er mir den Kopf zu und lächelte mich aufmunternd an. War das eine komplizierte Zermürbungstaktik? Ich meine, welcher normale Mann ginge denn lieber auf eine Faschingsveranstaltung als mit seiner Freundin ins Bett? Warum hierher fahren, anstatt erstmal in Bens Wohnung? Dort hätte eine standesgemäße Begrüßung stattfinden können ... schließlich war der Status unserer Beziehung: Frisches Liebespaar, das sich gerade acht Wochen nicht gesehen hat! Also warum lagen wir jetzt nicht in seiner Wohnung im Bett oder auf dem Teppich oder auf dem Küchentisch? Nachdem wir zwei Monate lang, in den fast allnächtlichen Telefonaten, eine sehr intime Beziehung gepflegt hatten. Viel intimer als jetzt, da wir uns in Fleisch und Blut gegenüberstanden.
Warum? Warum? Es gab verschiedene Erklärungsmuster. Vielleicht hatte meine Glanznummer am Flughafen ihm doch klar gemacht, dass ich nicht der richtige Umgang für ihn war, dass wir beide eben doch nicht zusammen passten. Der Altersunterschied! Die Sprache! Die andere

Kultur! Die Entfernung! Das ganze Leben und die ganze Welt standen doch zwischen uns, wenn man es mal so nüchtern betrachtete! Ja, natürlich, stöhnte ich innerlich, wenn man es so betrachtete, war es eine einzige, kolossale Schnapsidee, eine Beziehung mit einem über zehn Jahre älteren, kanarischen Kriminalkommissar einzugehen!
Ich war drauf und dran, Ben meine gesammelten Selbstzweifel vor die Füße zu kippen, als sich eine Gruppe Lilien an mir vorbei durch das Gedränge zwängte. Sie steckten in enganliegenden Satinhosen, die Oberteile mündeten in drahtgefasste, wimpelförmige Kragenstücke, die um ihre Köpfe wippten, hoch bis zu den Mützen, die mit gelben - Staubfäden symbolisierenden - Pfeifenreinigern verziert waren. Was mache ich hier zwischen diesen Pfeifenreinigern? Ich schwitzte und hätte es jetzt gerne vermieden mit anderen Menschen in Körperkontakt zu kommen. Und wo ist hier ein verdammter Papierkorb? Ich wäre fast von einer Clique Deutscher, die als Oktoberfestbesucher verkleidet waren - oder war das gar keine Verkleidung? - überrannt worden, wenn Ben nicht meine Hand ergriffen hätte.

Ben

Evelyn hatte ihren Orangensaft ausgetrunken und suchte mit den Augen nach einem Mülleimer, wo sie den Plastikbecher entsorgen konnte. Ben war ihrem Blick gefolgt:
„Suchst du was?"
„Müll."
Ben lächelte und zeigte mit dem Daumen nach unten, der Boden war übersät mit zertretenen Bechern und Servietten und verlorenen Hüten und Tröten. Sie stellte ihren leeren Becher auf die Theke des Saftstandes, eine Protestnote. Dazu dieses indignierte Gesicht, er hätte sie auf der Stelle dafür umarmen können, seine kleine *Alemana*. Und das tat er auch. Sie schmiegte sich an ihn und seufzte:
„Ich weiß nicht, ich hatte mir den ganzen Karneval irgendwie anders vorgestellt, das hier sieht aus wie eine Fernsehaufzeichnung des Karnevals in Rio, ein Kommerz-Zauber für Touristen ..."

„Nein, da irrst du dich, das ist nicht für die Touris."
„Aber das ist doch gar nicht echt, keine Traditionen …"
„Doch, der lateinamerikanische Einfluss kommt von den *Canarios*, den Kanaren, die ausgewandert sind. Als sie in ihre Heimat zurückkehrten, haben sie diese Art Karneval mitgebracht, die Kostüme, die Musik, ..."
„... die nackten Frauen".
Ben zog seine Augenbrauen zusammen.
„Evelyna, mach dich locker! Entspann dich! Das hier ist ein Fest und keine Vorlesung! Du klingst wie eine alte Jungfer!"
„Zur alten Jungfer werde ich ja wohl nur, weil du mich anstatt in deine Wohnung in diesen Hexenkessel hier bringst!"
Ben zuckte mit den breiten Schultern:
„Hast du schon mal der Krönung einer echten Königin beigewohnt? Und später geht dann die *Fiesta de Los Indianos* los, die wird dir gefallen, da bin ich mir sicher!"
Sie schaute ihn bittend an:
„Ich würde mich gerne vorher umziehen."
„Das würde sich nicht lohnen, bei der *Fiesta de Los Indianos* ..."
„Mann, du verstehst ja gar nichts! Überleg mal, was kommt vor umziehen?"
Er schaute sie fragend an.
„Ausziehen! Jetzt komm schon!", sie zerrte ihn durch die Menge fort, er leistete keinen Widerstand und versuchte sich ein Lächeln zu verkneifen.

Der dicke Clown heftete sich wieder an ihre Fersen, wahrte aber auch diesmal genügend Abstand, um nicht gesehen zu werden.

Rumer

Der Motor stotterte. Alle zuckten zusammen, doch niemand wollte sich etwas anmerken lassen. Nicht den Hunger, nicht die Verzweiflung, nicht den Ekel. Immer noch nicht. Nach dreizehn Tagen auf See. Im Niemandsland. Im

Nichts. Zwischen Hölle und Hölle. Unterwegs in den versprochenen Himmel. Ins gelobte Land Europa. Rumer sah sich um. Ein Fischerboot. Sechsmal anderthalb Meter. 38 Passagiere. Der Gestank. Exkremente, Ausgespienes, Pisse. Nicht bewegen, hieß es. Wer sich bewegt, bringt das Boot zum Kentern. Auch daran hatte sie sich nicht gewöhnt. Ihr ganzer Körper schmerzte. Die Füße waren aufgeweicht. Salzwasser sickerte durch die Planken, schwappte mit jeder Welle über den Rand in das völlig überladene Boot. Lucambré und die beiden anderen Fischer aus dem Senegal warfen sich besorgte Blicke zu. Sie hatten das Boot in den Tagen zuvor über das Meer navigiert, nachdem die Schleuser von Bord gegangen waren. Diese Nussschale mit einem 40 PS Außenbordmotor, einer Ruder-Konstruktion aus geschweißtem Baustahl und einem Kompass, der auf einen der Benzinkanister geklebt war. Die Kanister waren inzwischen leer. Mit Hilfe von Sonne, Mond und Sternen hatten sie Kurs auf Teneriffa gehalten. Der Himmel war oft bedeckt gewesen und die verzweifelten Versuche, mit einem der Mobiltelefone ein GPS-Signal zu empfangen, waren fehlgeschlagen. Auch wenn die Telefone immer nur so kurz wie möglich angeschaltet gewesen waren, hatten schließlich auch noch die Akkus schlapp gemacht. Es war wie ein Wunder erschienen, als gestern plötzlich die schneebedeckte Spitze des Teide im letzten Abendlicht aufgeleuchtet war. Der heilige Berg. Ein verhaltener Jubel hatte das kleine Boot erfasst. Verhalten, weil ja keiner wagte, sich groß zu bewegen oder es vielleicht auch schon nicht mehr konnte. Schnell war die Nacht hereingebrochen, schwarz, kalt, unbarmherzig. Trotzdem hätte niemand gedacht, dass heute der schlimmste Tag der Reise sein würde.

Sie waren ihrem Ziel noch ein ganzes Stück näher gekommen und doch schien es wieder unerreichbar zu sein, denn ohne Benzin würden sie dort wahrscheinlich nie anlegen. Die Wasser- und Essensvorräte waren längst aufgebraucht, in kurzer Zeit würden sie manövrierunfähig sein. Rumer fröstelte, sie rieb sich die Nase, es war kalt auf dem Meer Anfang März. Das hatten sie ihr gesagt. Jetzt wusste sie, dass sie gar keine Vorstellung von dieser Art Kälte gehabt hatte. Manche hatten sie gewarnt vor der Überfahrt im Frühling. Zu unsicher. Die Strömungen. Das Wetter. Aber Rumer hatte nicht warten wollen. Es war billiger als im Sommer. Und mehr hatten ihre Verwandten und Freunde nicht aufbringen können. Nie im Leben. Eigentlich hatte es auch für die Reise am Anfang des Jahres nicht gereicht. Nicht, bis Iyanla aufgetaucht war und ihr und den anderen Frauen ein Angebot gemacht hatte: Sie konnten den Rest des Geldes in Europa bezahlen, wo sichere Jobs auf sie warteten. Rumer sah Taneesha und Ife neben sich, halb ohnmächtig. Und wenn sie die Reise nicht überleben würden? Es hatte Gerüchte gegeben. Sie hatten von Betrügern gehört, die einem Wasser statt Benzin in den Kanistern überließen. Sie hatten die Kanister kontrolliert und es würde trotzdem nicht reichen. Der Weg war zu weit. Sie hatten die lange Route nehmen müssen. Über Gambia. Die kürzeren, ungefährlicheren Seewege von Senegal und Mauretanien aus, hieß es, wurden jetzt von spanischem und europäischem Militär überwacht. Die Boote wurden abgefangen, die Insassen wieder zurück ans Land gebracht, wo sie ohne Geld und in Schande den Weg nach Hause antreten mussten oder versuchten, wieder genug für eine weitere Überfahrt zusammen zu kriegen. Die Startpunkte der Flüchtlingsboote waren mit der Zeit immer weiter nach Süden gewandert. Früher hatten Flüchtlinge von Marokko nach Gibraltar übergesetzt, dann von Marokko aus auf die kanarischen Inseln, später von Mauretanien und vom Senegal aus. Die Überfahrten waren immer länger geworden, immer gefährlicher. Aber so viele hatten es geschafft, hatten Arbeit gefunden, gut bezahlte Arbeit und das Geld konnte man der Familie zu Hause schicken. Sie hatten ein besseres Leben gefunden, ein Leben, das man überhaupt erst Leben nennen konnte. In Europa. In Amerika.

Nilaja neben ihr fing plötzlich an zu weinen:
„Wasser, Wasser", flüsterte sie, „ich halt das nicht mehr aus." Langsam robbte sie sich an den Rand des Bootes. Rumer dachte, dass sie sich übergeben wollte, oder urinieren

musste. Aber dann schleuderte sie sich mit einer schnellen Bewegung über den Rand des Bootes hinaus, um mit der Hand Meerwasser zu schöpfen und davon zu trinken. Rumer krabbelte ihr hinterher, hängte sich an ihre Beine, um sie vom Wasser wegzuziehen und schrie:
„Nicht, Nilaja, nicht, das bringt dich um!"
Eyadou, dessen Platz ganz am Rand des Bootes war, kam ihr zu Hilfe. Behutsam löste er Nilajas Finger, die die splittrige Kante umklammerten und sprach beruhigend auf sie ein: „Ganz ruhig, wir sind bald da."
Dann schob er sie in Rumers Arme. Rumer hielt die Schluchzende fest, um sie zu trösten und schickte Eyadou einen dankenden Blick. Die wilden Locken standen lustig um seinen Kopf herum, er hatte einen Bart und seine Haut war heller als die ihrer Landsleute aus der Subsahara. Die großen Augen mit den langen Wimpern blickten traurig und klug. Wenn er lächelte, sah man, dass die beiden Schneidezähne ein wenig schief waren, was ihn seltsamerweise noch hübscher machte.
Rumer hatte auch von Booten gehört, die in die Karibik abgetrieben waren. Boote mit Mumien darin. Es gab da einen Punkt, den sie den *Point of no return* nannten, von dem aus die Strömung die Boote hinaus aufs offene Meer trieb. Und dann weiter: von Westafrika bis nach Südamerika. Dieselbe Strömung, die schon Kolumbus dorthin getrieben hatte. Sie stellte sich Eyadou als Mumie vor. Sie sah die jungen Gesichter ihrer Weggefährten - zukünftige Mumien. Sie hatten gebetet und geflüstert, Rumer hatte ein paar Wortfetzen aufgeschnappt, wenn sie Englisch gesprochen hatten, die anderen afrikanischen Sprachen oder Französisch verstand sie nicht. Sie hatten sich leise Geschichten erzählt, hatten auch gesagt, woher sie kamen, aus Gambia, Senegal, Mali, aus dem Benin und wie sie, aus Nigeria. Einige dieser Länder hatte sie durchquert auf ihrer Reise von Nigeria nach Gambia, 3.400 km über Land. Benin, Burkina Faso, Mali und Senegal. Die Route sei sicherer als die kürzere durch die Wüste und von Libyen aus nach Italien oder in die Türkei. Das Boot war dann in einem Fluss gestartet, bis zur Mündung hatten sie so getan, als ob sie auf Fischfang aus wären, ehe sie von den

Schleusern, die sie bis dorthin begleitet hatten, aufs offene Meer entlassen wurden. Verstohlen sah sie wieder zu Eyadou hinüber, dem jungen Mann aus Mali. Seit Tagen schon tauschten sie Blicke. Iyanla bemerkte es und starrte sie nun unvermittelt an. Das Starren machte Rumer Angst und das sollte es auch. Iyanla brauchte keine Worte. Sie hatte sie gewarnt. Fangt nichts mit Mitreisenden an. Die wollen nur das eine. Die machen euch falsche Versprechungen. Ihr kommt vom rechten Pfad ab. Ihr bekommt keine Aufenthaltsgenehmigung, keine Arbeit und wenn ihr dann eure Schulden nicht begleichen könnt, dann wird das für eure Familien nicht gut sein. Und sie hatte nicht die Enttäuschung gemeint, die die Familien erfassen würde. Sie hatte gesagt, den Familien könnte etwas zustoßen.

Ein Streit am anderen Ende des Bootes lenkte Rumer ab:
„Wenn ihr Islamisten nicht wärt, würde meine Familie noch leben und ich hätte meine Heimat nicht verlassen müssen, um hier auf dem Meer zu krepieren ...", sagte ein aufgebrachter Nigerianer zu einem der Männer aus Mali, der nur einen verächtlichen Blick für ihn übrig hatte. Bankole, ein Freund aus Nigeria versuchte den Streithahn zu beruhigen:
„Nicht alle Moslems sind Islamisten, Akin."
Jetzt antwortete auch Ousman aus Mali:
„Wir sitzen hier alle zusammen auf dem Boot und in der Scheiße, Mann."
Bankole wandte sich an den Malinesen:
„Hör auf zu schimpfen, Bruder, Gott weiß alles, wenn Gott sagt, dass du im Meer bleibst, dann bleibst du im Meer ..."
Ousman unterbrach ihn:
„Dein Gott ist nicht unser Gott!"
Durch das Geschrei hindurch hörte man, wie der Motor noch ein letztes Krächzen von sich gab. Dann erstarb er und mit ihm jedes Geräusch. Rumer merkte, wie alle an Bord die Luft anhielten. Nilaja hatte sich vor der Reise rote Glasperlenschnüre in die Haare flechten lassen, jetzt konnte man das leise klickende Geräusch hören, wenn sie aneinanderstießen. Das Boot bewegte sich noch ein paar Meter in Fahrtrichtung, dann fing es an zu dümpeln. Alle

blickten auf, aber zunächst wagte keiner zu sprechen, sie schienen auf ein Wunder zu hoffen. Als es ausblieb, sprachen plötzlich alle durcheinander. Was war zu tun? Man hatte ihnen geraten, wenn sie in die Nähe der kanarischen Inseln kamen, die Küstenwache anzurufen. Die Männer holten wieder ihre Telefone aus den Plastiktüten, in denen sie sie aufbewahrten. Aber kein einziges funktionierte, alle Akkus waren leer! Owie, die hochschwangere Frau aus Benin schrie auf und beschimpfte ihren Mann, Amen. Rumer verstand ihre Sprache nicht. Sie sah nur die Verzweiflung. Vielleicht war er es gewesen, der zuerst die Idee gehabt hatte, für sie und das ungeborene Kind ein neues zu Hause zu suchen. Der Streit zwischen den drei Männern am anderen Ende entbrannte aufs Neue, das Boot geriet gefährlich ins Wanken. Iyanla ergriff das Wort, sie wirkte wie immer ruhig und besonnen:
„Das ist die Richtung, die Gott uns gewiesen hat", sie deutete in die Richtung, in der der Teide lag und die anderen stellten tatsächlich ihre Zankereien ein und hörten, was sie zu sagen hatte.
„Dort liegt die Küste, die wir mit Gottes Hilfe erreichen werden."
Alle schauten nun in die Richtung, in die sie wies, die schneebedeckte Spitze des Teide glimmte schwach im Mondlicht vor der Kulisse eines immensen Sternenhimmels.
„Ich bete zu Gott, ich fordere Euch auf, meine Brüder und Schwestern, es mir gleichzutun ..."
In diesem Moment sahen sie alle ein Licht am Horizont auftauchen. Das Licht gehörte zu einem Boot, als es näher kam, erkannte Rumer darauf drei Mann Besatzung. Der verzweifelte Haufen auf ihrer Barke wartete gespannt, sogar Ife und Taneesha waren aus ihrer Ohnmacht erwacht und sahen hoffnungsfroh ihren Rettern entgegen. Das Boot stoppte in sicherer Entfernung. Die drei Männer schienen sich nicht einig zu sein, sie gestikulierten heftig und zeigten immer wieder auf das Flüchtlingsboot und auf den Boden ihres eigenen Bootes. Plötzlich ging ein Mann über Bord. Aber es musste ein vierter Mann gewesen sein, denn die anderen drei waren noch da, machten aber keine

Anstalten, ihrem Kollegen wieder an Bord zu helfen. Die Menschen auf dem Fischerboot sahen sich verwirrt an. Lucambré ergriff die Initiative und begann, mit den Händen paddelnd, ihr Boot in die Richtung des treibenden Körpers zu bewegen. Als sie in seine Nähe kamen, reckten sich viele Arme, um den Körper auf das Flüchtlingsboot zu ziehen. Die ganze Nussschale legte sich bedrohlich auf eine Seite und machte ein Geräusch, das klang, als käme es direkt aus der Hölle. Die Frauen schrien. Die Barke krachte zurück auf die Wasseroberfläche. Die Retter gingen jetzt behutsamer vor. Als der schwere Körper endlich in ihr Boot gezerrt war, genügte ein Blick: Der Mann war tot.
Das andere Boot drehte ab. Lucambré schrie:
„Wartet, wir haben kein Benzin mehr, ihr müsst uns helfen!" Aber er bekam keine Antwort.
Rumer sah dem Boot nach. Die drei Männer hatte die Nacht verschluckt, das Licht war bald nur noch ein winziger Punkt. Der Teide war jetzt in Wolken gehüllt. Dunkle Wolken, die rasch auf sie zu kamen. Eyadou hatte trotz der offensichtlichen Vergeblichkeit versucht, die Wasserleiche mit einer Herzdruckmassage wiederzubeleben und dabei immer wieder *„amaqqar"* gerufen.
„Amaqquar venir!", jetzt gab er auf und starrte mit dem Unverständnis eines Kindes in die Runde.
Vielleicht eine Meile vor dem Boot schlug der erste Blitz ein. Der Himmel verdunkelte sich in Sekundenbruchteilen. Mit den Wolken kam der Wind, der die Wolkenmassen vor sich her trieb, wie eine Herde Vieh, das vor dem Feuer in der Savanne flieht. Und noch ehe alle einmal durcheinandergeschrien hatten, war das Boot schon umgekippt. Einfach so. Das Boot, das Rumer zwar immer wackelig und unsicher vorgekommen war, aber sie doch immerhin dreizehn Tage getragen hatte: gekentert, einfach so.

Rumer schnappte nach Luft, schluckte Wasser. Es brannte, sie musste husten. Luftblasen kitzelten sie an der Stirn, als wollten sie sich über sie lustig machen. Wenn sie mit den Ohren unter Wasser war, hörte sie die Rufe und Schreie der anderen nur gedämpft. Jemand rief ihren Namen. Der

Sturm war so schnell vorüber, wie er gekommen war. Aber sie wusste, dass mindestens die Hälfte ihrer Weggenossen nicht schwimmen konnte. Rumer strampelte, kämpfte sich zurück an die Oberfläche. Ein Stück Holz trieb auf sie zu. Sie nahm ihre letzte Kraft zusammen und stieß sich nach oben, sie wollte sich an dem Holz festklammern, um die nächsten Stunden zu überleben. Doch das schwere Brett drehte sich im letzten Moment und traf sie seitlich am Kopf. Alles Grüne, Braune, Blaue wurde schwarz.

2. Kapitel

"I Put a Spell On You"

I put a spell on you
Because you're mine
You better stop
the things you do
I tell you, I ain't lying
Nina Simone

Evelyn

Bens Dienstwohnung lag mitten im Zentrum von Santa Cruz an einem kleinen Platz, der auf den schönen Namen Plaza Ireneo González hörte und über drei Straßen erreichbar war. Ben hatte sein Auto in der Calle Numancía geparkt und wir waren an mehreren verschieden großen Palmen vorbei in das alte Haus und da in den zweiten Stock gegangen. Ben schloss auf und stellte meine Tasche im Flur ab.

„Darf ich mich ein bisschen umsehen?"

„Es gibt nicht viel zu sehen."

Das stimmte. Die Fensterläden waren geschlossen, die Wohnung wirkte düster und kühl, sie hatte drei Zimmer, von denen allerdings nur zwei - spärlich - möbliert waren. In einem Zimmer standen ein großes altmodisches Doppelbett und ein wuchtiger Schrank. In einem anderen Zimmer, das hellblau gestrichen war, befand sich außer dem Fernseher und der Musikanlage nur ein Sessel. In der Küche gab es Herd, Kühlschrank und einen Tisch mit zwei Stühlen - immerhin. Die Küche war weitestgehend unbenutzt! Eindeutig ein klassischer Junggesellenhaushalt. Ein Blick ins Bad bestätigte diese Einschätzung.

Ich hatte meinen kleinen Rundgang beendet, kam wieder bei Ben im Flur an und schaute mich noch mal um, vielleicht hatte ich ja doch etwas übersehen.

„*Quite spartan*", bemerkte ich und stolperte dabei über meine Tasche.

Ben fing mich auf, drückte mich an sich und raunte mit einem anzüglichen, breiten Grinsen:

„*You wanna feel my spartan abs?*"
„Es gibt eine Sparta App?", fragte ich verwirrt.
„Nein, *abs* ist die Abkürzung von *abdominal muscels, spartan abs* bedeutet *washboard stomach*", erklärte er ein bisschen ungeduldig. Ich spürte, wie er seine Umarmung lockerte. Das Ganze hatte nur eine launige Bemerkung sein sollen, ein Scherz, der an Esprit verlor, je länger er sich hinzog. Aber ich verstand immer noch nicht, was er meinte. Er hob sein Hemd an, lachte und zeigte mit dem Finger auf seine definierten Bauchmuskeln:
„Six pack".
Wahnsinn. Vielleicht sollte ich den Sprachteil weglassen, bevor ich mich hier noch mehr in Peinlichkeiten verstrickte und gleich zum Körperlichen übergehen, dachte ich, gab Ben einen Kuss und verschwand mit einem gekrächzten „*¡Hasta luego, amigo!*" im Bad.
Aber auch das hatte ich mir einfacher vorgestellt. Ich schaffte es nicht, die richtige Temperatur einzustellen. Stattdessen stand ich nackt und fluchend in der Wanne, fror und verbrühte mich abwechselnd und wich jedes Mal kreischend vor dem Wasserstrahl zurück. Als Ben mit einem großen Handtuch ins Bad kam, wechselte die Temperatur gerade zum dritten Mal auf Antarktis. Ben legte das Handtuch auf dem Waschbecken ab, machte sich an den Armaturen zu schaffen und hatte das Wasser im Nu auf handwarm reguliert. Zum Dank spritzte ich ihn mit der Dusche nass, bis ihm sein weißes Hemd am Oberkörper klebte. Ben prustete und strich sich die nassen Strähnen aus der Stirn, mit ein paar schnellen Bewegungen entledigte er sich seiner Kleider und war mit einem Satz bei mir unter der Dusche.
Alles Zögern und Zweifeln und Zicken, das bisher unser Zusammentreffen bestimmt hatte, rann mit dem Wasser in den Abfluss. Ich quietschte vor Vergnügen.
Bésame, bésame mucho – glitt es mir durch den Kopf in irgendeiner Salsa-Latin-Rumba Version, die ich heute irgendwo im Vorbeigehen gehört hatte. Kuss, Wasser, Speichel, warm, weiter, Wasser rinnt, Hand auf Haut, nass und warm fühlte sich sein Körper an meinem an und gut, ich hätte schreien können vor Glück und Zufriedenheit und

Verlangen. Das Wasser umfloss unsere Füße. Ben fasste mich um die Hüften und hob mich ein Stück hoch. Mir wurde ganz heiß, obwohl es nicht mehr das Wasser war, das mich wärmte. Aber das Wasser lief ja trotzdem weiter, was mir plötzlich wie ein unverzeihlicher Frevel vorkam.
„Warte!"
Er hielt inne und lächelte, seine Augen sprachen eine eindeutige Sprache.
„Was ist?", fragte er sanft.
„Das Wasser!"
Das Wasser rann weiter fröhlich in den Abfluss. Er schüttelte den Kopf mit den nassen Haaren und wollte sich weiter der Erkundung meines Körpers widmen:
„Lass" raunte er.
Aber ich sorgte mich plötzlich sehr um die Wasserknappheit auf den kanarischen Inseln. Die Südhälfte Teneriffas hatte beim Anflug aus dem Flugzeug gewirkt wie eine Landschaft auf dem roten Planeten, Sand und Geröll, definitiv zu wenig Wasser!
„Halt!", ich strampelte solange, bis Ben mich absetzen musste, drehte das Wasser ab und stieg tropfend aus der Wanne. Ben kam hinterher und begann, sich abzutrocknen. Ich griff nach dem Handtuch, das er mir gebracht hatte. Ben hatte sich sein Handtuch schon umgebunden, sah mich ernst an und seufzte:
„Puh, ganz schön anstrengend, so eine deutsche Freundin!"
Ich machte den Mund auf, wollte protestieren oder mich entschuldigen, ich wusste nicht, wie ich diesen magischen Moment wieder herstellen sollte, wie dämlich kann man sein? Dann sah ich sein Lächeln.
Eine Sekunde später waren wir auf dem Bett und in eine wilde Kissenschlacht verwickelt, die in eine enge Umarmung mündete. Endlich.

Ungefähr in diesem Moment klingelte Bens Handy.
Ben stöhnte auf und fuhr sich kurz mit den Händen über das Gesicht:
„Entschuldige, ich muss dran gehen."

Er sprang auf, seine Lederjacke lag im Flur, er fischte das Handy aus der Tasche und meldete sich mit einem abgehackten:
„*Sì.*"
Vom Schlafzimmer aus hörte ich ihn undeutlich knappe Fragen stellen, dann war das Gespräch beendet. Mit schnellen Schritten war er bei mir im Zimmer, einen sehr bedauernden Zug um den Mund. Während er sich neue Wäsche aus dem Schrank holte, sagte er:
„Tut mir leid, ein Notfall."
Ich seufzte und Ben war schon in der Tür, er griff in seine Jackentasche, drehte sich noch mal um, legte einen Ersatzschlüssel neben das Bett und gab mir einen Kuss:
„Vielleicht bin ich so rechtzeitig zurück, dass wir noch was von der *Fiesta de los Indianos* mitkriegen", dann war er weg.

Ben

Der Anblick war schrecklich. Am Strand hatten die Helfer die Leichen gerade eben erst abgelegt, sie waren noch nicht mit Planen oder Tüchern zugedeckt. Die schwarzen und braunen Körper hoben sich im Licht der Promenadenbeleuchtung vom hellen Sand ab, der für die Touristen aufgeschüttet worden war. Etwas abseits von den Toten lagerten die noch Lebenden. Sie wurden bereits von Mitarbeitern des Roten Kreuzes versorgt. Die vom Roten Kreuz waren immer die ersten, wenn Flüchtlinge ankamen. Ein paar der Geflüchteten waren so dehydriert und entkräftet, dass sie Infusionen brauchten, die anderen bekamen heißen Kakao und Decken. Wenigstens waren um diese Zeit keine Badegäste mehr am Strand. Ben hatte dieses Bild in einer Zeitung gesehen und es war ihm nicht mehr aus dem Kopf gegangen: Völlig erschöpfte Afrikaner zwischen wohlgenährten, sonnengebräunten Urlaubern, die versuchten die Ankömmlinge so gut wie möglich zu ignorieren. An der Straße sammelten sich die ersten Schaulustigen. Ben versuchte, sich einen Überblick über die Lage zu verschaffen: Neun Tote, dreißig Überlebende. Die *Guardia Civil* hatte auch das Flüchtlingsboot an Land geschafft, es wirkte

winzig, wie hatten alle diese Menschen darauf Platz gefunden? Was für eine Quälerei! Ben entdeckte den diensthabenden Offizier, stellte sich vor und fragte, ob der es für möglich hielt, dass es noch weitere Leichen da draußen gäbe.
„Nein, warum fragen Sie?"
Ben ließ sich nichts anmerken, die Zuständigkeit der *Policía Canaria* für Kapitalverbrechen war noch nicht in allen Abteilungen des vielfältigen kanarischen Polizeiapparates zur Gänze akzeptiert, da machte er sich keine falschen Vorstellungen. Der Kollege ahnte natürlich nicht, wie gerne ihm Ben in diesem Moment alle Verantwortlichkeiten überlassen hätte, um so schnell wie möglich wieder nach Hause in sein Bett zu seiner Freundin zu kommen.
„Wenn es Tote gibt, bin ich zuständig, so einfach ist das", sagte er so neutral wie möglich.
Der Offizier runzelte die Stirn:
„Die sind ertrunken, *comisario*, so einfach ist das."
„Kein natürlicher Tod, oder?"
Der Beamte musterte Ben, räusperte sich hart und holte dann zu einer Erklärung aus:
„Die kleinen Menschenhändlerboote, die *Pateras*, sind immer völlig überfüllt. Vierzig Mann und mehr in einer dieser Nussschalen sind keine Seltenheit. Auf die etwas größeren Fischerkähne zwängen sie sogar über hundert."
„Haben sie die Überlebenden gefragt?"
„Ja, natürlich, sie sagen, es waren neununddreißig an Bord. Das Boot kommt aus Gambia, sind die ersten dieses Jahr. Können Sie sich an 2006 erinnern? Ach, nein, da waren Sie ja noch gar nicht da ..."
Ben überhörte diese kleine Spitze.
„2006: 30.000 Flüchtlinge; 2007: 12.000. Jetzt haben wir es Gott sei Dank besser im Griff."
„Wahrscheinlich hat es sich sogar bis in die Zirkel der afrikanischen Menschenschlepper rumgesprochen, dass Spanien in einer schweren Wirtschaftskrise steckt."
„Kann man so sehen, *comisario*, aber ich bevorzuge die Version, dass wir es beeinflussen. Seit SIVE, das neue Überwachungssystem, installiert wurde, können wir sie schon viele Seemeilen vor der Küste abfangen. Und wenn wir sie

vor der afrikanischen Küste kriegen, geht's direkt Retour in den Starthafen."
„Und die Emigranten sind gezwungen sich neue Wege zu suchen, gefährlichere Routen, wo sie ihr Leben noch häufiger aufs Spiel setzen. Soviel ich gehört habe, patrouilliert die *Guardia Civil* gerade mit der Frontex zusammen vor Mauretanien. Das würde erklären, wie ein Schiff aus Gambia unbehelligt bis vor unsere Küste gelangt, und dann?", er sah den Offizier fragend an.
Der Beamte musste einräumen, dass das Überwachungssystem aus wartungstechnischen Gründen an diesem Tag ausgeschaltet gewesen war.
„Aber ein Patrouillenboot hat einen anonymen Anruf bekommen, deshalb konnte ein großer Teil der Schiffbrüchigen noch gerettet werden."
Ben sah sich um und entdeckte das einzige Küstenwacheboot der *Policía Canaria* vor Anker und zwei seiner Mitarbeiter in vollem Einsatz. Ein kleiner Anflug von Stolz erfasste ihn: Seit Ben die Aufgabe übernommen hatte, den kriminalistischen Bereich der *Policía Canaria* aufzubauen, hatte er vor allem eins gehabt: Ärger. Er war immer noch dabei, Leute zu rekrutieren. Das kleine provisorische Revier im Militärhafen von Las Americas platzte allerdings jetzt schon aus allen Nähten und sie dachten über einen Umzug nach. Aber für all das war eigentlich kein Geld da, weder für mehr Personal noch für mehr Raum. Da musste man eben ein bisschen improvisieren. *Brigada* Rafael León Hernández und *sargento* Vicente Goméz García, die von Anfang an dabei gewesen waren, hatten zum Beispiel auf ein eigenes Büro verzichtet. Ben hatte es geschafft, ihnen stattdessen ein Boot zu organisieren. Sie waren vorher bei der Küstenwache gewesen, von wo sie neben ihrem Dienstfahrzeug auch ihren gemeinsamen Spitznamen mitgebracht hatten: In Polizeikreisen kannte man sie nur als Crockett und Tubbs. Und genau die beiden waren es also gewesen, die den gekenterten Kahn ein paar Meilen vor der Küste aufgetrieben, die ersten Schiffbrüchigen gerettet und Verstärkung geholt hatten.

Evelyn

Ich war eine Weile liegen geblieben, es war stickig in dem kleinen Raum mit den geschlossenen Fensterläden. Ich stand auf und öffnete die Läden und das Fenster. Dann legte ich mich wieder hin, nur um sofort wieder aufzustehen und ein paar Schritte unschlüssig durch die Wohnung zu gehen. Ich fror ein bisschen und beschloss, fertig zu duschen, aber wieder gelang es mir nicht, eine normale Wassertemperatur einzustellen. Ich rief dreimal laut ‚Scheiße' und hätte am liebsten geweint. Schließlich wickelte ich mich in das große Handtuch und setzte mich in den Sessel in dem hellblauen Zimmer. Ein Geräusch vor der Haustür ließ mich aufhorchen. Ich tapste in den Flur und lauschte: Nichts. Ich versuchte durch den Spion in der Tür etwas im Treppenhaus zu erkennen: Nichts. Ich hatte mich wohl getäuscht. Zum zweiten Mal stolperte ich über meine Tasche, aber jetzt war niemand da, um mich aufzufangen. Ich trottete zurück zu dem Sessel und schaltete frustriert den Fernseher an. Eine halbe Stunde später tigerte ich wieder durch die Wohnung. Ich hatte mich zweimal umgezogen, aber nicht verkleidet und ich war dezent geschminkt. Hatte er gesagt, „warte auf mich" oder hatte er gesagt, „warte nicht auf mich" oder hatte er gar nichts gesagt? Ich konnte mich nicht genau erinnern. Letztlich mussten wir ja auch nicht mehr unbedingt weggehen. Ich konnte mich ebenso gut wieder abtakeln, vielleicht nur ein bisschen aufreizende Unterwäsche anlassen und mich unter die Decke kuscheln, bis er wieder kam und dann und dann und dann ...
Mein Blick fiel auf einen Zettel im Flur, hatte der vorhin auch schon da auf dem Boden gelegen? Ein Flyer, auf dem irgendwas über die *Fiesta de los indianos* stand. Genau. Davon hatte Ben doch gesprochen. Ich schickte Ben eine SMS, steckte den Reklamezettel und den Stadtplan von Santa Cruz ein und ging los.

Der *Cortejo* der *Indianos* war um 21.00 Uhr in der Calle Juan Pablo II gestartet, dann weiter durch die Calle Méndez Núñez gezogen und beim Parque García de Sanabria

rechts in die Calle el Pilar eingebogen, die im weiteren Verlauf zur Villalba Hervás wird und bald darauf auf die große parallel zur Hafenpromenade verlaufende La Marina stößt. Die Hauptveranstaltung sollte auf dem Gelände einer Tauchschule stattfinden, das sich ungefähr zwischen dem alten Verladehafen und der Anlegestelle für die Fähren befand, die nach Arecife auf Lanzarote und nach Huelva auf dem spanischen Festland ablegten.
Die Route des Zuges hatte auf dem Flyer gestanden und ich wählte nun den kürzesten Weg durch die Altstadt zu besagter Tauchschule am Ufer. Überall traf ich auf Leute in Feierlaune. Die Atmosphäre war anders als bei deutschen Volksfesten, wo feiern doch in den meisten Fällen immer noch 'sich bis zur Besinnungslosigkeit besaufen' bedeutete. Die Touristen aus den nördlichen Ländern griffen natürlich auf ihre althergebrachten Feiermethoden zurück, waren aber in der Minderzahl und zu Zaungästen degradiert. An den Rand gedrängt von soviel Lebensfreude, die in der Mitte der Straße tanzte. Ringsumher herrschten Jubel, Trubel, Heiterkeit - deshalb überraschte es mich umso mehr, als ich mich unvermittelt in einer völlig verlassenen Gasse wieder fand.
Obwohl ich eigentlich nicht besonders ängstlich bin, blickte ich mich mehrfach um und beschleunigte meinen Schritt. Ich war in eine Gegend geraten, in der ich mich nicht auskannte. Wenn man es genau nimmt, kannte ich mich in ganz Santa Cruz nicht besonders gut aus und vermochte weder die Stadt noch ihre Bewohner zuverlässig einzuschätzen. Wie waren die hier wirklich drauf? Diese Mischung aus Kanaren, Touristen, Saisonarbeitern und Matrosen?
Aus einer Ecke löste sich plötzlich ein Schatten. Ich zuckte zusammen, zwang mich dann aber, erhobenen Hauptes weiterzugehen, ohne Unsicherheit zu zeigen. Der Mann war groß und schwarz, deshalb hatte ich ihn im Dunkeln erst so spät gesehen. Er kam direkt auf mich zu. Ich ging weiter, den Blick stur geradeaus. Er entblößte eine Reihe strahlendweißer Zähne als er mir mit sympathischer, fast schüchterner Stimme etwas zuraunte:
„*Chocolate*? *Caballo*? *Coke*?"

Ich war kurz geschockt und dann wütend: Scheiß Drogendealer! Ohne nachzudenken, polterte ich:
„Ey, du hast mich total erschreckt!"
Der Mann sah mich mit sehr großen Augen an. Ich setzte noch ein unfreundliches
„¡*No, gracias*!" hinzu.
Er zuckte mit den Schultern und verzog sich wieder in seine Ecke. Ich machte mir Vorwürfe, weil ich so schreckhaft und unfreundlich gewesen war!
Zwei Häuser weiter mündete die Gasse in eine große, belebte Straße und ich fand mich plötzlich mitten im Gewühl wieder, hatte aber dafür den Eindruck, mein Farbsehvermögen eingebüßt zu haben: Alles um mich herum war milchig, als wäre ich in einen alten Schwarz-Weiß-Fernseher gefallen. Und ‚belebt' war ziemlich untertrieben, die ganze Straße war in Bewegung, eine einzige weiße Woge!
Da waren ganz viele junge Leute, alle weiß gekleidet. Und jetzt wusste ich auch, warum es geraten war, sich für diese Veranstaltung nicht extra umzuziehen oder noch besser in weißen Klamotten zu kommen: Die Leute bewarfen sich gegenseitig mit Babypuder. Und das solange, bis alle mit einer weißen Talkumschicht überzogen waren. Haare, Gesicht, Verkleidung, alles! Ich war einen Augenblick lang wie versteinert, einer Gipsfigur gleich. Ich sah an mir herunter: Ich war - weiß. Umgeben von einer weißen Wolke. Dann musste ich lachen. Das war irgendwie großartig. Ich war überwältigt und verzaubert. In diesem Moment zog die *Charanga* an mir vorbei, das kubanische Ensemble, das den Zug begleitete mit Son und Salsa und einem Hauch von Guantanamera. Die Musik war mitreißend. Kubanisch eben. Ich schloss mich dem ganzen Trupp an, der sich jetzt in Richtung Hafen bewegte, alle tanzten und lachten und warfen *Polvo*. Was würde ich für etwas ‚Babypulver' geben, um mitwerfen zu können!
Auf dem Gelände der Tauchschule war die Stimmung schon kurz vor dem Siedepunkt. Ich war an der Seite der *Charanga* in das Auge des Orkans getrieben worden. Immer noch staunend, suchte ich in meinem Gehirn nach Vergleichbarem. Ich hatte von einem indischen Frühlingsfest gehört, dem *Holi*, bei dem man sich gegenseitig mit

gefärbtem Puder bestäuben und auch sonst mal so richtig die Sau raus lassen konnte. Ein Tag, an dem es keine Kasten gab, an dem es egal war, welchen gesellschaftlichen Status man hatte, wie alt man war und welchem Geschlecht man angehörte. Genauso wie bei den ersten Karnevalsfeiern auf den Kanarischen Inseln, als die eingeborenen Guanchen zusammen mit den spanischen Eroberern gefeiert hatten. Wie schon im alten Rom durften in der Karnevalszeit Sklaven und neue Herren die Rollen tauschen. Ich hatte von anarchischen Elementen gelesen, von der Auflösung der Ständeordnung, die Sieger und Besiegte für einen Tag wieder ebenbürtig werden ließ. Außerdem hatten sich Männer gerne als Frauen verkleidet. Und in Verkleidung durfte jeder sagen, was er wirklich meinte, ohne Repressalien fürchten zu müssen. Satirische Reden wurden geschwungen, öffentliche Kritik wurde in Gesänge verpackt, niemand wurde verhaftet ... - Ich hätte es sicher fertig gebracht, trotzdem verhaftet zu werden, dachte ich und musste laut lachen.
Ich hatte mich auf dem Gelände weiter Richtung Wasser vorgekämpft und war einen Moment stehen geblieben, um nach einem Verkaufsstand für Babypuder Ausschau zu halten, als sich mir plötzlich eine riesenhafte Gestalt in den Weg stellte. Die Erscheinung war in ein zeltartiges Empirekleid gewickelt, trug eine graue, reich gelockte Richelieu-Perücke und bediente sich der lasziven Gesten von Transvestiten. Das mit dem *genderswitch* schien also nach wie vor aktuell zu sein.
„*¡Hola cariñita!*" grollte die Gestalt von oben herab.
„*¡Hola cariñona!*" antwortete ich mutig, in dem Versuch mit einer abgewandelten Endung aus einer kleinen, niedlichen Sache, etwas Großes, voluminöses zu machen - ich kannte dieses Sprachspiel aus dem Italienischen, wusste aber nicht, ob es auch im Spanischen gebräuchlich war.
Der große Transvestit schnaubte verächtlich. Vielleicht bedeutete „*cariñona*" auf Spanisch etwas ganz anderes, ganz unerfreuliches? Ich zog vorsichtig den Hals ein:
„*Sorry, no offence meant!*"

„Ich beobachte dich schon eine ganze Weile, du hast soviel Rhythmus im Blut, wie eine *columna del mármol*!", der Anwurf kam spanisch-englisch gemischt.
Ich stemmte wütend die Hände in die Hüften und wirbelte dabei eine kleine Puderwolke auf.
„Ich sehe vielleicht aus wie eine Marmorsäule, aber ..."
Die falsche Dame lachte schallend auf und stellte sich als Madame Rosa vor.

Ben

Ben verabschiedete sich von dem Beamten der Guardia Civil und machte sich auf den Weg zu seinen Kollegen. Dabei musste er an den Leichen auf dem Sand vorbei. Ein Mitarbeiter des roten Kreuzes hatte begonnen, sie zuzudecken, unter den Tüchern zeichneten sich die Körper ab, wie Möbel unter weißen Laken, die auf die Rückkehr der Herrschaft nach dem Sommerurlaub warteten.
Ben stutzte, irgendetwas stimmte nicht, ein Detail, er konnte nicht sofort sagen, was es war. Er ging näher an die Aufgebahrten heran und betrachtete sie eingehender, einen nach dem anderen. Eine der Toten, eine junge Frau, hatte lange Glasperlenschnüre in ihr Haar geflochten, die roten Perlen sahen aus wie Blutstropfen. Er hätte gerne für ihre Seelen gebetet. Als Kind hatte Ben zu seinen Großeltern oder anderen Familienmitgliedern gebetet, die nicht mehr bei ihm waren. Meistens für seinen Vater, aber nie zu seinem Vater. Sein Vater galt offiziell immer noch als vermisst, seine Mutter hatte ihn bis heute nicht für tot erklären lassen. Er fragte sich, ob die Toten Christen oder Moslems gewesen waren, er dachte, dass es jetzt egal war. Er verharrte einen Moment in Schweigen und bezeugte ihnen so seinen Respekt. Eine letzte Ehrerbietung vor dem Menschen, vor dem Mut und der Verzweiflung, die diese jungen Männer und Frauen in das Wagnis einer so gefährlichen Überfahrt getrieben haben mussten. Fünf Frauen und vier Männer lagen da. Frauen und Kinder starben meistens zuerst, sie waren schwächer. Ein Großteil der afrikanischen Migranten konnte nicht schwimmen. Was für ein

Wahnsinn: Eine solche Reise anzutreten, ohne schwimmen zu können!
Bens Aufmerksamkeit wurde von einem Streit unter den Flüchtlingen abgelenkt:
„Du bist schuld an ihrem Tod! Ihr habt uns aus unserem Land vertrieben, auf das Wasser, du hast sie ertrinken lassen", der junge Schwarze schrie mit heiserer, fast versagender Stimme, sein Englisch war sehr gut, dabei fuchtelte er so heftig mit den Armen, dass ihm die Decke von der Schulter rutschte. Er zeigte auf die Leichen unter den Tüchern, dann wieder auf einen der Überlebenden, der gänzlich unbeteiligt tat. Weil der nicht reagierte, schleuderte der Erste schließlich seinen leeren Becher nach ihm. Wie der Blitz war der Beworfene auf den Beinen und fluchte, er sprach Englisch mit französischem Akzent:
„Wir sitzen vielleicht nicht mehr zusammen auf einem Boot, aber immer noch in der Scheiße, Mann."
Die beiden Streithähne wurden von anderen zurückgehalten. Sofort waren auch zwei Beamte der *Guardia Civil* hinzugesprungen, die die Männer wieder auf den Boden verwiesen. Ben trat näher. Er kniete sich neben den jungen Mann in Rage und legte ihm behutsam die Decke wieder um die Schultern:
„Waren das Freunde von dir? Familie?", er machte eine vorsichtige Kopfbewegung zu den Toten.
„Freunde, ja. Landsleute, Mitreisende."
Ben waren die verschiedenen Sprachen und Akzente aufgefallen, das schien eine multiethnische Gruppe zu sein, die überwiegende Zahl der Geflüchteten stammte aus Subsahara-Gebieten, aber unter den jungen Männern waren auch ein paar hellhäutigere dabei. Vielleicht extra so zusammengestellt, damit sie sich nicht zu gut verstünden und gegen die Schlepper verbünden könnten:
„Woher kommt Ihr?"
„Das können wir nicht sagen."
Natürlich nicht, dass hatten ihnen ihre 'Agenten' ja eingeschärft. Sie sollten alle Dokumente und Ausweise fortwerfen, sie behielten nichts, womit man sie auf ihre Herkunft festnageln und dann in ihre Heimat zurückführen könnte. Denn mit vielen afrikanischen Ländern gab es inzwischen

pro forma Rückführungsabkommen. Und sie wollten nicht zurückgeschickt werden, sie wollten nach Europa. Nicht auf die Kanaren, die waren nur Transitgebiet. Sie wollten auf das spanische Festland, nach Belgien oder wo sie sonst Arbeit finden würden, wie ihnen die Schlepper aber auch ihre Bekannten und entfernten Verwandten versprochen hatten. Ben schätzte, dass der junge Mann aus Nigeria oder Gambia kam. In diesen Ländern war Englisch eine der Hauptsprachen, das Boot hatte in Gambia abgelegt, aber in Nigeria war es in letzter Zeit wieder zu blutigen Unruhen zwischen Christen und Moslems gekommen: Ein triftiger Grund, sein Land zu verlassen.

„Wie viele Leute wart ihr an Bord?", das war eine Frage, die zu beantworten sein müsste.

„Neununddreißig"

„Achtunddreißig! Wir waren achtunddreißig auf dem Boot!", mischte sich ein junger Mann mit wilden Locken und hellerer Haut ein, „und dann ..."

Eine der Frauen aus der Gruppe, allem Anschein nach die älteste der Reisenden, machte ein zischendes Geräusch und schaute den Sprecher eindringlich an.

Der lockige Mann verstummte und schaute zu einer jungen Frau mit einer notdürftig versorgten Kopfwunde. Ben registrierte, dass neben der älteren Frau noch drei jüngere saßen. Zusammen mit den fünf toten, waren das ungewöhnlich viele junge Frauen. Ben dachte an die Berichte über Zwangsprostitution von Asylsuchenden, die er gelesen hatte. Afrikanerinnen, die mit vodooähnlichen Praktiken erpresst werden, ihre Schulden abzuarbeiten. Die Erpressung wurde bereits vor der Flucht von den Schleusern vorbereitet und fand offenbar meistens innerhalb einer ethnischen Gruppe statt, deshalb war es den Ermittlungsbehörden auch bisher nicht gelungen, Zeugen zu finden, die konkrete Aussagen machen oder ihre Zuhälter anzeigen wollten. Ben sah sich die ältere Frau nochmal genau an, sie starrte zurück.

„Sind das Ihre Töchter, sind Sie mit den Toten verwandt?", fragte er vorsichtig, nahm eine Hand vor den Mund und wartete. Die Frau antwortete nicht, sie starrte ihn weiter an. Ben hatte auch nicht wirklich mit einer Antwort

gerechnet, es war klar, dass es keinen Sinn hatte, hier nach der Wahrheit zu suchen. Aber er würde seine Überlegungen mit den Kollegen besprechen und die Gruppe im Auge behalten. Er wandte sich nochmal an den Lockenkopf:
„Und dann? Sie wollten etwas sagen".
Der Mann senkte den Blick und schüttelte leicht den Kopf, stattdessen ereiferte sich der andere wütende junge Mann, der immer noch unter Schock zu stehen schien:
„Dann kam dieser scheiß Sturm!", er warf die Decke wieder von den Schultern, „Wir haben stundenlang auf Hilfe gewartet! Ihr lasst uns verrecken! So könnt ihr uns Afrikaner nicht behandeln!".
„Akin! Sei still!", versuchte sein Freund ihn zu beruhigen.
„Akin, das ist ein schöner Name", sagte Ben, „das klingt wie ...", Anakin Skywalker hatte er sagen wollen und im selben Moment eine Art Eingebung gehabt: Skywalker, *walking*, Schuhe – das war das Detail, welches ihm aufgefallen war, einer der Toten sah anders aus, als die anderen, er trug Arbeitsschuhe, wie sie hier auf Baustellen üblich waren. Die anderen hatten Turnschuhe oder Flip-Flops getragen, viele waren barfuß.
Akin hatte sich nicht beruhigt:
„Der Tod schreckt mich nicht und wenn Du mich zurückschickst, nehme ich das nächste Boot", sagte er mit seiner heiseren Stimme zu Ben, der aufgestanden war, zu den Toten hinüber schaute, und versuchte den Leichnam mit den andersartigen Schuhen ausfindig zu machen. Die Flüchtlinge verschwiegen etwas, nicht nur ihre Herkunft, etwas war geschehen und sie würden es ihm nicht sagen. In diesem Moment trat Crockett zu ihm, der ranghöhere seiner beiden Beamten vor Ort, schlank und sportlich, die blonden Strähnchen fielen ihm ins Gesicht, das vor Anstrengung glühte. Ben klopfte ihm anerkennend auf die Schulter:
„Gut gemacht, León."
Das rhythmische Schlagen von Stein auf Stein ließ sie aufhorchen. Die ältere Frau von eben drehte einen kleinen Knochen, vielleicht so groß wie ein Zeigefinger in der linken Hand, mit der rechten schlug sie einen Kiesel auf einen anderen Stein, der im Sand lag. Sie murmelte etwas in

einer afrikanischen Sprache. Sie hob den Tierknochen hoch, er war mit zwei kleinen bunten Glasperlenschnüren umwickelt, und zeigte damit auf Ben, ihr Gemurmel wurde lauter, bekam etwas Bedrohliches, als sie nun auch ihren kalten Blick wieder auf Ben richtete. Ben ließ sich nicht so schnell aus der Ruhe bringen, er fragte in die Runde hinein, ob einer der Anwesenden, ihm übersetzen könne, was sie sagte. Die junge Frau mit dem großen Pflaster auf der Stirn saß neben der Frau mit den Kieseln und dem Tierknochen und obwohl sie extrem mitgenommen und verheult aussah, antwortete sie zögernd auf Bens Frage:
„Indem sie zwei Steine aufeinanderschlägt, ruft sie Agowu, das ist der Loa der Stürme und der Erdbeben, sie ..."
Die junge Frau sah die ältere nun erschrocken an und verstummte. Ben öffnete ratlos die Hände und sah in die Gesichter der Männer und Frauen am Boden. Akins hilfreicher Freund kam nun auch ihm zu Hilfe:
„Iyanla ist eine *Mambo,* eine Priesterin des Yoruba Kults. Sie spricht einen Abwehrzauber aus, gegen das geschehene Unglück, nur ... sie will den Zauber umlenken ... er kann dann zu einem Schadzauber werden ... zu einem Fluch?", er schaute Ben mitleidig an. Crockett schüttelte ungeduldig den Kopf und spuckte aus. In dem Moment kam ein kalter Wind auf, der den Sand aufwirbelte und ihnen ungemütlich ins Gesicht blies.

Evelyn

„Und wo sind nun diese *indios*?"
„Kindchen, hier geht es doch nicht um Inder! *Fiesta de Los Indianos* heißt es wegen der Kanaren, die ..."
„Ja, ja, ich weiß schon, die nach Kuba und Venezuela und so weiter ausgewandert sind ..."
„Ganz genau, in die Gegenden der Welt, die man zu Columbus' Zeiten ‚Indien' nannte! Aber wenn du alles schon selber weißt, dann brauche ich ja nicht weiterzureden."
„Doch natürlich, du bist ja schnell eingeschnappt."

„Na gut, schau mal, wir nähern uns dem Höhepunkt, da unten kommt gleich das Boot an für den *desembarco de los indianos*!"
„Den was?"
„Die kanarischen Heimkehrer! Hier wird die Rückkunft der reichen Onkels aus Amerika gefeiert, also der Emigranten, die in der Fremde zu Geld gekommen sind und damit zu Hause ein bisschen protzen wollen. Natürlich wurden die immer bewundert. Aber auch verarscht."
Genauso funktioniert Auswandern bis heute, dachte ich, die die weggegangen waren, können den Zurückgebliebenen in der Heimat gegenüber nie zugeben, dass es ihnen schlecht ging. Alle sagen immer, alles ist großartig. Da müssen die zu Hause ja denken: *Hombre,* das mach ich auch. Und schwupps war die nächste Auswandererwelle da. Und ein paar von denen würden dann in ein paar Jahren zurückkommen und auch wieder angeben wie eine Tüte Mücken.
Jetzt war es soweit: An der Rampe der Tauchschule wurde ein kleiner Kahn hochgezogen, der mit aufs feinste verkleideten Herrschaften und ihrem Gepäck be- und überladen war. Die Frauen mit geklöppelten Schirmchen und erlesenen Belle Epoque Kostümen. Die Männer in Tropenanzügen mit Panamahut, weißen Hosen und *guayabera,* diesem kurzärmeligen weißen Leinenhemd, das über die Hose getragen wird und in heißen Gegenden offiziell Anzug und Krawatte ersetzt. Man kennt das zum Beispiel von Ernest Hemingway oder Raúl Castro.
Madame Rosa steckte mir eine Dose *Polvo* zu und wir drängelten uns nach vorne, um die Ankommenden standesgemäß mit großem Hallo und einer Wolke Puder zu begrüßen. Die Gefeierten grüßten majestätisch zurück und kletterten an Land, behängt mit Truhen, Koffern, Körben, Käfigen und Zigarrenkisten. Großzügig verteilten die reichen Rückkehrer Zigarren und andere Mitbringsel unter den Anwesenden, als plötzlich ein frenetischer Congatrommelwirbel alles übertönte: Eine beeindruckende Frau schob sich durch die Menge, mit großen Brüsten und enormen Hüften. Gesicht und Dekolleté waren tiefschwarz angemalt. Im Vorbeigehen schnappte sie sich

eine Zigarre aus einem dargebotenen Kistchen und steckte sie sich zwischen die dick mit roter Farbe bestrichenen Lippen. Madame Rosa beobachtete mich amüsiert von der Seite und ich klappte meinen Mund wieder zu.
„*La Negra Tomasa*!"
Die so Titulierte trug schwarze Handschuhe, ein rot-weiß kariertes Witwe-Bolte-Kopftuch und ein bauchfreies Kleid, dass irgendwo zwischen Dienstmädchen und Vamp angesiedelt war. Dabei bewegte sie sich verführerisch mit ihren wippenden schwarzen Locken unter dem Tuch und den zentimeterlangen Wimpern zu der anhaltenden Congaraserei auf meine Begleiterin und mich zu: Ich sah skeptisch zu Madam Rosa hoch:
„Ist das nicht total rassistisch? Also, ich meine nicht, weil das wohl im biologischen Sinne keine Frau ist, sondern wegen der Farbe und …"
Madame Rosa sah sehr mitleidig zu mir herunter:
„Ja, natürlich ist es das, Herzchen. ¡*Es una parodia*! *La Negra Tomasa* ist die typisch exotische Frau, *afro-cubana* aus dem rassistischen Klischeehandbuch!", mit ihren großen Händen formte Madame Rosa in der Luft die äußeren Formen der *Negra Tomasa* nach, „die große Verführerin, die Männer sind ihr verfallen, sie haben ihre auf den kanarischen Inseln zurückgelassenen Ehefrauen und Verlobten vergessen und sind nie wieder nach Hause zurückgekehrt."
Die Tomasa-Matrone begann unvermittelt ein verführerisches Duett mit dem Congatrommler, der einen kecken Hut und ein verschmitztes Grinsen dazu trug:
„Estoy tan enamorao, de la negra tomasa / que cuando se va de casa / que triste me pongo/ Ay, ay, ay, esa negra linda / que me hecho bilongo."
Die Leute sangen lauthals mit und fielen nun im Einklang mit den einheizenden Trommeln in ein ekstatisch-rhythmisches Pudern:
„*Ay, ay, ay*!".
Zum Leidwesen derer, die sich gerade mit einem Glas Cola-Rum zuprosteten. Madame Rosa und ich beteiligten uns nach Kräften an der neuerlichen Babypuder-Orgie, jedenfalls solange bis unsere Dosen leer waren und Madame Rosa ziemlich außer Puste in eine Richtung zeigte, wo

plötzlich ein Rumfässchen auf Rädern aufgetaucht war. Madame Rosa zerrte mich dorthin und spendierte mir einen *Ron*, immer noch keuchend erklärte sie:
„*Que me hecho bilongo*, das ist kubanisch für ‚sie hat mich mit dem bösen Blick belegt' - aber weiter heißt es in dem Lied: Nicht nur ihr Zauberbann, sondern auch wie sie kocht, ihr Kaffee, wie sie tanzt, ihre Schönheit!"
Die *Charanga*-Combo schmetterte jetzt ein leidenschaftliches „*Volver, Volver, Volver*" in die Runde. Rosa versuchte, für mich extra langsam und deutlich zu sprechen.
„Und du? Bist du Verführerin oder hat man dich sitzengelassen?"
Ich musste lachen:
„Beides!"
Rosa kniff die Augen zusammen und sah mich an:
„Ist es ein Einheimischer oder ein Import?"
„Er ist sogar ein Guanche, ein Nachkomme der Ureinwohner!", sagte ich, nicht ohne Stolz und fühlte mich im selben Moment, als hätte ich ein Geheimnis verraten. Als wäre ich jemandem auf den Leim gegangen und hätte durch mein Geplapper dem bösen Blick einen Kanal geöffnet. Das ging diese Fastnachtstranse doch gar nichts an! Ich biss mir auf die Lippen, aber Madame Rosa redete unbefangen weiter und ich wischte die hässlichen Gedanken weg.
„Von den Guanchen sind viele ausgewandert, ausgewandert oder von Piraten und später von den Spaniern verschleppt und als Sklaven verkauft worden", Madame Rosa führte sich mit einer übertriebenen Geste ein Taschentuch an die Augen. Dann reichte sie mir einen weiteren Rum und schlug mir unsanft auf die Schulter:
„Und wo ist dein Guanchenprinz heute Abend, warum lässt er dich so sträflich alleine?"
„Ja, warum?", dachte ich, der Rum war mir schon ganz schön zu Kopfe gestiegen, „waRum, ist er jetzt nicht hier?". Kritisch beäugt von Madame Rosa zog ich mein Handy aus der Tasche, vielleicht hatte ich seinen Anruf überhört? Nein, leider nicht. Ich seufzte:
„Er muss arbeiten."
„Mach dir nichts draus, Liebchen! Nur gut, dass du mich getroffen hast! In den nächsten Tagen gibt es die tollsten

Partys und wer weiß, wo?", mit diesen Worten kritzelte Madame Rosa eine Nummer auf einen kleinen Zettel und gab ihn mir.
„Du?"
„Genau! Und ich kenne nicht nur die Orte, ich weiß auch, wo man das nötige Drum und Dran bekommt - zu guten Preisen!", sie zwinkerte mir so heftig zu, dass sich fast ihre künstlichen Wimpern gelöst hätten und eine kleine Wolke lila Lidschatten aufstieg, „Wo kommst du eigentlich her?"
„Aus Frankfurt, das ist in Deutschland."
„Weiß ich, aber wie hat es dich hierher verschlagen?"
„Eine lange Geschichte."
„Wirst du hierbleiben?"
Gute Frage, nein, ja, mal sehen. Ich zuckte mit den Schultern. Der Rum vernebelte definitiv mein Gehirn.
„Bist du denn sicher, dass dein Guanchenprinz nicht irgendwo anders Frau und Kinder hat, er ist doch ein ganzes Stück älter als du?"
„Nein, das kann ich mir nicht vorstellen", sagte ich, aber irgendetwas kam mir komisch vor an der Frage.
„Also ist es was Ernstes!", rief Madame Rosa pathetisch und drückte mir auf jede Wange einen dicken Schmatzer, mit maliziösem Lächeln setzte sie hinzu:
„Na, dann pass nur auf, dass die *Negra Tomasa* ihn dir nicht wegschnappt!", sie wandte sich an den Rumverkäufer, warf ihm noch mal Geld zu und drehte sich mit zwei Bechern in der Hand zu mir zurück:
„Darauf trinken wir!"
„Nein, danke."
„Wer nicht will, der hat schon", mit diesen Worten kippte sich die falsche Dame die beiden Rums nacheinander in den Rachen und rülpste. Ich musste grinsen und verabschiedete mich von Madame Rosa, indem ich mich artig für das *Polvo*, die Getränke und die Geschichtslektion bedankte. Dann drängelte ich in Richtung Ausgang davon.
„Ruf mich an!", krakeelte Madame Rosa mir noch hinterher.

Ein Gefühl von Glück, befeuert durch den Rum, durchströmte mich. Wie einfach es doch war, Freundschaften zu schließen oder nette Leute zu treffen! Man musste eben nur vor die Tür gehen, anstatt zu Hause vor dem Fernseher zu sitzen. Natürlich ahnte ich nicht, dass diese neue Bekanntschaft alles andere als zufällig gewesen war. Ich sah mich nach Toilettenhäuschen um. Dabei erhaschte ich einen Blick auf Madame Rosa, die mich offensichtlich beobachtete, nun anzüglich winkte und mir einen Luftkuss sandte. Kopfschüttelnd ging ich in die Richtung, in der ich die Toiletten vermutete.

Ben

„Das ist doch ein ausgemachter Schwachsinn, *comisario*!"
Crockett regte sich immer noch auf. Er lief zusammen mit Ben den Strand hoch, als Tubbs etwas außer Atem zu ihnen stieß und vorsichtig fragte, was vorgefallen sei.
„Irgend so eine afrikanische Hexe hat ‚Agowu', den rachsüchtigen Herrn der Stürme und Sturmwinde auf den *comisario* losgelassen!"
„Was? Ich versteh nur ..."
Ben mischte sich in das Geplänkel seiner Untergeben ein:
„Eine Schadensmagie des Yoruba Kults."
Crockett pfiff leise bewundernd durch die Zähne:
„Sie kennen das?"
„Nur flüchtig."
Tubbs bekreuzigte sich verstohlen, Crockett, der das bemerkte, stupste ihn lachend an und machte:
„Buh!"
Tubbs schüttelte ihn ärgerlich ab und fragte den *comisario*:
„Wissen wir dann jetzt, wo die Leute herkommen und können sie nach Hause schicken?"
„Yoruba leben zwar vor allem in Nigeria aber auch in Benin, Ghana und Togo."
Tubbs nickte:
„Und wie geht es mit ihnen weiter?"
„Die normale Prozedur, maximal vierzig Stunden in Polizeigewahrsam, erkennungsdienstliche Behandlung und es muss eine Akte angelegt werden, eine Abschiebeakte."

„Das sollte die *GC* machen, wir hätten auf dem Revier ja nicht mal genug Platz, um die ganzen Leute unterzubringen, geschweige denn genug Personal, um sie zu befragen ..."

Ben hatte ein ungutes Gefühl, irgendetwas stimmte hier nicht, aber er war auch froh, das Problem so schnell wie möglich von der Backe zu haben. Die Kollegen von der *Guardia Civil* hätten sich sowieso auf den Schlips getreten gefühlt und das Platzproblem war nicht von der Hand zu weisen, also pflichtete er Crockett bei:

„¡*Vale*! Und dann kommen sie in ein Auffanglager ... Goméz fragen Sie doch bitte mal nach, in welches."

Tubbs machte sich sofort auf den Weg.

„León, könnten Sie noch nachfragen, ob die *GC* angeordnet hat, dass alle Toten rechtsmedizinisch untersucht werden."

León schaute ihn sehr skeptisch von der Seite an.

„Kennen Sie die Gerüchte, *comisario*?"

Mit dieser Frage würde sich Ben keine Freunde machen, das wusste er. Mehr oder weniger offen zur Schau getragenes Unverständnis darüber, dass sich überhaupt jemand so ausführlich mit dem Tod der Afrikaner beschäftigte, war ihm entgegengeschlagen. Hinzu kamen abfällige Bemerkungen hinter vorgehaltener Hand, von denen sich die harmlosesten um eine ihm unterstellte Profilneurose aufgrund von Unerfahrenheit drehten.

„Die Profilneurose?"

„Äh, nein, ich meine über die Kühlkammern. Das die da wochen- oder monatelang rumliegen und eigentlich identifiziert werden sollen, aber das geht natürlich gar nicht und dann kommt ein katholischer Priester und erteilt ihnen die Sterbesakramente, obwohl die meisten doch Muslime sind und dann machen sich Scharen von Studenten über die armen Schweine her, um Obduzieren und Sezieren zu lernen ..."

Ben stöhnte, das wurde ja immer besser.

Was Ben wesentlich mehr beunruhigte, als die feindseligen Kommentare der Kollegen, war, der Gedanke an einen alten Bekannten. Der Rechtsmediziner *doctor* Martinez, war ihm seit ihrem ersten Zusammentreffen unangenehm,

um nicht zu sagen unheimlich. Und das lag gar nicht mal an seinen buschigen, dunklen, dräuenden Augenbrauen und dem stechenden Blick darunter - obwohl die bei schwächeren Gemütern sicher zur Tiefeneinschüchterung ausreichten. Seit Ben auf die Insel zurückgekehrt war, seit seinem ersten Fall hier, hatte der Mediziner ihn mit Andeutungen über Bens verschollenen Vater verfolgt. Aber das unerlaubte Ausschlachten von Leichen? Nein, das wollte er ihm dennoch nicht unterstellen. Trotzdem war er froh, dass es erstmal die Kollegen von der *GC* sein würden, die mit den Obduktionen und Dr. Martinez zu tun hätten.
Crockett entschuldigte sich, er müsse noch den Bericht anfangen. Ben ging weiter, um noch ein paar Worte mit dem Einsatzleiter des Roten Kreuzes zu wechseln.
Camilo Jiménez Ruiz, ein kleiner, bärtiger, agiler Mann, ließ Ben, der sich nach dessen Eindruck erkundigte, nicht mal ausreden, sondern schimpfte sofort los:
„Wissen Sie, wie viele Leute ich während des Karnevals alleine im mobilen Krankenzelt in Santa Cruz habe?“, er wartete eine Antwort nicht ab:
„150! Und wissen Sie dann auch, wie viele Karnevalsbesucher das pro Mitarbeiter macht? 1000! Ja, da gibt es weiß Gott genug zu tun! Verletzte, Betrunkene, Druffis, alles, was Sie wollen. Sohnemann hat einen über den Durst getrunken, Omi ist gestolpert und Papa musste sich unbedingt mit *señor* X prügeln! Damit aber nicht genug, da müssen auch noch so ein paar lebensmüde Afrikaner hier aufschlagen! Können Sie mir sagen, wo ich die Helfer hernehmen soll? Backen Sie mir welche?“
Ben hatte die Hand am Mund und wartete, ob Jiménez noch etwas sagen wollte, weder wollte er ihn unterbrechen noch auf seine Tiraden eingehen. Das stellte sich als die richtige Taktik heraus. Jiménez hatte seinem Herzen Luft gemacht, nun beruhigte er sich und war die Liebenswürdigkeit in Person.
„Ziemlich unüblich um diese Jahreszeit. Die Strömung, das Wetter, sehr ungünstige Bedingungen für eine Überfahrt. Deshalb haben die von der Frontex ja wohl auch gedacht, sie könnten genauso gut vor der afrikanischen Küste kreuzen, als hier Däumchen zu drehen. Wenn Sie

mich fragen: Die Überwachung nützt gar nicht so viel, wie die in Warschau, oder wo die Chefs da sitzen, denken. Wissen Sie, wie viel das kostet? Ich bete zu Gott, dass es nicht wieder so schlimm wird wie vor vier und fünf Jahren! Da kamen fast täglich diese seeuntauglichen Fischerboote hier an. Die *GC* hat geschätzt, dass damals 1.260 Bootsflüchtlinge ums Leben gekommen sind. Ich würde sagen, die Dunkelziffer liegt weit höher! Aber jetzt nicht lange geredet, wir müssen uns beeilen, niemand sieht es gerne, wenn die Immigranten zu lange am Strand in der Öffentlichkeit sind, das schreckt die Touristen ab ..."

In diesem Moment tauchte Tubbs mit einem neuen Problem auf:

„Die Unterbringung der Flüchtlinge, *comisario* ... Das Auffanglager in Santa Cruz ist vorübergehend geschlossen. Wegen Renovierung."

Jimenéz schloss kurz die Augen und nickte:

„Letztes Jahr war doch diese EU-Kommission da, die hatten ein paar Sachen zu beanstanden, Kleinigkeiten, und da seit letztem Herbst keine Flüchtlinge mehr angekommen sind, hat man wohl die Gunst der Stunde genutzt ..."

Ben wandte sich an seinen *sargento*:

„Fragen Sie doch bitte auf den Nachbarinseln an, ob die bereit sind, die Flüchtlinge aufzunehmen."

Tubbs räusperte sich:

„Das habe ich, Ihr Einverständnis vorausgesetzt, schon versucht, aber die auf La Palma haben abgelehnt, auf Gran Canaria habe ich noch niemanden erreicht, vielleicht ..."

Jimenéz unterbrach ihn:

„Die werden auch abwinken. Da müssen wir uns wohl selber was ausdenken. Ich habe da so eine halbe Idee. Es gibt ein leerstehendes Rotkreuzheim in den Bergen nordöstlich des Teide Nationalparks. Ein kleines Dorf. Das Heim hat einen Hausmeister und müsste eigentlich in Schuss sein."

Der Vorschlag des Rotkreuzlers kam Ben zwar relativ umständlich vor, stellte aber im Moment wohl die einzige Lösung dar. Also beschlossen sie, es zu versuchen und Jimenéz ließ alles in die Wege leiten. Er organisierte eine Verpflegungseinheit und eine Sozialarbeiterin. Den Bus

würde die *GC* stellen, nach der erkennungsdienstlichen Behandlung auf dem Revier.
Ben sah sich noch einmal nach den Leichen um, die in diesem Moment in den Wagen der Rechtsmedizin geladen wurden, einige der Laken waren verrutscht und gaben noch einmal den Blick auf die Gesichter der Ertrunkenen frei.

Evelyn

Inzwischen war es halb drei. Ich war todmüde, aber ich konnte nicht schlafen, deshalb hatte ich mich in Bens Sessel gesetzt und angefangen, alles über die bewegte Ein- und Auswanderungsgeschichte der kanarischen Inseln zu recherchieren, was ich noch nicht wusste.
Als ich den Schlüssel im Schloss hörte, machte mein Herz einen kleinen Hüpfer. Gleichzeitig hatte ich, aus einem mir selber nicht nachvollziehbaren Grund, ein schlechtes Gewissen.
Anstatt den Raum zu betreten, blieb Ben in der Tür stehen. Er lehnte sich gegen den Rahmen und schaute mich an. Ich hörte wie das Leder seiner Jacke auf dem Lack quietschte und versuchte seinen Blick zu deuten: Nachdenklich, abwartend, nicht böse, aber auch nicht freundlich. Forschend, als wollte er meine Gedanken lesen. Was dazu führte, dass meine Gedanken sofort vor Schreck für einen Moment aussetzten. Obwohl ich sehen konnte, dass Ben erschöpft war, strahlte er eine ungeheure Energie aus. Wie konnte man nur so sexy in einem Türrahmen lehnen? Oder waren Türrahmen vielleicht eigentlich gerade dafür gemacht. Lehnten nicht Männer in Frauenromanen immer in Türrahmen? Ein Bild von einem Mann in einem Bilderrahmen, der Hauptpreis für die Karnevalskönigin, sicher nicht für jemanden, der sich heute schon mehrfach zum Narren gemacht hatte! Mein Gehirnkasten sprang wieder an und ich fragte:
„Wie war's?" – aber das war doch auch schon wieder eine total blöde Frage, er war ja nicht zum Vergnügen unterwegs gewesen!

„Ein Boot mit afrikanischen Flüchtlingen ist vor der Küste gekentert, neun Tote, dreißig Überlebende."
„Scheiße!"
„Mmh."
„Ich hab gerade was über kanarische Emigranten gelesen, weil ich auf der *Fiesta de los Indianos* ..."
„Du warst auf der *Fiesta de los Indianos*?"
„Total geil ..."
„Du fandst den Karneval doch erst so doof."
Ich sah Ben an, er wirkte plötzlich schrecklich müde und enttäuscht und ich dachte, ich könnte ihm die ganze Geschichte von Madame Rosa und der *Negra Tomasa* ja auch morgen erzählen, es kam mir jetzt auch mit einem Mal komplett unwirklich vor, wie ein Traum in schwarz-weiß.
„Lass uns ins Bett gehen, ich muss sowieso gleich wieder aufstehen ... hast du nicht morgen früh einen Termin mit deinem Professor?"
Er hatte bei all dem Stress auch noch meine Termine im Kopf. Süß! Ben löste sich aus seinem Rahmen und öffnete ein Fenster, um ein bisschen frische Nachtluft reinzulassen, bevor er ins Bad ging. Ich folgte ihm und stellte mich im Bad in den Türrahmen, um zu sehen, wie sich das anfühlte und ob das auch bei mir funktionierte.
In dem Moment hörten wir einen Knall. Ben war mit einem Satz im Flur und blickte wild um sich. Dann sah er es: Ein Windstoß hatte das Fenster aufgedrückt und dabei ein Glas umgestoßen, das auf dem Boden zerschellt war. Es hatte sich angehört, als wäre ein Schuss gefallen.
„Oh, Mist, ich hab vorhin im Schlafzimmer ein Fenster aufgemacht, deshalb wahrscheinlich der Durchzug ..."
„Ist nicht so schlimm", Ben kniete unter dem Fenster und sammelte die Scherben auf.
Als ich ins Schlafzimmer kam, lag Ben schon im Bett, ich schlüpfte schnell unter die Decke und kuschelte mich an ihn, er grunzte. Ich schaute ihn an, er war eingeschlafen, er sah aus wie ein ruhender Herrscher, wie ein Bildnis, zufrieden mit sich und der Welt und gleichzeitig auf dem Sprung, die Welt zu retten, *Superman*.
Mit diesem Gedanken schlief ich ein. Und träumte von einem gigantischen Karnevalsumzug, in dem alle

Teilnehmer als Supermann verkleidet waren und die Rumba-Version von ‚Cabaret' sangen.

Evelyn

Die Nacht war kurz, ich erwachte von dem Geruch frisch gekochten Kaffees. Als ich verschlafen in die Küche tapste, fand ich einen bereits angezogenen Ben vor, der mir eine Tasse schwarzen Espresso aus einer kleinen Mokkakanne einschenkte:
„Die Kaffeemaschine habe ich extra für dich gekauft, ich bin sonst immer in die Bar an der Ecke gegangen, aber das kann man einer Dame ja nicht zumuten, jedenfalls nicht bevor sie sich angezogen hat, oder?", er drehte den Kopf, um die Kanne wieder zurück auf den Herd zu stellen, dabei entfuhr ihm ein unterdrückter Schmerzenslaut und ich zuckte zusammen:
„Was hast du?"
„Nichts, ich hab wohl über Nacht einen Zug gekriegt", er rieb sich den geplagten Nacken.
„Hast du so ein Ameisenpippi-Gel, das man da drauf machen kann?"
Ben sah mich entgeistert an:
„Nein, aber das geht bestimmt gleich wieder weg."
„Passiert das hier eigentlich ständig?"
„Was?"
„Das so ein Boot mit Flüchtlingen aus Afrika ankommt?"
„Nein, in den letzten Jahren sind es weniger geworden und um diese Jahreszeit ist es eine absolute Ausnahme."
Mein Blick fiel auf eine aufgeschlagene Tageszeitung, aber über die Flüchtlinge konnte ja noch nichts drin stehen. Stattdessen erregte ein Artikel, der mit ‚*Tragedia familiar*' betitelt war, meine Aufmerksamkeit. Darunter war von einer *cuchara para asado* die Rede. Ich deutete darauf und fragte Ben, was das heißen sollte.
„A roast meat knife", sagte er und als ich ihn weiter fragend anschaute, setzte er hinzu: *„a long-bladed knife for carving roasts and ham."*
Das klang ja gruselig:

„Aber das ist doch kein Artikel über Tapasbarzubehör, oder?“
„Das ist leider ein trauriges Kapitel in Spanien. Die 'Angst vor dem Bratenmesser hinter dem Vorhang' umschreibt das Phänomen, dass sich viele Frauen vor ihren eigenen Ehemännern fürchten und das zu Recht. Der Mann verdächtigt seine Frau der Untreue, dann trinkt er einen über den Durst und es gibt Tote. Auf der Halbinsel werden circa hundert solcher Fälle pro Jahr aufgenommen. Und auf den kanarischen Inseln ist familiäre Gewalt leider auch ein Thema.“
„Das ist ja total mittelalterlich.“
„Das ist der spanische Machismo.“
Ben warf einen Blick auf seine Uhr und verzog resigniert einen Mundwinkel:
„Ich muss los. Soll ich dich irgendwohin mitnehmen?“
„Ich bin ja noch gar nicht fertig, wie komme ich denn von hier am besten nach La Laguna?“
„Du musst ins *Barrio Nuevo*, da fährst du am besten mit der *Tranvía*, der Straßenbahn, ihr Deutschen mögt doch Schienenfahrzeuge so gerne.“
„Häh?“
„Es gab da dieses deutsche Projekt, auf Teneriffa eine Schnellbahntrasse zu bauen“, er schüttelte lächelnd den Kopf, stöhnte aber sogleich wieder auf und hielt sich mit der Hand den Hals.
„Was ist daran so lustig? Eine Schienenbahn ist doch sicherlich umweltverträglicher.“
Ben lenkte ein:
„Stimmt, ich würde wahrscheinlich selber mit dem Ding fahren, um nicht jeden Morgen im Stau zu stehen ...“
„Und ich werde mir trotzdem lieber ein Auto mieten, sonst bin ich so unbeweglich. Jetzt wo dein Urlaub gestrichen ist, werde ich wohl alleine zu den alten Höhlen und Fundstätten fahren müssen und da verkehren ja noch keine Schienenfahrzeuge!“
„Ich hoffe, dass ich den Fall gleich nach der Lagebesprechung abschließen kann und dann Zeit für dich habe. Aber zur Uni kommt man echt am besten mit der Tram, Linie 1 bis Campus Guajara. Und wenn du dir unbedingt ein Auto

leihen willst, dann geh zu Ernesto an der Plaza Weyler und sag, du bist mit mir befreundet, dann kriegst du ein gutes Auto ..."

„Korruption und Vetternwirtschaft wo hin man schaut!" Ben ächzte, aber diesmal nicht wegen seines steifen Halses, sondern wegen meiner Bemerkung:

„Kommt dir nicht auch manchmal der Gedanke, dass man mit zu viel Ordnung und protestantischem Arbeitsethos die Welt gar nicht unbedingt zu einem besseren Ort macht?"

„Ich ... das sollte ein Scherz sein!"

„Achso, naja ... Ich ruf dich an und wir treffen uns zum Mittagessen, bis dahin müsste ich fertig sein und dann zeig ich dir La Laguna."

„Super!"

„Ach, und morgen Abend sind wir bei meiner Mutter zum Essen eingeladen, sie hat darauf bestanden."

„Ah. Schön." Ich lächelte bis er zur Tür raus war, aber sein genervter Tonfall von eben lag noch eine Weile in der Luft und schlug mir auf den Magen. Oder war es eher der schwarze Kaffee ohne alles oder die Aussicht auf die Einladung bei seiner Mutter? Die konnte mich doch gar nicht leiden. Wenn es nach ihr ginge, dann wäre Ben mit einer Einheimischen zusammen, darauf würde ich wetten!

Ben

„Huuhahhh ... der Gott der Stürme und Unwetter ... diese Mamba hat ihn verflucht ... ich hab's selbst gehört ... total gruselig!"

Als Ben seine Dienststelle betrat, hörte er, wie Ignacia Ríos de Espinoza, seine Sekretärin und *brigada* Rafael León Hernández, sein Polizeiobermeister miteinander tuschelten. Ignacia stand auf León, das war klar, aber diesmal war es nicht das übliche Flirten, diesmal schien es um Ben zu gehen. Als sie ihn bemerkten, grüßten sie besonders freundlich und nahmen Abstand voneinander. Ben bat sie, auch *sargento* Vicente Goméz García und die neue Kollegin

dazuzurufen, damit sie eine Lagebesprechung abhalten könnten.
Lagebesprechungen wurden nun schon aus Tradition immer im Empfangsbereich abgehalten, zum einen, weil so auch Ignacia immer alles mitbekam und zum anderen, weil kein anderer Raum in dem kleinen Pavillon direkt an der Mole im Militärhafen von Playa de las Americas groß genug gewesen wäre, um mehrere Personen gleichzeitig zu fassen.
Nach ein paar Minuten hatten sich alle fünf versammelt und auf den herbeigeschafften Klappstühlen Platz genommen. Ben eröffnete die Sitzung.
„Anders als geplant, habe ich keinen Urlaub nehmen können, und würde es deshalb begrüßen, wenn Sie mir in den nächsten Tagen noch ein bisschen mehr als sonst unter die Arme greifen könnten", das zustimmende Gemurmel seiner Kollegen zauberte ein Lächeln auf seine Lippen „ich hoffe natürlich, dass uns der Karneval da keine allzu großen Brocken vor die Füße schmeißt und dass wir die Sache mit den afrikanischen Flüchtlingen schnell abgeschlossen haben."
„Ich dachte die *GC* kümmert sich drum und die Sache nimmt ihren normalen Gang", Ignacia war wie immer darauf bedacht, alles im Voraus zu wissen, sonst ließ sie es nicht gelten.
„Ja, genau, Goméz, berichten Sie doch bitte, wie es den Flüchtlingen gestern noch ergangen ist."
„Die *GC* hat drei der Flüchtlinge festgenommen. Die anderen haben ausgesagt, dass diese drei das Boot gesteuert haben und deshalb geht die *GC* davon aus, dass es sich um Schleuser handelt."
„Das ist doch ausgemachter Schwachsinn!"
Ben hatte, als er sich an Tubbs wandte, eine unbedachte Bewegung gemacht und ein stechender Schmerz fuhr ihm in den Nacken. Er stöhnte leise auf und konnte aus den Augenwinkeln sehen, wie sich Ignacia und Crockett einen verstohlenen Blick zuwarfen. Dann sprang Ignacia auf und zauberte mit einem Griff eine Salbentube aus ihrer Schublade:
„Cayennepfeffer! Das ist gut bei Verspannungen, Chef."

„Nein, danke, es geht schon. Das ist doch ein alter Trick von den Schleusern! Die sind doch selber noch in Afrika von Bord gegangen, wenn sie überhaupt drauf waren und diese armen Männer, die die Nussschale übers Wasser manövrieren, haben dann den schwarzen Peter, ich fass es nicht. Ignacia bitte machen Sie mir am Montag einen Termin mit dem Verantwortlichen der GC."
Ben zwang sich dazu, im folgenden Verlauf der Besprechung keine Empfindungen mehr preis zu geben. Er fühlte sich alt. Gar nicht wie der jüngste Dienststellenleiter der kanarischen Inseln und schon gar nicht wie der Geliebte einer um einige Jahre jüngeren Frau, oder war es vielleicht gerade das, was ihn so alt machte? Dieser Altersunterschied, die ungebremste Konfrontation mit dem viel jugendlicheren Wesen?
Ben war in Gedanken kurz abgeschweift und hatte nicht alles mitbekommen, was Tubbs in der Zwischenzeit referiert hatte. Es schien keine größeren Probleme bei der Aufnahme der persönlichen Daten der Flüchtlinge gegeben zu haben. Die meisten hatten, wie erwartet, keine Angaben zu ihrer Person gemacht. Keiner hatte einen Antrag auf Asyl gestellt, sie waren allerdings auch nicht dazu ermutigt oder in dieser Hinsicht beraten worden. Die anschließende Verbringung in den Norden der Insel war wie angeordnet erfolgt.
„Gut, bitte halten Sie Kontakt, Goméz. León, der diensthabende Offizier der GC hat mir gestern Abend gesagt, dass ein Patrouillenboot einen anonymen Anruf bekommen hat. Wisst ihr, welches?"
"Ja, das waren wir."

Evelyn

Die nigelnagelneue Straßenbahn mit ihren blauen, roten, gelben, grünen und orangefarbenen Waggons zockelte durch ein paar ziemlich runtergekommene Stadtviertel. Hier war nichts mit teuren Geschäften und ausgelassenem Karneval. Die ehemals beigefarbenen Fassaden der trostlosen, neunstöckigen Wohnkästen waren fleckig und

rissig. Die Mäuerchen, die die welken Grünflächen stützten, mit Graffiti übersät.
Ich hatte ein ungutes Gefühl, seitdem ich das Haus verlassen hatte und musterte verstohlen die anderen Passagiere. Da ich nichts Verdächtiges entdecken konnte, schaute ich aus dem Fenster: Die kahlen Berghänge leuchteten in der Märzsonne. Da hinauf wollten die bunten Wagen der Tranvía: Sechshundert Meter Höhenunterschied auf dreizehn Kilometer Strecke zwischen Santa Cruz und La Laguna. Vielleicht rührte das mulmige Gefühl von der Steigung? Principes de España: Noch sechs Stationen. Die Häuser waren jetzt niedriger, zwei bis dreistöckig, sahen aus wie verblichene Plastikwürfel im Sandkasten. Rechts der Strecke brachliegendes Gelände, teilweise als Parkplatz genutzt, Geröll, nackter Fels und eine Porsche-Niederlassung. Dann ein menschenleeres Industriegebiet. Links ein paar magere Palmen und dahinter das Meer! Meine Gedanken schweiften ab. Und landeten bei Bens Flüchtlingen von gestern Nacht:
Ausgerechnet in Los Cristianos waren die gestrandet. Also da wo früher die verarmten kanarischen Auswanderer auf die Dampfer in die neue Welt warteten. Der Nachbarort, der größte Touristenmoloch Teneriffas, heißt ja deshalb sogar so: Playa de las Americas! In meinem Kopf tauchten ein paar Zeilen eines Liedes von Funny van Dannen auf, die die ganze Situation gut beschrieben:
‚Ich wandere, Du wanderst, er wandert, sie wandert, wir wandern, ihr wandert, sie wandern ein und aus'. Das passte ja wirklich wie die Faust aufs Auge, wenn man sich dazu noch so deutsche Wandertouristen vorstellte, die zum Beispiel gerne im Anaga-Gebirge herumkraxelten, ‚auf den Spuren der Guanchen' - also der Ureinwohner Teneriffas. Die erste Besiedlung der kanarischen Inseln wird auf die Zeitspanne 3500 - 2000 vor Christus datiert. Aber man wusste bis heute nicht, wo diese ersten Bewohner herkamen!
Und genau das war mein Thema! Genau darüber wollte ich jetzt gleich mit dem reizenden, greisen Professor sprechen, der auf mich wartete.

Im letzten Dezember hatte mich eine Studienreise der archäologischen Fakultät Frankfurt hergeführt und die Altkanarier, waren seitdem Gegenstand meiner Forschungen. Ich hatte eine unorthodoxe Theorie über ihre Herkunft, die, wie so vieles in Hinblick auf dieses steinzeitlich geprägte Volk, noch völlig im Unklaren lag. Ich hatte hier immer das Gefühl, einem Geheimnis auf der Spur zu sein! Mein offizieller Plan war, meine These in einer archäologischen Fachzeitschrift zu publizieren. Und mich so auf diesem Gebiet ein bisschen zu profilieren, was dringend nötig war, nachdem ich meine Germanistikdoktorarbeit letztes Jahr komplett in den Sand gesetzt hatte.

Fast hätte ich die richtige Haltestelle verpasst. Campus Guajara: Schnell betätigte ich den Signalknopf und stieg aus. Ich musste mich kurz orientieren, dann erkannte ich in einem der unpersönlichen Bauten aus den 50er Jahren des letzten Jahrhunderts das Gebäude der *Facultad de Geografía e Historia,* wo die Archäologische Abteilung untergebracht war. Dort befand sich auch der winzige, bis zur Decke mit Büchern vollgestopfte Raum, den die Universität Delgado Soller zu Forschungszwecken überlassen hatte, obwohl er ja schon lange emeritiert war. Der alte Professor hatte eingewilligt, mich dort, auch wenn heute Samstag war, zu empfangen.

Ich war schon zweimal da gewesen, aber immer hatte ich mich hier irgendwie fremd und alleine gefühlt und ich fürchtete, mich auf den ewig langen Gängen zu verlaufen. Als ich die unzähligen Türen sah, zögerte ich, dann entschied ich mich für eine Tür, die aber zu meiner großen Überraschung verschlossen war. Hatte mich der Professor versetzt? Ich starrte einen Augenblick resigniert auf die Klinke, bis ich das Schild neben dem Türrahmen entdeckte, auf dem ein anderer Name stand. Entweder sie hatten den alten, weisen Vogel jetzt doch an die Luft gesetzt oder ich hatte mich im Stockwerk geirrt. Ich beschloss, es noch einen Stock höher zu versuchen. Das ganze Gebäude war wie ausgestorben. Wirklich ein bisschen unheimlich. Ich sah mich um, nichts, ich ging weiter

und glaubte Schritte zu hören, aber als ich mich umwandte, war da niemand. Jetzt sah ich schon Gespenster! Ich ging etwas schneller auf dem Weg zum Aufzug. Aber anstatt nach oben, fuhr der Fahrstuhl erstmal nach unten in den Keller. Ärgerlich drückte ich auf die ausgeleierten Tasten, die bereits die Spuren vieler ungeduldiger Studenten trugen. Der Fahrstuhl setzte seine Fahrt nach unten unbeeindruckt fort, kam dann mit einem Ruck zum Halten und die Tür öffnete sich langsam und quietschend. Im Untergeschoss war es dunkel. Nichts passierte. Dann setzte sich das Gefährt wieder in Bewegung.
Im dritten Stock wurde ich endlich fündig. Die richtige Tür. Ich klopfte höflich an. Keine Reaktion. Das Herz sank mir in die Hose. Ich klopfte noch einmal lauter: Eine kaum hörbare Stimme, bat mich herein.

Ben

„Meinen Sie, es gibt eine Möglichkeit herauszufinden, wer den Anruf getätigt hat?", fragte Ben in die Runde.
Tubbs schlug vor, einen ehemaligen Kollegen bei der *Statale* um Hilfe zu bitten, der sich mit Anrufnachverfolgung beschäftigt hatte. Aber Crockett fiel ihm ins Wort und meinte, sie könnten ebenso gut im Hafen rumfragen, wer gestern kurz vor dem Sturm noch draußen gewesen war. Denn der Anrufer musste das havarierte Flüchtlingsboot ja gesehen haben.
„Wär doch gelacht, wenn wir den nicht finden würden", León strich sich eine blondgefärbte Strähne aus der Stirn und lächelte schelmisch, nicht umsonst hatten die beiden ihren Spitznamen weg. Sie waren bekannt wie bunte Hunde und kannten auch entsprechend alle anderen.
Sargento Elene Ladesma Enriques, Bens neue Mitarbeiterin meldete sich:
„Ich habe den vorläufigen Bericht der Spusi in die Akte gelegt, *comisario.*"
Ben fischte einen Zettel aus der aktuellen Akte und überflog ihn:
„ ... gepolsterter Schaftrand, korrosionsfreie Stahlkappe

und Stahlzwischensohle, antistatische, öl- und säurebeständige, rutschhemmende 2-Schichten-PUR-Brandsohle ... Was ist das?"

„Da geht es um die Sicherheitsschuhe, die einer der Toten getragen hat. Und das kam mir komisch vor", fuhr Ladesma fort „weil solche Schuhe werden ja häufig von Bauarbeitern auf Baustellen hier getragen. Andererseits können die aber von überall sein. Die gibt's im Internet, wahrscheinlich sogar in Afrika. Globalisierung, Sie wissen schon. Also ..."

Ben forderte die Neue durch ein Kopfnicken auf, weiter zu sprechen.

„Leider gibt es bei Wasserleichen naturgemäß keine Boden- und Faserspuren ..." Ladesma zuckte die Schultern, mehr gab es offensichtlich nicht dazu zu sagen.

„Ja, das ist interessant", Ben spürte ein Kribbeln, wie immer, wenn er einem Rätsel, einem Verbrechen auf die Spur kam, „ich hatte bereits gestern Abend den Verdacht, dass einer der Toten ursprünglich nicht mit den anderen afrikanischen Flüchtlingen auf dem Boot gewesen ist."

„Aber wie soll das gehen", fragte Crockett, „es ist ausgeschlossen, dass die Leiche am Strand einfach zu den anderen dazu gelegt wurde, wir haben zusammen mit der Küstenwache neun Tote und 30 Überlebende aus dem Wasser geholt."

Ben nickte:

„Ja, aber die Aussagen der Flüchtlinge waren widersprüchlich. Ich fürchte, wir müssen der Sache nachgehen. Ignacia, wir brauchen Volldampf in der Rechtsmedizin."

Er seufzte, das bedeutete leider auch, dass er sich gleich im Anschluss an die Besprechung persönlich darum würde kümmern müssen. Seine Laune sank beträchtlich bei dieser Aussicht.

„Also falls einer der Toten, nicht mit den anderen auf dem Boot aus Afrika gekommen ist, was ich jetzt annehme, stellen sich folgende Fragen: Wo kam er dann her? Ist er den anderen entgegen gekommen? Haben sie ihn umgebracht? War es ein Unfall? Und wo ist sein Boot? Hat er vorher auf Teneriffa gelebt? Was hat er hier gemacht? Wer hat ihn gekannt?" Noch während er sprach, hatte Ben eine Idee, eine

Eingebung: Wenn der Mann mit den Bauarbeiterschuhen zuvor als Flüchtling gekommen war, dann war er auch erkennungsdienstlich behandelt worden!
„Wir brauchen die Fingerabdrücke!"
Die anderen sahen ihn an.
„Von den Toten! Ignacia, bitte leiten Sie das in die Wege, ich verwette meine Ei - äh, dass wir einen von denen in den Akten haben. Machen wir uns an die Arbeit, meine Damen, meine Herren!"
Alle machten Anstalten aufzustehen, Ben griff sich seine Akte, als ihm noch etwas einfiel:
„Crockett, äh, León, halten Sie mich auf dem Laufenden, was den anonymen Anruf angeht."
Im Hinausgehen hörte er noch wie Crockett Tubbs zuraunte:
„Soviel zu ‚schnell abgeschlossen'".

3. Kapitel

„La Cumbia di Chi Cambia"

Se c'è qualcuno
che c'ha voglia di ballare
Si faccia avanti, si faccia avanti
Se c'è qualcuno
che c'ha voglia di cambiare
Si faccia avanti, si faccia avanti
Jovanotti

Evelyn

Nicht, dass wir uns hier missverstehen: Ich könnte meinen Professor stundenlang beobachten, wie er da so sitzt, ein kleiner Koboldmaki zwischen Myriaden von Büchern, der listig in sich hineinlächelt, die trüben Augen ein bisschen ins Nichts gerichtet, und wie er dozierend von Hölzchen auf Stöckchen kommt. Aber jetzt wurde ich ungeduldig. Ich hatte gehofft, der Professor würde seinen Senf zu meinem Text abgeben, anstatt sich in ausschweifenden Kommentaren zu neuesten Theorien in der Atlantis Forschung zu verfransen.

„Es gibt also neue Indizien dafür, dass es einen Urkontinent gab, den man tatsächlich Atlantis nennen könnte! Das würde bedeuten, man müsste die gesamte Geschichte der menschlichen Zivilisation umschreiben! Ich spreche von den Hinweisen auf eine sehr frühe Schrift, lange vor den Sumerern und Ägyptern."

„Ja, genau", das war meine einzige Chance, ich musste ihn hier unterbrechen, sonst würden wir nie auf meinen Text zu sprechen kommen, „wo Sie gerade von Schrift sprechen, es sind ja vor allem die sprachlichen Gemeinsamkeiten zwischen den Guanchen beziehungsweise den Altkanariern und den alten Völkern Nordafrikas, auf die sich die heutige Wissenschaft stützt ..."

Der Professor schaute mich jetzt an und lächelte:

„Und es ist gut, dass Sie das in ihren Ausführungen für sich vereinnahmen, schlagen sie den Feind mit seinen eigenen Waffen!"

Das musste ich ihm lassen, er konnte von einer Sekunde auf die andere umschalten und er hatte meinen Text anscheinend doch gelesen.
„Sie wissen ja, zu welchen Schlüssen die aktuelle Forschung kommt …"
„Das weiß ich, aber ich habe nie begriffen, wie sie dann die plötzliche Verarmung der kanarischen Kultur erklärt!", bei diesem Thema konnte ich keine Ruhe bewahren, ich rutschte auf meinem Stuhl hin und her.
„Natürlich, deshalb gefällt mir Ihr Ansatz ja so gut. Aber Sie werden großen Anfeindungen ausgesetzt sein. Ich sehe sie schon vor mir, die Vergleiche mit den alten Nazi-Thesen, schließlich sind Sie Deutsche …"
Das hatte ich doch heute schon mal gehört!
„Hochgewachsen, blond und blauäugig, die edlen Guanchen mussten eindeutig von den Germanen abstammen … Aber, meine Liebe", sein Deutsch war übrigens bezaubernd altmodisch, er hatte, glaube ich, in Heidelberg studiert, vor hundert Jahren, „ich würde sagen, diesen Vorwurf können Sie entkräften!" Der Professor spielte jetzt mit einem dicken klobigen Siegelring an seinem Finger:
„Also, Ihre Megalithiker-These ist hochinteressant, ich kann es kaum erwarten, sie in einer Fachzeitschrift veröffentlicht zu sehen und dann das dumme Gesicht der Kollegen dazu … aber leider hat Ihr Text noch einige Schwächen, nichts Weltbewegendes, aber Sie sollten sich nicht durch Lappalien angreifbar machen."
Verzagen breitete sich aus:
„Was genau meinen Sie denn?"
„Sie versuchen sich da in die Menschen der Vorzeit hineinzuversetzen, das ist eine Art der Auseinandersetzung, die – sagen wir mal – ungewöhnlich ist für eine wissenschaftliche Arbeit. Wenn Sie dabei bleiben wollen, dann müsste es überzeugender sein."
„Ja, Sie haben Recht", natürlich hatte er Recht, aber ich war völlig aus dem Konzept gebracht, wie sollte ich das anstellen? Ich hatte kurz den dringenden Wunsch, alles hinzuschmeißen, der Wissenschaft Lebewohl zu sagen und stattdessen irgendetwas wirklich Sinnvolles zu machen, sowas wie … afrikanische Flüchtlinge retten zum Beispiel.

„Gestern ist ein Flüchtlingsboot aus Afrika in Los Cristianos angekommen", ich wusste, dass das nicht hierher gehörte, aber irgendwie musste ich es loswerden, „neununddreißig Menschen, neun von ihnen haben die Überfahrt nicht überlebt! Ich frage mich die ganze Zeit: Warum machen die Leute das, warum riskieren sie ihr Leben, warum geben sie ihre Heimat auf?"
„Das ist interessant, dass Sie das sagen", er machte eine kleine Pause, „das lässt mich an die Felszeichnungen der Altkanarier in Form von Booten denken, eine sehr prominente findet sich hier auf der Insel, im Barranco del Muerto in der Nähe von Santa Cruz ..."
„Im Tal des Toten, ja, leider habe ich bisher nur Abbildungen gesehen, aber ich hoffe, dass ich sie bei meinem jetzigen Aufenthalt auch einmal in echt besichtigen kann."
„Tun Sie das, meine Liebe, eine Fotografie zeigt ja nur einen Teil, eine solche Hinterlassenschaft muss man vor Ort mit allen Sinnen erleben, ich meine mit allen, aber wie ich Sie kenne, sind Sie durchaus in der Lage auch auf anderen Ebenen Dinge wahrzunehmen", er lächelte verschmitzt, kehrte aber direkt zu unserem wissenschaftlichen Diskurs zurück und ließ mir keine Gelegenheit, nachzufragen, was er mit diesen kryptischen Andeutungen genau gemeint hatte.
„Es gibt Kollegen, die interpretieren diese *grabados de barcos* als Symbol für Emigration und somit für die Hoffnung auf ein besseres Leben. Kennen Sie Vilém Flusser, den Philosophen? Flusser, der selber Heimatvertriebener war, was er immer betont, setzt sich mit dem Nomadentum und dem Exil auseinander. Er fragt sich, ob unsere 10 000 Jahre andauernde Sesshaftigkeit nicht eine Strafe gewesen ist, für eine Sünde, die wir beim Übergang aus dem Paläolithikum ins Neolithikum begangen haben. Anders gesagt: Er betrachtet das Sesshaftwerden als Sündenfall. Wir sprechen von der Vertreibung aus dem Paradies, nur andersherum, verstehen Sie. Und er geht noch weiter: Was, wenn wir jetzt von diesem Fluch erlöst wären, in die Freiheit entlassen, in ein neues Nomadentum, auf eine neue Wanderschaft geschickt? Dann stellt sich die Frage: Brauchen wir eine geographische Heimat?"

Der Ansatz elektrisierte mich:
„Und es sind ja genau eben die Megalithkulturen, die für den Übergang vom Nomadentum zum Sesshaftwerden stehen …"
„Richtig: Von der mesolithischen zur neolithischen Lebensweise, und was ist heute?"
„Ich verstehe nicht."
„Stehen wir heute vor einer ähnlichen Schwelle? Vergleichen Sie! Stellen Sie die Immigranten von heute den Immigranten der Vorzeit gegenüber."
„Ich …", ich wurde von einem Geräusch vor der Tür unterbrochen, „haben Sie das gehört?"
„Was denn, meine Liebe?"
„Erwarten Sie noch jemanden?"
„Nein, meine Liebe", er sah auf die Uhr, „aber unsere Zeit ist leider um, ich habe einem Kollegen versprochen noch etwas für ihn nachzuschlagen und dann holt mich meine Frau ab."
„Stört es Sie, wenn ich solange …", ich hatte wirklich keine Lust noch mal allein durch diese endlosen Gänge zu irren und meine Verabredung mit Ben hier in der Cafeteria war erst in zwei Stunden. Wenn ich einen Mietwagen hätte, könnte ich zu einer der Fundstätten oder Höhlen im Nordosten der Insel fahren, die noch auf meiner Erkundungsliste standen, anstatt zu warten.
„Sie kennen meine Frau? Doch, doch, ich glaube, Sie haben sie schon einmal gesehen, wissen Sie, sie ist etwas, wie soll ich das sagen? Eifersüchtig? Es wäre jedenfalls opportun, wenn sie uns nicht zusammen sehen würde."
Er schmunzelte und sah dabei plötzlich fünfzig Jahre jünger aus.
Ich seufzte und stand auf, ok, keine Chance. Auch eine Art Vertreibung aus dem Paradies. Aber hatte ich genug vom Apfel der Erkenntnis abgeknabbert? Ich bedankte mich von ganzem Herzen für die Anregungen, nahm meine Tasche und trat mit einem beklemmenden Gefühl in der Magengrube aus dem kleinen, heimeligen Büro hinaus auf den Flur.

Ben

Ben parkte den Dienstwagen auf dem Gelände des Universitätskrankenhauses von La Laguna, nur wenige Schritte vom Eingang der Rechtsmedizin entfernt. Das übliche beklemmende Gefühl überkam ihn, sobald er die neonlichtgefluteten, unterirdischen Flure betrat. Wie befürchtet, blieb ihm die persönliche Konfrontation mit Martinez, dem Chef-Rechtsmediziner des Instituts, nicht erspart. Seitdem Ben die Abteilung Kapitalverbrechen der PC leitete, hatte Martinez ihn mit diesen eindringlichen Blicken und mehrdeutigen Bemerkungen verfolgt.
Ben hatte angenommen, dass der sicher kurz vor der Pensionierung stehende Arzt und sein Vater, einmal zusammen gearbeitet hatten. Bens Vater war bis zu dessen Verschwinden im Jahr 1977 bei der *Guardia Civil* gewesen. Ben machte sich eine mentale Notiz, dass er den beruflichen Werdegang von diesem Martinez in den nächsten Tagen einmal recherchieren wollte. Vielleicht sollte er auch seine Mutter einmal nach ihm fragen, was er bisher vermieden hatte, denn seine Mutter war extrem empfindlich, wenn es um das Thema seines verschollenen Vaters ging. Sie hielt eisern daran fest, dass er noch lebte, dass er eines Tages zu ihr zurückkehren würde und es machte Ben traurig und wütend, mit ihr darüber zu sprechen.
Ben ging den endlosen Korridor entlang, vorbei an Türen, hinter denen unzählige Kühlkammern lagen: So schlimm würde es schon nicht werden, seufzte er, vielleicht hatte Martinez auch gerade viel zu tun und drückte ihm die Ergebnisse einfach nur in die Hand. Letztlich war sein Besuch hier doch nur ein Ermittlungsstrohhalm, an den er sich klammerte. Seine Intuition konnte ihn ebenso gut täuschen und der Tote mit den Sicherheitsschuhen war genau wie die anderen mit dem afrikanischen Boot gekommen. Die Flüchtlinge hatten sich bei der Befragung uneindeutig geäußert. Das Boot war überfüllt und unübersichtlich gewesen, vielleicht war er einfach nicht allen aufgefallen. Und die Schuhe konnte man auch in Afrika bestellen, das hatte Ladesma ja gesagt.

„Ah, *comisario* de las Casas, schön, dass Sie persönlich kommen! Wir haben uns sehr beeilt."
„Ja", Ben klang ein bisschen gequält.
Auf zwei Seziertischen waren Leichname aufgebahrt.
„Sie sind alle ertrunken", Martinez machte eine ausladende Geste mit dem rechten Arm, „die Afrikaner, die Sie mir geschickt haben, alle, ohne Ausnahme."
„Danke, Doktor, ich hatte irgendwie die Idee gehabt, einer der Toten würde sich von den anderen unterscheiden, aber das war wohl ein Trugschluss."
„Nein, nein, keineswegs, *comisario*."
„Wie meinen Sie das?"
„Sie sind alle ertrunken. Die jungen Frauen und drei der Männer in Salzwasser. Einer der Männer in Süßwasser."
Den Blick, den Martinez ihm zuwarf, konnte Ben wieder einmal nicht deuten. Aber die Nachricht war mehr als interessant. Ben fiel ein Stein vom Herzen. Es ist natürlich immer besser, wenn man sich auf seine Intuitionen verlassen kann.
„Das ist ja großartig. Äh, ich meine, können Sie Genaueres sagen?"
„Die Untersuchungen im Labor laufen noch."
„Sehr gut, das bestätigt meine Vermutungen und ich brauche die Ergebnisse selbstredend so schnell wie möglich ... Haben wir schon die Fingerabdrücke?"
„Die Fingerabdruckgewinnung bei Wasserleichen ist – wie Sie sich denken können – in den meisten Fällen relativ schwierig. Kollegen von mir arbeiten gerade an einem Verfahren, das in Zukunft eine morphologische Rekonstruktion der Fingerbeere ermöglichen soll, auch wenn der Verwesungsprozess schon eingesetzt hat. Dazu wird eine Balsamierungsflüssigkeit in den Unterarm injiziert", Martinez deutete auf sein Handgelenk, wo sich dicke blaue Adern abzeichneten, Ben schauderte, „mit dieser Methode wird man, selbst in Fällen fortgeschrittener Fäulnis oder bei längerer Wasserliegezeit, qualitativ hochwertige Fingerabdrücke gewinnen können", Martinez sah Ben einen Moment lang bedauernd an, „das funktioniert allerdings nicht bei mumifizierten Leichen", fügte er dann hinzu.
„Wissen Sie, de las Casas, ich habe mich damals, als ihr

Vater verschwunden ist, gefragt, ob er vielleicht ausgewandert ist, der Druck war ja zuletzt ziemlich groß ..."
Martinez hätte ebenso gut eines der Skalpelle vom Seziertisch nehmen und Ben damit in die Brust stechen können. Ohne Nachzudenken unterbrach Ben den Rechtsmediziner barsch:
„Worauf spielen Sie an?!"
„Vielleicht unter einem anderen Namen, auch damals konnte man schon leicht an falsche Papiere kommen, zumal mit seinen Kontakten ..."
„Mein Vater ist tot! Hören Sie auf, diese Andeutungen über ihn zu machen! Das interessiert mich nicht", Ben hatte die Brauen zusammengezogen und starrte sein Gegenüber böse an. Und: Er log. Die Umstände des Todes seines Vaters interessierten ihn brennend, aber leider war es ihm unmöglich, mit Martinez darüber zu reden! Wie konnte ihn dieser alte Sack immer wieder so aus der Reserve locken?
„Wenn Sie meinen", Martinez trat mit einem feinen Lächeln den Rückzug an, „zurück zu den Fingerabdrücken: Unsere Leichen hier haben nicht lange im Wasser gelegen, sodass es zum Glück kein Problem war, die Fingerabdrücke abzunehmen. Sie müssten bereits im Computer abrufbar sein", er lächelte wieder, diesmal nachsichtig.
Ben war nicht bei der Sache, mechanisch fragte er weiter:
„Was können Sie mir über die anderen sagen?"
„Wir haben sie nicht identifizieren können", er lachte kurz und trocken.
Ben schoss durch den Kopf, was er von Crockett über die Geheimnisse der Kühlkammern gehört hatte, er überlegte, ob und wie er darauf zu sprechen kommen sollte.
Organspende war in Spanien weit verbreitet, zum Glück. Es gab kein langes Getue mit Spenderpässen, wie Ben es aus anderen Ländern kannte. Nein, es war selbstverständlich, dass man Organe, die man selber nicht mehr benötigte, frei gab, auf dass sie anderen nützlich sein konnten. Spanier waren hochkatholisch, sie wussten, dass die Seele im Jenseits ohne den Körper und seine Einzelteile vor den Schöpfer trat. Und doch. Diese Toten waren keine Spanier und zumindest zum Teil auch keine Katholiken. Die

Vorstellung, dass Tote ohne ihr Einverständnis auseinandergenommen und als Anschauungsobjekte missbraucht wurden, war Ben unangenehm. Andererseits, nur so hatte die medizinische Wissenschaft alles über Krankheiten und die Funktionen des Körpers herausfinden können. Die Ausbildung fähiger Ärzte war ein hohes Gut, von dem letztlich alle profitierten. Aber warum musste es dann heimlich geschehen? Konnte man das nicht anders regeln? Wenn solche Sachen unter der Hand abliefen, dann verdiente doch auch sicher jemand daran. Und das war nicht gut. Martinez steckte dahinter oder jedenfalls mit drin, da war sich Ben plötzlich sicher. Vielleicht hatte der Rechtsmediziner auch die Leichen für die Entwicklung dieses neuen Fingerabdruckmittels spendiert? Ben sollte das jetzt unter gar keinen Umständen erwähnen. Aber er würde der Sache nachgehen, auch wenn es vielleicht nicht sein Ressort war, allein schon, um diesem selbstgerechten Uhu hier eins auszuwischen.
„Natürlich sind sie noch nicht identifiziert, das sollte ein Scherz sein", unterbrach der Rechtsmediziner Bens Gedanken.
Ben hob den Kopf, er wollte sich nichts anmerken lassen und schnell auf seinen Fall zurückkommen, als ihn erneut dieser fiese Schmerz durchfuhr. Er griff sich mit einer Hand in den Nacken und fluchte leise.
Martinez sah ihn an, wie eine Hyäne ein verwundetes Tier ansieht.
„Eine Verspannung, *comisario*? Ich müsste irgendwo noch eine Tube Finalgon haben ...", er ging zu einem Schrank und zog eine Schublade auf. Ben war hochgradig alarmiert: Mit der Schmiere von diesem Leichendoktor, würde sein Kopf garantiert in den nächsten 24 Stunden abfallen! Bevor er protestieren und ablehnen konnte, klingelte das Telefon. Der Rechtsmediziner unterbrach die Suche nach dem Medikament und nahm ab.
„Für Sie, *comisario.*"
Ben nahm das Gespräch verwundert an:
„Ignacia, Gott sei Dank, ich meine, gut, dass Sie anrufen ... welche Fingerabdrücke? Achso, klar, Moment ...", er ließ den Hörer kurz sinken und fragte sein Gegenüber:

„Wie sind denn die Abdrücke des Toten, der in Süßwasser ertrunken ist, gekennzeichnet?"
Martinez, der wieder in seiner Schublade kramte, nahm ein Klemmbrett von einem Sideboard und fuhr mit dem Finger die Zeilen ab:
„Nummer MA 11 53-8", sagte er.
„*Bueno*, Ignacia, nehmen Sie die Abdrücke der Nummer MA 11 53-8 und lassen Sie die durch den Computer laufen, die anderen auch, aber der hier hat absolute Priorität. Und stellen Sie mir doch schon mal eine Liste mit allen aktuellen Baustellen auf der Insel zusammen, danke."
„Sind Sie mit den Baustellen nicht ein wenig voreilig, *comisario*? Natürlich ist das Baugewerbe eine der Branchen, wo die meisten Illegalen beschäftigt sind. Wir gehen doch von Schwarzarbeit aus, oder? Neben der Gastronomie, der Landwirtschaft, Hotel und Gaststätten, Spedition und Transport, und nicht zu vergessen: Die Reinigungsbranche. Aber entschuldigen Sie, ich will Ihnen da nicht vorgreifen, Sie haben sicher Erkenntnisse, die mir nicht vorliegen."
Ein jovialer älterer Herr, ganz der Profi, wenn man ihn nicht kannte, Dr. Jekyll und Mr. Hyde waren nichts dagegen!
„Wegen der Schuhe hatte ich angenommen, dass der Tote auf einer Baustelle gearbeitet hat und das nicht in Afrika, aber mehr habe ich leider auch noch nicht."
Ben schaute verstohlen auf seine Uhr: Er war bereits seit zehn Minuten mit Evelyn an der Universität verabredet. Es hatte mal wieder alles länger gedauert. Auch Martinez sah jetzt auf seine Uhr:
„*Comisario*, wenn Sie die Leichen noch persönlich in Augenschein nehmen wollen, dann kommen Sie, ich habe gleich einen Termin."
Ben war kurz hin- und hergerissen, er hatte keine Lust mehr auf den Höllenhund und seine Leichen, aber er erhoffte sich noch weitere Erkenntnisse, trotzdem sollte er Evelyn wenigstens kurz Bescheid sagen. Er zog sein Mobiltelefon aus der Tasche: Kein Empfang. Während er noch überlegte, redete Martinez schon weiter und es blieb ihm keine Zeit mehr. Dann hatte er eine Idee, mit dem Telefon

in der Hand trat er neben den Mediziner, an einen der Tische.
„Nun, was kann ich Ihnen erzählen. Verdammt jung, diese Leute, aber das sind sie meistens. Ungewöhnlich, dass es so viele Frauen sind, wiederum nicht ungewöhnlich, dass die Frauen als erste ertrinken. Ich tippe auf Nigerianer. Schürfwunden bei den meisten, wahrscheinlich beim Kentern des Bootes entstanden, hatten alle nicht viel gegessen in letzter Zeit, außer einem, warten Sie mal, ach ja, der für den Sie sich interessieren", Martinez lächelte ein halbes Lächeln und sah Ben von der Seite an.

Evelyn

Ich hatte mich an eine der 50er-Jahre-Säulen des Unigebäudes gelehnt, es war schattig und frisch, von wegen ewiger Frühling. Die Cafeteria hatte ich zwar nach langem Suchen gefunden, aber sie war wegen des Karnevals oder aus anderen fadenscheinigen Gründen geschlossen. Ich hatte dann sogar ein paar versprengte Studenten getroffen, die mir einen Kaffeeautomaten zeigten. Der Automat schluckte mein Kleingeld, ohne dafür einen Kaffee auszuspucken. Also war ich wieder nach draußen gegangen, weiter weg wollte ich nicht, da ich ja mit Ben in der Cafeteria verabredet war. Ich schickte ihm eine SMS, bekam aber keine Antwort.

Den Rest der Zeit vertrieb ich mir damit, spanische NGOs zu googeln, die sich mit dem Schicksal von Geflüchteten befassten. Fast alle arbeiteten auf dem Festland, aber es gab eine deutsche Organisation auf Teneriffa, mit einem überzeugenden Internet-Auftritt, leider ohne Adresse oder Telefonnummer. Ich schrieb ihnen eine E-Mail mit der Bitte um Kontaktaufnahme. Ich wollte dem Hinweis meines Professors nachgehen und mich eingehender mit den Migranten unserer Tage beschäftigen. Vielleicht war ich selber auch einfach noch viel mehr auf der Suche, als ich es mir eingestehen wollte.

Naja, jedenfalls, wenn ich gewusst hätte, dass ich so lange auf Ben warten müsste, hätte ich die Zeit auch anders nutzen und mir zum Beispiel die Altstadt von La Laguna oder das berühmte *Museo de Historia de Tenerife* anschauen können!
Ich war ein bisschen sauer, als er endlich mit seinem Dienstwagen angerauscht kam. Sauer und irgendwie verunsichert - denn das Gefühl beobachtet und verfolgt zu werden, hatte mich nicht mehr losgelassen - und trotzdem auch froh, dass Ben jetzt da war und wir uns den Rest des Tages ein ausgedehntes Touristen- und verliebtes-Paar-Programm gönnen würden.
Aber damit wurde es erstmal nichts. Kaum war ich eingestiegen und hatte angefangen, mich über seine Unpünktlichkeit zu beklagen, klingelte sein Telefon. Ich kam nicht mal dazu, ihm von dem mulmigen Gefühl zu erzählen, dass ich seit der Straßenbahnfahrt gehabt hatte.
Ben sah aus, als ob er sich über den Anruf freuen würde, es klang dienstlich und wichtig. Seine Sekretärin sprach ziemlich laut, aber ich verstand nur MA 11 53-8 und Mali und Ben sagte irgendwas von Fotos und Baustellen und als er aufgelegt hatte, tippte er noch eine Weile auf seinem Handy herum. Als er fertig war, klärte er mich auf:
„Es gibt eine gute und eine schlechte Nachricht."
„Zuerst die schlechte", seufzte ich.
„Der Fall ist noch nicht abgeschlossen."
„Ah, na ja klar. Und die gute?"
„Wir konnten einen der Afrikaner anhand seiner Fingerabdrücke identifizieren!"
„Aber die kamen doch aus Afrika."
„Dieser wohl nicht, beziehungsweise ja, aber das ist schon länger her, er ist bereits vor zwei Jahren als Flüchtling mit einem Boot auf Teneriffa gelandet, wahrscheinlich aus Mali. Wie die meisten war er nach der erkennungsdienstlichen Behandlung noch in Gewahrsam gewesen, bevor er mit der Auflage, Spanien binnen vierzig Tagen zu verlassen, auf freien Fuß kam. Ursprünglich sollte er auf die Halbinsel ausgeflogen werden, ist aber wohl hier geblieben. Jedenfalls verliert sich seine Spur. Bei der Polizei war

er seitdem nicht mehr aktenkundig. Bis heute. Sein Name ist Issa Touré.
„Und jetzt?"
„Jetzt müssen wir natürlich rausfinden, wo Issa Touré gelebt hat, was er gearbeitet hat, wer ihn kannte und so weiter. Ich hab ein Foto von der Leiche gemacht und gerade ins Büro geschickt, damit sollen die anderen jetzt die aktuellen Baustellen abklappern", Ben strich sich mit beiden Händen über das Gesicht. „Ich kann leider im Moment nichts tun, ich hasse diese Warterei!", er holte tief Luft, dann lächelte er aufmunternd und sagte:
„Weißt du was? Wir gehen jetzt einen Kaffee in La Laguna trinken, das habe ich dir schließlich versprochen!"

Ben

Bens Zuversicht und gute Laune hielten genau bis zu dem Moment, in dem er anfing, in der Innenstadt einen Parkplatz zu suchen. Als er endlich einen gefunden hatte, machten sie sich zu Fuß auf den Weg durch die schmalen Straßen mit den kunstvoll gedrechselten Holzbalkonen.
„Hier in der Altstadt von La Laguna kannst du den spanischen Kolonialstil in Reinkultur bewundern. Mit dem Bau der Stadt wurde nämlich gleich nach dem Sieg der Spanier über die Guanchen begonnen", Ben zeigte auf einen in Bauplanen gehüllten Turm, der über die Dächer der Bürgerhäuser ragte:
„Da drüben in der Kathedrale liegt übrigens der Eroberer der Insel, Alonso de Lugo, begraben."
Ben ließ Evelyn einen Blick hinter kassettierte Holztüren, in prächtige Hinterhöfe werfen, machte sie hier auf ein Adelswappen an einer Fassade und dort auf einen Messingtürklopfer in Form eines Löwenkopfes aufmerksam. Während Evelyn ein Foto von dem Löwen machte, war Ben schon ein paar Schritte weitergegangen. Als er sich nach Evelyn umwandte, bemerkte er am Ende der Straße eine Bewegung: Ein Schatten war in einem Torbogen verschwunden. An sich nichts Ungewöhnliches, vielleicht wollte sich jemand, genau wie sie zuvor, einen der

historischen Innenhöfe anschauen. Und doch, er kniff die Augen zusammen und starrte in die Tiefe, aber es regte sich nichts mehr. Er zuckte die Schultern - und das tat weh.

Sie gingen weiter, Ben sah sich noch ein paar Mal um, konnte aber nichts Verdächtiges mehr bemerken. In wenigen unterhaltsamen Worten referierte er die Geschichte des Ortes, zum Beispiel, dass sich der Name La Laguna auf einen See bezog, der allerdings schnell ausgetrocknet war, als die Spanier die kompletten Waldbestände des Anaga Gebirges abgeholzt hatten. Oder, dass die Spanier den Grundriss der Stadt als Schachbrettmuster anlegten, so wie sie es dann später auch in den lateinamerikanischen Kolonien gemacht hatten. Und natürlich, dass San Cristobal de La Laguna in den ersten Jahrhunderten nach der *Conquista* das Zentrum der politischen und der religiösen Macht auf Teneriffa gewesen war, in dem angeblich die Hälfte der achttausend Einwohner Mönche waren. Er lachte noch als plötzlich ein schwarzer Glockenturm vor ihnen aufragte.

„Das ist die Iglesia de la Concepción, mit ihrem Bau wurde auch sofort nach der Eroberung begonnen. Komm wir gehen mal rein“, er nahm Evelyn bei der Hand und zog sie aus der Helligkeit der Straße in das Halbdunkel der Kirche. Zielstrebig ging Ben auf ein grünglasiertes Taufbecken zu:

„Schau mal hier: Das ist noch original, hier haben angeblich viele zwangsbekehrte Guanchen die Taufe empfangen.“ Evelyn strich mit der Hand über das Taufbecken, als würde sie erwarten, dort jahrhundertealtes verkapseltes Seufzen ertasten zu können.

„Weißt du denn was Genaueres über deine Vorfahren? Gehörten sie zu dem Friedensbund im Süden und haben sich mit den Spaniern verbündet oder sind sie mit den letzten Kriegern in die Berge geflüchtet, um den Widerstand zu organisieren?“

Ben atmete hörbar aus.

„Früher wollte ich nichts davon wissen und jetzt hab ich schlichtweg nicht die Zeit, um mich damit zu befassen und ...“

Das Klingeln seines Mobiltelefons unterbrach ihn, er griff in die Seitentasche, nickte dem Küster zu, der schon mit strengem Gesicht auf ihn zukam und sagte im Rausgehen zu Evelyn:
„Wir sehen uns draußen, ok?"
Vor der Kirche versuchte Ben, wie gewohnt, das Telefon unter sein Ohr zu klemmen, konnte aber den Hals nicht so weit biegen:
„Was soll das heißen, ihr habt noch niemanden erreicht? Ja, natürlich weiß ich, dass Samstag ist. Aber es gibt doch auch genug Baustellen, wo samstags gearbeitet wird. Gerade die mit Schwarzarbeitern, denen ist es doch egal. Da muss man natürlich persönlich hinfahren! Das wisst ihr doch selber!"

Als Evelyn aus dem Gebäude zu ihm trat, legte er gerade auf. Er war sichtlich genervt und ging ohne eine Erklärung weiter die Straße entlang, Evelyn folgte ihm mit hochgezogenen Augenbrauen. Ben bog in die Calle Obispo Rey Redondo ab, er ließ ein reizendes Jugendstilgebäude mit der Aufschrift *Teatro Leal* links liegen und steuerte direkt auf ein Hotel gegenüber zu. Als er sich anschickte, das Hotel Aguere, das im Palast der Familie Torrehermoza untergebracht war, zu betreten, nahm er Evelyns Blick von der Seite wahr: Aufmerksam, überrascht, neugierig, ein kleines Lächeln umspielte ihre Lippen als sie fragte:
„Ins Hotel?"
Viel zu schnell kam seine Antwort:
„Nein, nein, hier im Patio ist das Café drin, das ich dir zeigen wollte."
Das Lächeln verschwand. Für den Bruchteil einer Sekunde machte es Enttäuschung Platz, aber er konnte hören, dass sie sich bemühte, nicht enttäuscht zu klingen:
„Achso."
Dann standen sie schon im milchigen Licht des Patios, das durch die bleiverglaste Decke auf sie herab floss. Die Palmen und die braunen Holzstühle an den Marmortischchen versetzten sie in ein anderes Jahrhundert und die nette Bedienung war gleich zur Stelle. Ben lehnte die Speisekarte ab und bestellte zwei *Barraquitos*.

„Barracudas?"
„Nein, warte mal ab. Ich glaube, das schmeckt dir."
Er würde sich doch wieder selber um alles kümmern müssen, aber er konnte doch unmöglich alleine alle Baustellen abklappern …
„Wie bitte?"
Evelyn hatte etwas gefragt, aber er hatte nicht zugehört. In dem Moment kamen die Getränke.
„Was ist das?"
„*Barriquito* ist eine kanarische Spezialität", sagte die Bedienung zuvorkommend, „gesüßte Kondensmilch, ein Spritzer Orangenlikör, eine Zitronenzeste. Darauf wird der Espresso gegossen, die Flüssigkeiten dürfen sich aber nicht vermischen", sie beugte sich vor und zeigte mit dem Finger auf die einzelnen Schichten, „obendrauf kommt eine Milchhaube, die mit etwas Zimtpulver bestäubt wird", die Kellnerin lächelte stolz, richtete sich wieder auf und verschwand zwischen den weißen Sonnenschirmen in Richtung Küche. Als die Tür aufging, konnte man kurz einen Blick auf zwei schwarze Küchenhilfen erhaschen. Evelyn hatte sie auch bemerkt und wollte gerade etwas zu Ben sagen, als sein Telefon erneut klingelte:
Ignacia sprach mit einem unüberhörbaren Triumph in der Stimme, natürlich hatte sie seinen Anschiss persönlich genommen und war eingeschnappt gewesen:
„Wir haben die letzte Unterkunft von Touré ausfindig gemacht."
„Wie habt Ihr das denn nun so schnell rausgefunden?"
„Ladesma war parallel auf eigene Faust unterwegs."
„Sehr gut …"
„Also mit Hilfe ihres Fotos … also nicht Ihrem Foto, sondern dem von Touré, hat Ladesma einen Tipp bekommen, wo der Tote gewohnt hat."
Während Ben telefonierte, beobachtete er Evelyn, die sich jetzt für die Architektur des Patios interessierte. Sie bewunderte den Kronleuchter und die säulengestützte Galerie, die im ersten Stock rund um den Innenhof lief und von der die Zimmer abgingen. Ben folgte ihrem Blick. Als er den Kopf in den Nacken legte, hätte er fast vor Schmerzen aufgeschrien. Es wurde immer schlimmer, er fühlte sich

behindert und ohnmächtig. Statt eines Schreis entfuhr ihm ein Stöhnen, ich bin ja schon wie ein alter Mann, dachte er ärgerlich.
„Ist was Chef? Ich kann mich auch kurz fassen, wenn Sie die Umstände nicht interessieren."
„Nein, fahren Sie fort, bitte."
„Ja", Ben machte sich ein paar Notizen auf der Serviette.
„Also wie es aussieht, haben sich seine ehemaligen Mitbewohner Sorgen um ihn gemacht. Angeblich war er zuletzt psychisch angeschlagen und hat sich mit den falschen Leuten eingelassen."
„Drogendealer?"
„Nein, es klang eher so, wie Gewerkschaft. Ladesma ist dran. Sie konnte noch nicht mit allen sprechen. Ich wollte nur kurz einen Zwischenbericht liefern."
„Ja, danke, rufen Sie mich jederzeit an, wenn es etwas Neues gibt."
Zerstreut nahm Ben den kritischen Seitenblick von Evelyn wahr. Das Dorf, wo die Afrikaner jetzt in dem improvisierten Flüchtlingsheim untergebracht waren, war nicht weit von hier. Vielleicht sollte er da nochmal vorbei schauen. Er würde wirklich gerne wissen, wo verdammt noch mal Touré plötzlich hergekommen war, wenn er nicht von Anfang an auf dem Boot gewesen war! Evelyn sah ihn fragend an.
„Ich muss noch was erledigen, ich fahr dich schnell zum *Museo de Historia de Tenerife* ..."
„Und was machst du?"
„Ich fahre in das Dorf, wo die Afrikaner sind, die Flüchtlinge."
„Das ist doch total interessant, kann ich da nicht mit? Bitte! Die Flüchtlingsthematik interessiert mich, auch im Zusammenhang mit meiner Arbeit. Ich habe vorhin genau darüber mit dem Professor gesprochen."
„Ich glaube, da bist du besser im Museum aufgehoben, da findest du sicher was zum Thema ‚Einwanderung'."
Evelyn protestierte: Sie stundenlang warten zu lassen und dann ins Museum abzuschieben! Das ginge zu weit, darauf habe sie keine Lust, „die sind doch nicht gefährlich oder so was!"

Ben sah auf die Uhr. Evelyn sah Ben an. Ben gab der Kellnerin ein Zeichen.

Evelyn

Nach einer kurzen aber magenstrapazierenden Fahrt auf der engen Haarnadelkurvenstrecke, die durch ein kleines Waldstück vom Meer in Richtung Teide führte, tauchte das Dorf auf. Eine Neubauruine am Dorfeingang, die älteren Häuser verängstigt an den Berg gedrängt. Als wir ankamen, wussten wir sofort, dass etwas nicht stimmte, obwohl man es nicht direkt sehen konnte, oder so. Es roch nach kaltem Rauch. Der letzte Waldbrand - wahrscheinlich im Sommer des vergangenen Jahres - hatte eine Spur der Zerstörung hinterlassen. Den Hang hinter dem Kirchturm zogen sich die verkohlten Stümpfe hinauf und der Rauch war in jede Ritze gekrochen, hatte sich mit dem feuchten Frühlingswetter in den Bergen zu einem ätzenden, modrigen Geruch vermischt. Das Dorf sah unheimlich aus, verlassen. Ben parkte den Wagen, wir stiegen aus und dann hörten wir es: Aufgebrachtes Rufen hallte durch die steinernen Gassen. Ein Chor hysterischer Stimmen skandierte immer wieder einen Satz, von dem ich zunächst nur das Wort ‚*negro*' verstand. Ben sah mich alarmiert an, bevor er losrannte, rief er mir zu:
„Du bleibst im Wagen!"

Das war total einschüchternd, aber da ich nun schon einmal ausgestiegen war, blieb ich stehen und versuchte, das Geschrei zu dechiffrieren: „*Negro fuera. Este es nuestro pueblo*!" Ohne weiter nachzudenken, rannte ich Ben hinterher. Als ich außer Atem um die Ecke bog, lag da der Kirchplatz. Die Kirche war weißgetüncht mit graugemauerten Rändern und einem zweistöckigen Glockenturm, in dem drei Glocken hingen. Ich blieb in einiger Entfernung stehen, von hier aus hatte ich einen guten Überblick, ohne selber von allen sofort gesehen zu werden.

Auf dem kleinen Platz hatten sich ein paar Alte zusammengerottet, zwei Dutzend Personen höchstens, Männer und Frauen, einige hatten Gartengeräte in der Hand oder Besen, mit denen sie rhythmisch auf den Boden klopften. Dabei schrien sie immer noch ihre rassistischen Parolen. Ben war auf den Stufen, zusammen mit dem Pastor, der, wie es aussah, das Kirchenportal gegen den Ansturm seiner Gemeinde verteidigte. Ben versuchte, sich Gehör zu verschaffen. Er hatte seinen Dienstausweis gezückt und bat um Ruhe. Mein Herz schlug mir bis zum Hals. Für mich wirkte es so, als würden sie ihn zerfleischen wollen, stellvertretend sozusagen. Ich dachte, jetzt zieht er gleich seine Dienstwaffe und schießt in die Luft, aber ich habe wahrscheinlich zu viele Western gesehen. Ben schoss nicht, die alten Leute beruhigten sich nicht, aber sie griffen die zwei Männer auf verlorenem Kirchenaußenposten auch nicht an. Vielleicht waren die Dorfbewohner zu alt, um nachzugeben, zu stur, hatten nichts mehr zu verlieren, nachdem alle unter siebzig diesen verfluchten Ort anscheinend bereits verlassen hatten. Nur komisch, dass sie offensichtlich wollten, dass es so blieb, so am Arsch der Welt und von allen guten Geistern verlassen! Vielleicht wussten sie auch nicht, was sie wollten, nur, was sie nicht wollten und das waren diese hilflos an ihrer Küste gestrandeten Afrikaner in ihrem leerstehenden Rot-Kreuz-Heim!
Ich sah einen alten Mann, mit braun gegerbter Haut und Baskenmütze, der vor den Kirchenstufen ausspuckte und mit heiserer Stimme schrie:
„Die sollen dahin gehen, wo sie herkommen, wir haben unsere eigenen Probleme!"
Ben sprach mit dem Pfarrer, aber ich konnte nicht hören, was sie sagten. Dann zog Ben sein Handy aus der Tasche und telefonierte. In dem Moment sah ich einen kleinen Trupp Männer aus einer Seitenstraße kommen, offensichtlich gab es doch noch ein paar jüngere, sie waren mit Jagdgewehren bewaffnet. Was um Himmels Willen sollte das werden? Ich versuchte, Ben Zeichen zu geben, ihn auf die neue Gefahr aufmerksam zu machen, aber er sah mich nicht. Also verließ ich meine strategische Position und

drängelte mich durch die Alten, die mich widerwillig durchließen, zu ihm auf den Treppenabsatz.
„Ich hab doch gesagt, du sollst im Wagen warten!"
„Schau mal da, die haben Waffen!"
„Die *Guardia Civil* wird gleich hier sein, bis dahin ist es vor allem wichtig, die Ruhe zu bewahren", er wandte sich zum Pfarrer und deutete auf mich:
„Gehen Sie rein und nehmen Sie sie mit!"

In der Kirche war es dunkel, im hinteren Teil drängten sich vielleicht zwanzig Menschen. Als ich näher kam, sah ich, dass es bis auf eine schwangere Frau, alles Männer waren. In ihren Gesichtern spiegelte sich Angst, Erschöpfung und Wut. Ich sah mich kurz nach dem Pfarrer um, dann ging ich zu der Frau und fragte auf Englisch:
„Ist alles in Ordnung?"
Sie antwortete mir auf Französisch, ich verstand sie nicht sofort, aber es klang sehr gefasst. Ich fragte, was passiert sei. Sie schilderte mir, wie die aufgebrachte Menge das provisorische Flüchtlingsheim, in dem sie untergebracht worden waren, gestürmt hatte. Die Afrikaner waren erst am Morgen hier angekommen, die Nacht hatten sie noch im Untersuchungsgefängnis verbracht. Sie hatten kaum geschlafen und waren halbtot vor Müdigkeit, immer noch geschwächt von den Strapazen der Reise. Die aufgebrachten Bewohner wollten sie zwingen, das Dorf sofort wieder zu verlassen, aber der Bus der *Guardia Civil* war schon weg. Der Mann, der neben der Schwangeren saß, packte mich am Arm und sagte in gebrochenem Englisch:
„Das ist die Hölle! Können Sie uns hier raus bringen?"
Ich sah mich hilfesuchend nach dem Pfarrer um, der wiederum besorgt zur Tür blickte.
„Die Polizei wird gleich hier sein, ich bitte Sie, Ruhe zu bewahren", ich versuchte Bens tröstenden Tonfall nachzuahmen und an das zu glauben, was ich sagte.
„Die alten Männer haben nach uns getreten und die Großmütter haben geschrien wie Hexen!", sagte einer der jungen Männer, der mich entfernt an den Sänger der nordafrikanischen Tuareg-Band Tinariwen erinnerte, er hob die

Arme, um sein Unverständnis auszudrücken, dann stand er auf und sagte halblaut zu einem anderen:
„Ich hab keine Lust mehr, mich hier zu verstecken, Ousman *amaqqar*, komm wir hauen ab. Das da draußen sind doch nur ein paar durchgedrehte Omas und Opas!"
Ich stellte mich ihnen in den Weg und der Nordafrikaner erklärte mir:
„Ein paar von uns sind hinter dem Heim den Berg hoch, in den Wald gelaufen, die Priesterin und die Mädchen und noch zwei von den Nigerianern. Akin hat nicht weit von hier eine leerstehende Hütte entdeckt, da wollten sie hin. Ich geh denen jetzt nach. Ich habe ... hatte einen Cousin hier auf der Insel, der hat mir die Koordinaten von einem heiligen Ort oder einer Höhle geschickt, wenn die Hütte nichts taugt, dann führe ich sie dahin", der junge Mann stand auf und wandte sich an seinen Freund: „Ousman, kommst du mit?"
Ousman antwortete mit gedämpfter Stimme:
„Lass das Eyadou, mach keinen Scheiß, dein Cousin ist tot, dem kannst du nicht mehr helfen und du weißt genau, dass Iyanla nicht gut auf dich zu sprechen ist, sie haben dich gewarnt."
„Dann gehe ich eben alleine. Bankole, was ist mir dir? Will sonst noch jemand mit?"
„Warte, nein, ich würde nicht, ... da draußen sind Leute mit Gewehren ... hier, ich schreib dir meine Nummer auf, ruf mich an, wenn du Hilfe brauchst, bitte, Eyadou!"
Er nahm meine Nummer und verschwand lautlos im dunklen Kirchenschiff. Das war alles sehr schnell gegangen, der Pfarrer hatte sich gerade um die schwangere Frau gekümmert und den Abgang gar nicht mitgekriegt. Plötzlich hörten wir von draußen vor der Kirche einen Knall, das musste ein Schuss gewesen sein! Alle zuckten zusammen. Danach war es ganz still. Ein Strahl aus Angst durchströmte meinen Körper, heiß und kalt gleichzeitig: Ben?! Dann heulte eine Sirene auf und von draußen waren Stimmen zu hören, Tumult. Plötzlich wurde die Kirchentür aufgestoßen und die letzten Sonnenstrahlen des Tages zerrissen das Halbdunkel des Gotteshauses. Ich zitterte, aber Ben stand da im Gegenlicht, groß, schwarz,

unerschütterlich. Er kam herein mit einem Lächeln und beruhigenden Gesten. Er nickte mir zu, schaute sich aufmerksam im ganzen Raum um, schien etwas zu suchen. Mit seiner tiefen Stimme teilte er den Leuten mit, dass sie in Sicherheit seien. Ben kannte die Flüchtlinge vom Abend ihrer Ankunft und sprach einen der Nigerianer an:
„Wo ist Akin? Wo sind die Frauen?", als er keine direkte Antwort bekam, wandte er sich an alle: „ihr könnt jetzt raus, die *Guardia Civil* ist da, draußen steht ein Bus."
Eine allgemeine Entspannung setzte ein, Während alle anderen langsam zur Tür gingen, unterhielt sich Ben noch kurz mit dem Afrikaner, der auf den Namen Bankole hörte und verließ dann schnell die Kirche.
Als die Geflüchteten nun an dem Pfarrer vorbeikamen, gaben sie ihm einer nach dem anderen die Hand, jeder Einzelne sagte ihm seinen Namen und dankte ihm, die schwangere Frau ging zuerst:
„*Je suis* Owie, *je te remercie.*"
Ihr Mann kam als nächster:
„Amen, *c'est mon nome, merci.*"
„Inegbedion, *I am a catholic Yoruba, I thank you.*"
„Azagba, *gracias.*"
„Malik, *from Gambia, thank you very much.*"
„*My name is* Alaji, *I want to thank you.*"
„*I am* Sheikh, *me too, I thank you for your courage and your help.*"
„*I am* Yaya *and I want to say thank you.*"
„Tijan, *I will remember you.*"
"*Me I am* Dada, *thousand times thank you.*"
„Olabukonola *from* Nigeria."
„*Me too, I am from* Nigeria, Bankole, *thank you.*"
"*Yes,* Efunsegun."
„Ediresa *from Gambia. You are a very brave man.*"
„Abdu, *nous sommes de* Mali, *merci beaucoup.*"
„Boubacar, *moi je suis musulman et je vous en remercie beaucoup.*"
"*Nous aussi,* Salifa *et* Mamudu!"
„*Je suis* Omar, *merci pour votre humanité.*"

Das war eine ziemlich ergreifende Prozession, keiner der Polizisten, die inzwischen die Kirche betreten hatten, wagte es, die Afrikaner zu unterbrechen, oder sie zur Eile anzutreiben.
Draußen gab es dann noch mal Aufregung, als die jüngeren Dorfbewohner sich weigerten, ihre Jagdgewehre abzugeben. Ben hatte offenbar angeordnet, dass sie konfisziert würden. Nach langem Hin- und Her und Drohgebärden auf beiden Seiten, beugten sie sich dem Gesetz.
Ben hatte außerdem ein paar Gardisten mit Taschenlampen in den Wald geschickt, um nach den Afrikanern zu suchen, die sich dorthin geflüchtet hatten. Aber der Suchtrupp kam bald unverrichteter Dinge zurück. Soviel ich verstand, war es schon zu dunkel und sie kannten sich in der Gegend nicht aus. Zwei Beamte wurden dazu abgestellt, die Nacht in dem Dorf zu verbringen und dafür zu sorgen, dass es ruhig blieb und sich nicht vielleicht doch noch ein versprengtes Lynchjustizkommando auf die Suche nach den übrigen Flüchtlingen machte.
Als alles geklärt und organisiert war, alle Streifenwagen und der Bus abgefahren waren, bedankte sich auch Ben noch mal bei dem tapferen Pfarrer und wir machten uns auf den Weg zu unserem Wagen. Das war der erste Moment, wo wir alleine waren und ich konnte es kaum abwarten, meinem Herzen endlich Luft zu machen:
„Das ist so entsetzlich! Wie kann man so menschenverachtend sein?"
Ben nickte nur.

Ben

Im Rückspiegel ergossen sich die Lichter der Valle Orotava ins Meer, wie ein Lavastrom nach einem Vulkanausbruch.
Evelyn war laut geworden:
„Ich kapier' nicht, wie du das Verhalten dieser Leute rechtfertigen kannst!"
„Ich habe nur gesagt, dass ich es verstehen kann!"
„Du kannst das verstehen?!"

„Sie sind alt und sie haben Angst, ihre Welt ist praktisch untergegangen, die denken nicht global, die sehen nur ihr kleines Dorf und eine Bedrohung …"
„Wieso sind ein paar Afrikaner, die um Hilfe bitten, eine Bedrohung? Die wollten doch nicht mal dableiben!"
Im Scheinwerferlicht auf dem Asphalt schossen die zerfressenen weißen Streifen der Fahrbahnmarkierung unter ihnen hindurch. Bens Nacken brannte wie Feuer.
„Die ganze Flüchtlingsproblematik, das ist nicht so einfach, wie du dir das vielleicht vorstellst. Und wenn du mich fragst, ich fände es besser, wenn die Menschen in ihren Ländern blieben und da gemeinsam an einem gesellschaftlichen und ökonomischen Fortschritt arbeiteten."
„Entschuldige, wie kommst du darauf, dass ich mir das einfach vorstelle, wirklich nicht, aber …"
„Hast du dir schon mal überlegt, dass die machthabenden Oberschichten in den afrikanischen Ländern ein Interesse daran haben könnten, dass diese ganzen aufmüpfigen jungen Männer das Land verlassen, bevor sie vielleicht auf die Idee kommen, auf Änderungen zu pochen und die korrupte Ordnung in Frage zu stellen? Weggehen ist nicht die Lösung!"
„Ihr Kanaren, ihr seid die größten Auswanderer von allen und wollt selber niemanden reinlassen!"
„Ach ja, findest du nicht, dass du als Deutsche hier ziemlich selbstgerecht argumentierst? Euch im Zentrum des Kontinents betrifft es ja nicht mehr, seit mit dem Dublin Abkommen die Abwehr der Migranten komplett an die Außengrenzen der EU verlegt wurde."
„Die Abwehr der Migranten – wenn ich das schon höre! Geflüchtete müssen doch Asyl beantragen können, das ist ein Menschenrecht, oder? Ist das nicht sogar in der europäischen Verfassung verankert? Aber Frontex macht einfach die Grenzen dicht!"
„Hier geht es um Politik, Evelyn, ohne die richtige Politik werden immer mehr Flüchtlinge in die Hände von Schlepperbanden fallen und in den Ankunftsländern weiter ausgenutzt werden. Die EU-Länder werden sich gegenseitig den schwarzen Peter zuschieben, sie werden Versprechungen machen, aber es wird sich nichts ändern."

„Siehst du! Und ich will nicht tatenlos zusehen!"
„Was willst du denn tun?"
„Das überlege ich mir noch."
„Ich hoffe nur, es ist nicht wieder mit Schwierigkeiten für mich verbunden."
Evelyn biss sich auf die Unterlippe, schaute aus dem Fenster und antwortete nicht mehr.

Auch wenn Ben es nicht zugab, so war er doch selber noch ziemlich geschockt von dem, was er in dem kleinen stinkigen, unschuldigen Bergdorf erlebt hatte. Und jetzt noch die Konfrontation mit Evelyn, er fühlte sich unendlich müde und genervt und auch wenn er wahrscheinlich die Situation gerettet hatte, irgendwie hilflos.
Er fuhr im Kreis, zwängte sich schon zum zweiten Mal durch die engen Einbahnstraßen südlich der Rambla auf der Suche nach einem Parkplatz. Evelyn war anders als spanische Frauen. Sehr direkt. Aber vielleicht ließen sich Arbeit und Privatleben einfach nicht vereinbaren! Ben musste versuchen, einen klaren Kopf zurückzugewinnen und seine nächsten Schritte planen … Er musste auf jeden Fall noch telefonieren, vielleicht sogar noch mal ins Büro …
„So, ich bring dich jetzt nach Hause, ich muss noch arbeiten, wenigstens hatten wir ein bisschen Zeit in La Laguna zusammen."
„Es hat dich ja niemand dazu gezwungen, Zeit mit mir zu verbringen!"
Evelyns Telefon piepste und zeigte das Eintreffen einer Nachricht an, die sie sofort las. Ben hatte inzwischen einen Parkplatz gefunden, sie stiegen aus und standen einen Moment wie Fremde voreinander.
„Ok, wunderbar, du gehst arbeiten und ich treff' mich noch mit Freunden. Wir sehen uns dann später, ja?"
„Was denn für Freunde?"
„Also noch keine richtigen Freunde, jemand von einer Hilfsorganisation, ich habe die um einen Kontakt gebeten."
„Aha", Ben zögerte, schaute auf die Uhr, auch Evelyn schien noch einen Moment unentschlossen, wie sie diese

Verabschiedung gestalten sollte, Ben zog seine Stirn in Falten:
„Ich weiß, dass ich dir das eigentlich nicht sagen muss, aber sicherheitshalber: Alles, was du heute erlebt hast, unterliegt der Verschwiegenheit, du darfst erstmal niemandem davon erzählen, bis du von mir etwas anderes hörst."
Evelyn kniff die Lippen zusammen. Ben nickte ihr zu und murmelte:
„Bueno, asta luego, baby."
Aber da hatte Evelyn sich schon umgedreht und stapfte die Calle Pi y Margall hinunter.

Ben ging ein paar Schritte weiter und stellte sich dann in einen dunklen Türeingang, um zu telefonieren. Er hörte noch Evelyns Absätze auf dem Pflaster klappern, zwang sich aber, seine Gedanken von ihr zu lösen. Durchatmen, arbeiten!, befahl er sich. Er suchte León in seinem Telefonverzeichnis, bis ihm einfiel, dass er ihn unter Crockett abgespeichert hatte.

Gerade als Ben die Nummer seines *brigadas* gewählt hatte, wurde er auf eine unförmige Gestalt aufmerksam, die um die Ecke huschte. Das erinnerte ihn an seine Beobachtung heute Nachmittag in La Laguna. Es konnte natürlich ein Zufall sein, aber ... der Typ schlich Evelyn nach!
Als León dran ging, hatte sich Ben schon die Verfolgung des Verdächtigen aufgenommen. Sehr laute rhythmische Salsa-Musik drang an Bens Ohr, dann ein geschrienes:
„¡Hola, comisario!"
„Hola", antwortete Ben mit unterdrückter Stimme, „habt ihr das von den Unruhen in diesem Bergdorf gehört? Naja, ich berichte Montag. Haben Sie im Hafen etwas rauskriegen können?", Bens Frage schien zunächst in dem ohrenbetäubenden Lärm unterzugehen, jedenfalls kam keine Antwort. Ben überlegte, ob er sie wiederholen und lauter sprechen sollte, aber er wollte nicht zu viel Aufmerksamkeit auf sich lenken. Crockett hatte ihn wohl auch so verstanden:
„Nein, dazu sind wir leider noch nicht gekommen, aber ..."

„¡*Hostia*! Gibt es wenigstens was Neues von den Baustellen?“
„Ja, *comisario*, wir haben diesen *Señor* Abrigo Torreón ausfindig gemacht ...“
„Wen?“
„Das ist der Besitzer einer Baufirma. Könnte eventuell der letzte Arbeitgeber von Touré gewesen sein. Ignacia hat gesagt ...“
„Ach ja, natürlich gut, das ist wichtig, meinen Sie, wir können den heute noch ...“
„Wir haben einen Termin für morgen früh vereinbart, ich hoffe, das passt Ihnen, wir wollten Ihnen nach dem Chaos in den Bergen nicht den Samstagabend mit ihrer, äh, Ihrem Besuch verderben.“
Ben vermutete stark, dass sich sein *brigada* eher den eigenen Abend nicht hatte verderben wollen. Und schimpfte ihn im Geheimen einen idiotischen Faulpelz.
„Wie geht es Ihrem Hals?“
Ben nahm das idiotische für sich wieder zurück.
„Noch keine Besserung aber danke der Nachfrage“, dann begann sein Nacken wieder zu schmerzen, alleine von der Erwähnung und ihm fiel auf, dass die Fürsorglichkeit doch wahrscheinlich nur ein Ablenkungsmanöver war und er fügte das idiotische in Gedanken wieder ein, „alles klar, dann morgen früh, schicken Sie mir Adresse und Uhrzeit und gute Nacht!“

Ben setzte seine Verfolgung unbemerkt fort.

Evelyn

Ich war erstmal blindlings losgelaufen, Richtung Altstadt, also in die Richtung, wo sich die Plaza El Chicarro meiner Erinnerung nach befinden musste. Hier wollte sich dieser Typ von der NGO mit mir treffen. Ich wusste gar nicht mehr genau, was ich denen geschrieben hatte. Jedenfalls hatte es funktioniert und ich bekam einen persönlichen Kontakt zu jemandem, der sich 'Don Quixote' nannte. Den Decknamen fand ich ganz lustig, jemand, der gegen

Windmühlenflügel anrennt, das passte doch gut zu so einer Organisation. Andererseits: Hatten die wirklich Decknamen nötig? Warum? Außerdem zweifelte ich auch schon wieder an meiner Initiative. Wahrscheinlich war das nur eine Kurzschlussreaktion gewesen und ich stand noch irgendwie unter Schock von den Erlebnissen in dem Bergdorf und dem Streit mit Ben und hätte einfach nach Hause und ins Bett gehen sollen!
Ich war den Bässen gefolgt, als ich jetzt den kleinen Platz erreichte war die Musik so laut, als könnte man sie greifen. Es war auch wahnsinnig voll. Ein einziges Meer aus wogenden Leibern. Darüber breitete ein gewaltiger Drachenbaum, eines der Wunder von Santa Cruz, seine Äste aus. Es war wohl etwas blauäugig von 'Don Quixote' gewesen, sich hier zu verabreden! Ich versuchte, mich zu der merkwürdigen Statue im Zentrum des Platzes durchzudrängeln: Ein Granitsockel mit einer Bronzesardine, die auf einer stilisierten Welle, mit weit aufgerissenem Maul nach Luft schnappt. Das sah doch aus, wie ein beliebter Treffpunkt. Vielleicht war 'Don Quixote' ja auf die grandiose Idee gekommen, sich hier zu postieren. Er hatte mir ein paar Stichpunkte zu seinem äußeren Erscheinungsbild geschickt, die eher aus einem Männermagazin denn aus einer Broschüre für Flüchtlingshilfe stammen könnten. Leider sah hier niemand so aus. Ich zog den erstbesten Karnevalisten am Ärmel, der gerade in meine Richtung torkelte und fragte:
„Wieso habt ihr hier einen Fisch stehen?"
Der Mann, der sich wie die Mischung aus einem Irokesen und einem orientalischen Bauchtänzer, dem der Klimpergürtel über die Augen gerutscht ist, verkleidet hatte, sagte: „*You know, the canaries are very crazy people*!".
Ich schaute mich noch mal gründlich um und entdeckte im allgemeinen Geschiebe, eine Person, die mir sehr bekannt vorkam. Aber das war nicht 'Don Quixote'.
„¡*Hola*, so sieht man sich wieder", radebrechte die ehemalige Madame Rosa auf Englisch. Schminke und Perücke waren fort, geblieben war die massige, erstaunlich bewegliche Gestalt.
„Wie nennst du dich denn heute?"

„Nenn mich einfach weiter Rosa - ohne das ‚Madame'", er zwinkerte, genau wie gestern, eine aufgesetzte Anzüglichkeit, die sich gleichzeitig schon wieder über sich selber lustig zu machen schien.
„Weißt du, warum hier ein Sardinendenkmal ist?"
Unvermittelt begann Rosa zu singen:
"Chicharrero, chicharrero, chicharrero de corazón.
Salta a la calle y dale al tambor que el carnaval ya empezó."
Als ich ihn entgeistert anstarrte, zeigte er melodramatisch auf die Bronze und sagte:
„Dieser kleine Fisch ist der ganze Stolz der Bevölkerung von Santa Cruz, wir nennen uns selber *chicarreros*. Zuerst war das ein Schimpfwort, das die eingebildeten Schwänze - *pardon my english* - von La Laguna für die Einwohner von Santa Cruz geprägt haben, die kleine Fischer waren und nur kleine Fische aßen. Als dann Santa Cruz die Hauptstadt wurde, da haben die Leute hier den Namen einfach behalten und inzwischen nennen sich alle *tinerfeños* so - *insular pride - capisce*?
„*Mucho klaro*!", ich schaute auf die Uhr, 'Don Quixote' kam wohl nicht mehr, naja, das war vielleicht auch nicht so schlimm, schließlich hatte Ben mir ja ausdrücklich untersagt, von den Flüchtlingen zu berichten und was sollte ich also jetzt mit dem edlen Ritter reden ...
„Komm mit, die Musik spielt da vorne, auf der Plaza del Principe", Herr Rosa lotste mich durch die Menge in Richtung eines kleinen Parks, der an drei Seiten von Mauern mit weißen Treppchen gestützt wurde und aussah wie eine wertvolle Schmuckschatulle. Laute Sambamusik setzte alle in Bewegung. Aber wenn ich den NGO Typen nicht treffen würde, dann hatte das doch alles hier keinen Sinn.
„Ich sollte Vernunft annehmen und mich auf den Heimweg machen."
„Jetzt schon? Wartet jemand auf dich? Niemand würde eine so schöne Frau alleine herumlaufen lassen, nicht zwei Abende hintereinander!"
Ich lächelte ein monalisahaftes Lächeln, ich hatte keine Lust, schon wieder so viel preiszugeben, wie am Vortag.

Rosa nahm meine Hand, zauberte einen Stift aus der Jacke und schrieb mir seine Nummer auf den Arm:
„Falls du mal wieder alleine losziehen musst und den Zettel mit meiner Nummer nicht findest! Soll ich dich nach Hause begleiten?"
„Nein, nicht nötig."
„Pass auf dich auf und damit meine ich nicht nur auf der Straße! Du hast doch sicher schon vom ‚Bratenmesser hinter dem Vorhang' gehört? Die Spanier verstehen keinen Spaß, wenn es um Treue geht, sie sind einfach zu heißblütig und zu stolz, *darling*! *Adios*!"
„*Adios*!"
Ich drehte mich um und sah an der Ecke Valentin Sanz und Villalba Hervas ein großes Ladenschild: ‚El cigarro – *canarian cigars – tobacos elaborados*'.
Unter dem Schild stand jemand, der exakt auf die Beschreibung passte, die ich bekommen hatte: Groß, athletisch, lange blonde Haare, hinten zusammen gebunden. Er hatte etwas von einem jungen Hund. Das Gegenteil von Ben, schoss es mir durch den Kopf, sportlich aber nicht stark, irgendwie dünnhäutig, gehetzt. Er war extrem nervös und suchte den Platz nach mir ab, jedenfalls nahm ich das an. Ich eilte auf ihn zu und als er mich sah, fragte er angespannt:
„Bist du Evelyn?"
„Ja."
„Wo warst du denn?"
„Ich hab da bei der Sardine gewartet!"
„Meinst du diese Statue? Sieht eher aus wie eine Bastardmakrele. Und außerdem hatte ich doch Zigarre gesagt!"
Ich musste lachen.
„Bist du betrunken", fragte mich 'Don Quixote' höflich.
„Nein, wieso ich? Ich ... Hast du von dem Flüchtlingsboot gehört, das gestern vor Teneriffa gesunken ist?"
„Ja, natürlich. Ich habe das noch vor den Zeitungen auf Facebook gepostet."
„Ah, ja klar. Also ich interessiere mich für die Arbeit deiner Organisation. Kannst du mir mehr darüber erzählen?"
‚Don Quixote' sah mich misstrauisch an.

„Ich habe gedacht, vielleicht kann ich mich irgendwie nützlich machen, euch helfen, geht das?“
„Du kannst gerne spenden, das hilft uns tatsächlich am meisten. Wir setzen uns weltweit für die Rechte von Geflüchteten ein. Die Leitung unserer *non profit* Organisation ist dezentral über Europa verteilt, so können wir schnell da sein, wo wir gebraucht werden. Hier vor Ort haben wir im Moment keine richtige Vertretung und auch leider keinen Bedarf an Helfern.“
„Aber du bist doch hier vor Ort?“
„Ja“, wieder ein langer taxierender Blick von ‘Don Quixote’, „du hast geschrieben, dass du Informationen für uns hast, erzähl mal.“
„Das ist jetzt ein bisschen doof, aber ich darf dir leider keine Informationen mehr geben.“
„Willst du mich verarschen? Oder“, er blickte sich schnell nach allen Seiten um, „wirst du unter Druck gesetzt? Hast du Angst?“
Ich schaute verunsichert über meine Schulter:
„Sollte ich?“

‘Don Quixote’ lächelte mich an. Aufmunternd? Herablassend? Mitleidig? Ich weiß es nicht. Neben uns stand plötzlich ein Mann und begrüßte ‘Don Quixote’ herzlich. Er hatte eine sehr junge Frau mit irre langen Haaren im Arm.
„… Oh, *hi*!“ Das ist Sascha“, sagte ‘Don Quixote’, „wir haben uns hier im Surf-Kurs kennengelernt.“
„Malte – Sissi, Sissi – Malte“, stellte Sascha ‘Don Quixote’ der Langhaarigen vor.
„Wieso ‚Malte‘“, fragte ich, „ich dachte, du heißt ‘Don Quixote’.
Sascha sah ihn irritiert an und Malte wusste nicht, was er sagen sollte, also schüttelte ich schnell Saschas Hand und sagte:
„Ich bin Evelyn.“
„Machst du auch was mit Einwanderern?“, fragte Sascha.
„Naja, wie man es nimmt, ich beschäftige mich mit den Ureinwohnern und die sind irgendwann mal hier eingewandert.“
Sascha machte ein Topzeichen mit der rechten Hand:

„Stell dir vor, meine Eltern sind von West- nach Ostdeutsch-land ausgewandert“, er ließ ein schallendes Lachen erklingen, dass sogar die Salsabässe übertönte und auch seine Freundin ungewollt in Schwingungen versetzte. Sissi löste sich geschmeidig aus Saschas Umarmung und begrüßte weitere Freunde, die gerade hinzu stießen. Sascha sah sich grinsend um:
„Wahnsinn, was hier los ist! Ich beneide die Spanier um ihre gute Laune!“
„Haben die auch nicht ohne Drogen“, bemerkte Malte.
„Wie kommst du denn da drauf?“, erwiderte Sascha mit einem ironischen Zwinkern. Sissi hatte sich inzwischen zu einem Typen im Biene-Maya-Kostüm gestellt, der zwei anderen gerade ein paar Pillen verkaufte. Gleich daneben stand eine Gruppe junger Windbeutel, die sich Trips aus einem Plastiktütchen teilten. Sie ließen aufgekratzt eine große Plastikflasche kreisen, um mit Wasser nachzuspülen. Sissi kam zurück und bot uns jeweils eine Pille an. Sascha hob sofort abwehrend die Hände und schrie mir ins Ohr:
„Ich hab nichts damit zu tun, das überlasse ich den jüngeren, ich brauch das nicht. Mir reicht die Musik. Und tanzen. Wenn das nicht bewusstseinserweiternd ist!“
Mit diesen Worten schnappte er sich meine Hand und wirbelte mich einmal um meine eigene Achse, dann verfiel er in eine Mischung aus Foxtrott und Cumbia und ich musste wohl oder übel mitmachen, wenn ich keinen Handgelenksbruch riskieren wollte.

Es war großartig. Wir tanzten erst zu zweit, kurz alleine, dann zu dritt und zuletzt zu viert mit Malte, der zunächst nur leicht mit dem Kopf gewippt hatte und jetzt auch mit dem ganzen Körper dabei war. Vielleicht gab es wirklich so was wie eine heilende Wirkung der Musik, eine Art Magie? Und dann war da auch noch etwas anderes, eine Magie der Zusammengehörigkeit. Mit Malte und Sascha fühlte ich mich plötzlich irgendwie leicht. Wir sprachen die gleiche Sprache, es war einfach über eine hingeworfene Bemerkung zu lachen, wir hatten denselben kulturellen Background und dieselbe Herangehensweise an Dinge.

Was mich am aller meisten überraschte. Und zu der unbequemen Frage führte:
War ich wirklich gewillt, meinen Lebensmittelpunkt hier auf die Insel zu verlegen. Mitten in diese mir bei allem Europäergedöns doch fremde Kultur, mit ihren versteckten Mechanismen und mittelalterlichen Bräuchen und Bratenmessern? Würde ich hier akzeptiert werden, so wie ich war oder würde ich mich gnadenlos anpassen müssen. Ich seufzte, Ben jedenfalls würde mich so nehmen wie ich war.

Ben

Ben hatte sich die ganze Zeit im Verborgenen gehalten. Er hatte Evelyn beobachtet, wie sie sich sehr elegant durch die Volksversammlung gedrängelt und mit den Augen die Menge abgesucht hatte. Er wünschte für einen Moment, dass er es wäre, nach dem sie Ausschau hielt und den sie jetzt gerne treffen würde, aber er verscheuchte den absurden Gedanken.
Gleichzeitig hatte er diesen Dicken beobachtet, dem er den ganzen Weg bis hierher gefolgt war und der wiederum Evelyn gefolgt zu sein schien. Oder hatte Ben sich das nur eingebildet? Nein, der Typ hatte sich Evelyn von hinten genähert, das war kein Zufall gewesen. Er hatte sie angesprochen und es hatte ausgesehen, als ob sie sich kennen würden! Ben merkte, wie seine Muskeln sich anspannten, wie er versucht war, hinzugehen, sich einzumischen, sie zu beschützen, oder war das gar kein Beschützerinstinkt, war das nicht vielmehr Besitzerinstinkt, der ihn trieb?
Der Dicke war nicht ganz sauber! Ben beschloss ein Foto von ihm zu machen und morgen mal ein paar Nachforschungen anzustellen, um wen es sich denn da handelte. Ob die Drogenabteilung Evelyn beschatten ließ, nach dieser Aktion am Flughafen gestern? Möglich. Aber er schien ihr ja bereits bekannt zu sein! Hatte sie den vielleicht auch auf dem Flughafen kennengelernt? Es war in jedem Fall besser, Bescheid zu wissen! Er fischte sein Handy raus und in dem Moment hatte er die beiden aus den Augen verloren! *¡Hostia!*

Als er Evelyn wieder lokalisiert hatte, redete sie ausgelassen mit neuen Freunden, der Dicke war nicht mehr dabei. Sie erschien mal ernst, mal fragend, den Kopf schief gelegt, nachfragend, wahrscheinlich hatte sie schon verstanden, wollte aber ganz sicher gehen. Dann biss sie sich auf die Unterlippe, das machte sie, wenn sie ein bisschen verlegen war, wie er das an ihr mochte! Einer der Männer hatte sie zum Tanzen aufgefordert, sie hatte kurz gezögert, aber jetzt lag eine seltene Fröhlichkeit in ihren Zügen. Eine Fröhlichkeit, die es Ben noch nicht gelungen war, auf ihr Gesicht zu zaubern, seitdem sie gestern angekommen war. Ben war kurz davor, hinzugehen, sie da heraus zu zerren, zur Rede zu stellen, sie aus den Armen dieses Mistkerls zu reißen, um möglicherweise selber mit ihr zu tanzen. Aber er hatte sich beherrschen können. Dann hatte sein Nacken wieder begonnen zu schmerzen!
Er hatte auch mit dem Gedanken gespielt, sich einfach so dazuzugesellen, als wären sie da verabredet. Er hätte zu gern ihr verdutztes Gesicht gesehen. Aber vielleicht hätte sie sich gar nicht gefreut, ihn zu sehen, vielleicht wäre sie verärgert gewesen? Er hatte kurz überlegt, ob er sie auf dem Mobiltelefon anrufen sollte und sagen, dass er zurück sei von seinem Auftrag und das sie nach Hause kommen solle. Aber auch das hatte er sich verkniffen. Dann war plötzlich der Dicke wieder aufgetaucht. Schien sich mit allen gut zu verstehen. Ben zog wieder sein Telefon aus der Tasche und fotografierte in Richtung Bühne, das war unauffällig, konnte ja niemand wissen, dass er nur den Dicken drauf hatte, der sich gerade vertraulich zu Evelyn herunterbeugte. Evelyn schien trotzdem einen siebten Sinn zu haben. Suchend schaute sie in seine Richtung und Ben musste sich hinter einen Lautsprecher ducken, um nicht von ihr gesehen zu werden. Was würde sie von ihm denken? Das er ihr nachspionierte? Das fehlte ja noch. Außerdem war die Frage doch viel eher, was er von ihr denken sollte! Die Deutschen waren doch eigentlich gar nicht so vertraulich, oder? Gleich gut Freund mit allen? Vielleicht war Evelyn doch ein bisschen zu flatterhaft? Amüsierte sie sich nicht ein bisschen zu gut, mit ihren Freunden, die alle ein ganzes Stück jünger waren als Ben? Schon

bei ihrem letzten Besuch auf Teneriffa war sie nicht gerade zurückhaltend gewesen, was ihre Männerbekanntschaften anging! Betrachtete sie ihn nur als Urlaubsflirt? Nahm sie ihn vielleicht gar nicht ernst, führte sie ihn an der Nase herum?

Evelyn

Zwischen mich und die Bühne hatte sich ein hünenhaftes, knutschendes Pärchen geschoben, dann wurde auch noch ein greller Scheinwerfer auf das Publikum gerichtet und ich musste mich abwenden, um nicht zu erblinden. Sascha war in ein lebhaftes Gespräch mit Rosa verstrickt, der sich zu uns gesellt hatte. Ich wusste noch nicht, was ich davon halten sollte. Der Dicke hatte sich schwer ins Zeug gelegt, um sich bei allen einzuschleimen und es sah nicht so aus, als würde er in nächster Zeit wieder abzischen.
Ich kam wieder ins Grübeln: Wenn ich wollte, würde ich meinen Lebensmittelpunkt tatsächlich einfach so verlegen können, also mehr oder weniger einfach, aber die allermeisten Afrikaner zum Beispiel konnten das nicht. Müsste ich mir meiner Privilegiertheit mehr bewusst sein? Mich mehr engagieren? Also mich meinen Privilegien irgendwie würdig erweisen?
Vor mir drängelte sich ein Händler durch die Menge, auf dem glatt rasierten schwarzen Schädel prangte ein Irokesenhaarschopf zum Aufstecken und aus dem Bündel, dass er umgeschnallt hatte, ragten noch mehr instant Verkleidungen für Kurzentschlossene und Unvorbereitete hervor. Als er am Rand des Platzes eine Gruppe Ordnungshüter erspähte, wechselte er augenblicklich die Richtung und verschwand so plötzlich wie er gekommen war.
Ich sah Malte ein wenig abseits stehen und fasste einen Entschluss.
„Ich glaube, es gibt ein paar Leute hier, die deine oder eure Hilfe jetzt dringend gebrauchen könnten!“
Malte sah sich sofort nach möglichen Hilfsbedürftigen um.
„Nein, nicht …“

„Wenn du die Druffis meinst, die sind alle alt genug, um zu wissen, was sie tun."
„... jetzt hör mir doch mal zu! Ich hab heute erlebt, wie ein Teil der Geflüchteten aus einem abgelegenen Bergdorf, wo sie unterkommen sollten, vertrieben wurden und ein paar von denen sind da noch im Wald und da ist noch was: Einer der Toten war wohl gar nicht auf dem Boot ..."
„Ich ... Woher weißt du ...", seine letzten Worte gingen in dem Gewummer der Bässe unter, wir waren immer weiter an die Boxen gedrängt worden und ich musste schreien, damit er mich verstehen konnte:
„Weil mein Freund ...", plötzlich merkte ich, dass Rosa, hinter mir stand, wie lange hatte er da schon gestanden? Was hatte er gehört? Ich wechselte augenblicklich das Thema: „Ja, echt eine passende Idee! Vielleicht geh ich nächstes Jahr als ‚Doña Quixote'!", fügte ich schrill hinzu, „Rosa hier kennt sich auch sehr gut mit allen möglichen Faschingsgeschichten aus, nicht wahr?"
Die Antwort kam geschmettert und klang sehr danach:
„Como el mítico Billo Frómeta: *„¡Santa Cruz en Carnaval, tu belleza y simpatía, derroche de fantasía, noche y día sin cesar!"*
Eins war klar, der Moment für einen intimen Plausch zwischen Malte und mir war vorbei, also konnte ich auch wirklich endlich genauso gut nach Hause gehen und mir ein bisschen Schlaf gönnen:
„Nix für Ungut, Freunde! Ich fall um vor Müdigkeit, ich muss jetzt wirklich!", ich verabschiedete mich herzlich von Sascha und den anderen, und warf Malte ein eindringliches „Ruf mich an oder schreib mir" zu.
„Also doch! Ts, ts, ts!", Rosa hielt mich fest und wedelte mit seinem Finger vor meiner Nase herum, „du bist mir ja eine ganz Raffinierte, na wenn das mal gut geht, hier von Verehrern umzingelt und zu Hause wartet der brave Ehemann."
„Ich bin nicht verheiratet!"
„¡*Cuidate*! Pass trotzdem auf dich auf!"
„Ja, klar, du auch!", dann drängelte ich mich durch die sich lichtenden Zuschauermassen in Richtung Plaza González. Diese aufgedrehte Trine konnte einem doch ein bisschen Angst und Bange machen. Also schon amüsant, aber auch

irgendwie unangenehm, wie der sich da so an uns rangeschlichen hatte? Wollte der was von mir? Wohl kaum! Von Malte vielleicht? Was hatte er mitgehört? Naja, sicher konnte er damit nichts anfangen. Und Malte konnte auch bestimmt ganz gut auf sich alleine aufpassen!

Ich beschleunigte meine Schritte und sah mich auch noch ein paar Mal um, dabei muss ich einmal falsch abgebogen sein, schließlich fand ich das Haus und den Eingang und stieg in den zweiten Stock. Mit den Schlüsseln kam ich nicht gleich zurecht, der erste passte nicht, der zweite klemmte und ging dann doch. In der Wohnung war es zappenduster. Ich rief leise:
„Ben?"
Vielleicht war er noch gar nicht da und noch auf der Arbeit und wenn er schon zurück war, würde er bestimmt schon schlafen und ich sollte ihn nicht wecken. Hier musste doch irgendwo dieser blöde Lichtschalter sein! Ich ging in die Richtung, wo ich das Zimmer mit dem Sessel vermutete, da fiel sicher Licht von der Straße herein und ich könnte einen Schalter suchen. Als ich das Zimmer betrat, bauschte sich der Vorhang plötzlich ohne Vorwarnung auf, sodass ich unwillkürlich zusammenzuckte und einen Schreckenslaut von mir gab.
„Ben?"
Rief ich nun doch etwas lauter. Keine Antwort. Ich würde einfach schnell ins Bett gehen. Ich tastete mich zurück in den Flur. Da sah ich plötzlich diese riesenhafte, dunkle Gestalt in der Wohnungstür und … schrie so laut ich konnte.

4. Kapitel

"Yo Soy La Muerte"

Tengo en mi alma una pena,
En mi vida una condena,
Que me lastimen y me quema el saber
que estoy solo en el mundo, y te digo:
Yo soy la muerte, la muerte soy
El Gran Combo De Puerto Rico

Ben

Ben hatte sie nicht erschrecken wollen. Er betrachtete Evelyn, wie sie dalag. Er überlegte kurz, ob er sie wecken sollte, ob er sie wecken würde, wenn er mit der Hand vorsichtig über ihren Körper strich, ihre Konturen sanft nachzeichnend. Sie sah so friedlich aus, die Reise, die ganzen widersprüchlichen Eindrücke: Evelyn hatte den Schlaf nötig. Und sie beide würden noch alle Zeit der Welt haben. Dann sah er die Nummer auf ihrem Arm. Ganz behutsam stieg er aus dem Bett und schnappte sich seine Anziehsachen, um sie leise in der Küche anzuziehen. Die Nummer notierte er sich auf einen Zettel. Den Kaffee würde er wie gewohnt an der Bar trinken.
Die Firma Torreón Construcciones S.A. war von Bens Wohnung aus gut zu Fuß zu erreichen. Sie hatte ihren Hauptsitz in der Calle Castillo, in einem Gebäude mit modernisierter Fassade, das zwischen dem Hotel Atlantico und dem Hotel Océano lag. Das Centro Comercial Della, im Untergeschoss des Atlantico, stand schon eine ganze Weile leer und auch die Hotels hatten bessere Tage gesehen. Es war Sonntagvormittag und die verkehrsberuhigte Einkaufsstraße, die zum Meer hin abfiel, war - kurz nach dem Abzug der letzten Feierwütigen vom Vorabend und vor dem Ansturm der Teilnehmer am Umzug heute - menschenleer. Ein unwirkliches, klares Licht lag auf den zerschlissenen, blau-weiß-gestreiften Markisen und wurde von den Silbersäulen vor dem El Kilo, einem - besonders zu Karnevalszeiten beliebten - Stoffgeschäft, reflektiert. Für einen kleinen Moment hatte Ben den

Eindruck, als sei die ganze Stadt, vielleicht auch die ganze Insel oder die ganze Welt nach einem Atomschlag oder ähnlichem ausgestorben. Als er hinter einer der verspiegelten Scheiben im 3. Stock eine Bewegung wahrnahm, verflog dieser Eindruck jedoch und er suchte den Namen der Firma am Klingelbrett. Den Kopf beim hochschauen in den Nacken zu legen, hatte ihn einer Ohnmacht nahegebracht und er massierte sich noch die schmerzende Stelle als José Torreón Abrigo, der Inhaber der gleichnamigen Firma, persönlich die Tür öffnete. Am Sonntag war außer ihm niemand im Büro. Er schien ein ganzes Stück jünger als Ben zu sein, trug die Haare auf wenige Millimeter rasiert und den Kopf wie eine Kugel auf dem kurzen Hals, trotz der jungen Jahre wölbte sich ein kräftiger Bauchansatz über dem Hosenbund.
Ben sah sich noch mal in dem ramponierten Treppenhaus um, bevor er die Büroräume betrat. Torreón war seinem Blick gefolgt und sagte:
„Die Innenstadt geht den Bach runter! Vielleicht wird noch ein bisschen in die Touristenzentren investiert, aber auch nur von den Russen und das hält dann genau zwei Tage", er schnaubte und hieß Ben mit einer Handbewegung vorzugehen, bevor er die Tür hinter ihm schloss. Dann deutete er auf Ben, der sich immer noch den Hals massierte:
„So was hatte ich auch mal, lästige Sache: Cortison Spritze und ruck zuck ist das weg. Man muss ja heutzutage immer voll einsatzfähig sein, oder *comisario*? Man kann sich keine Ausfälle leisten."
Ben reagierte nicht so, wie der Mann es wohl erwartet hatte, sondern sah ihn nur schweigend und aufmerksam an, Torreón räusperte sich und sagte:
„Sie sind wegen des Afrikaners hier", das war keine Frage, „Ihre Kollegen haben mir schon Bescheid gesagt." Er ging zu einem der Schreibtische und deutete auf einen Stapel Unterlagen, „ich hab' alles durchgeschaut, einen Zeitraum von drei Jahren, aber leider taucht dieser Name nicht auf", er lächelte. Ben hatte den Eindruck, dass ihn Torreón ein bisschen zu schnell wieder loswerden wollte.
„Vielleicht hat er unter einem anderen Namen gearbeitet", Ben zog sein Mobiltelefon aus der Tasche, suchte das Foto

des toten Afrikaners und hielt es Torreón hin, der bedauernd den Kopf schüttelte. Ben schaute ihn ruhig und unerbittlich an:

„Es wundert mich nicht, dass die Arbeitspapiere von Herrn Touré sich nicht in ihren Unterlagen finden. Für illegale Einwanderer wie Issa Touré ist es fast unmöglich, an Papiere zu kommen und die spanischen Behörden haben in den vergangenen Jahren die Bedingungen noch einmal verschärft. Man muss nachweisen, dass man seit drei Jahren im Land lebt, muss in einer Gemeinde angemeldet sein und braucht eine vorläufige Gesundheitskarte, all das geht nur, wenn man Arbeit hat, die in der Regel aber nur bekommt, wer auch eine Arbeitserlaubnis hat."

Torreón machte den Eindruck, als hätte er Schwierigkeiten, Bens Ausführungen zu folgen, dann zuckte er mit den Schultern.

„Und das ist, wo Sie ins Spiel kommen" fuhr Ben fort, „Leute wie Sie: Die Migranten tun alles, um diesen Teufelskreis zu durchbrechen, sie arbeiten schwarz, sie leben in menschenunwürdigen Unterkünften, sie schuften sieben Tage die Woche, für sehr wenig Geld, immer in der Hoffnung auf eine Aufenthaltsgenehmigung, eine offizielle Arbeitserlaubnis."

Torreón versteifte sich und legte ein dramatisches Tremolo in seine Stimme, als er antwortete:

"Wir erleben hier - angefangen mit der Immobilienblase 2008 - vielleicht die schlimmste Wirtschaftskrise seit der Vernichtung der kanarischen Weinstöcke durch den Mehltau und die Reblaus im 19. Jahrhundert. Es gibt diese schwarzen Schafe, ja, wahrscheinlich besonders in der Baubranche, aber das scheint vor allem mein Problem zu sein, nicht Ihres, Herr Kommissar! Ich sehe mich einer großen Konkurrenz gegenüber! Überall bieten sich Arbeitslose für handwerkliche Arbeiten an - per Flugzettel oder sonst wie - und die nehmen Preise, wo ich als Unternehmer, der ordnungsgemäß Steuern und Sozialabgaben für seine Mitarbeiter zahlt, gar nicht mithalten kann. Also wird es noch schwerer, die Arbeitsplätze zu bewahren, die schon von der Krise bedroht sind!"

Ben nickte, er glaubte Torreón kein Wort, er hatte einen bittereren Geschmack im Mund und einen hässlichen Verdacht: Torreón hatte seit gestern Abend genug Zeit gehabt, seine Unterlagen auf verräterische Hinweise durchzugehen, seine Mitarbeiter zu instruieren und alle illegal Beschäftigten vorübergehend zu beurlauben. Hinter dem Schreibtisch von Torreón fiel Ben eine Karte der Insel auf. An mehreren Stellen steckten kleine Fähnchen:
„Sind das ihre aktuellen Baustellen?"
Torreón schaute sich ertappt um und bejahte mit einem Nicken. Ben trat näher an die Karte heran, auf den Fähnchen standen die Namen der Bauherren. Die meisten Baustellen lagen im Speckgürtel von Santa Cruz, eine lag etwas weiter nördlich. Ben las: „Achberger, Tacoronte" und zeigte fragend mit dem Finger auf das Fähnchen.
Torreón trat nun auch näher und schielte auf das Baustellenbanner:
„Ah, ja, eine Finca in der Nähe von Tacoronte, sie gehört einem Schweizer Ehepaar."
„Seien Sie doch so freundlich und stellen mir eine Liste mit allen ihren Mitarbeitern und aktuellen Baustellen zusammen und schicken mir die bis morgen ins Büro."
Da würde man ja dann sehen, welche Baustellen plötzlich nicht mehr voll besetzt waren, weil alle Afrikaner den Montag frei bekommen hatten!
An der Tür, vermied Ben es, Torreón die Hand zu geben und verabschiedete sich mit dem Satz:
„Vielen Dank für Ihre Kooperation", es sollte mehr wie eine drohende Aufforderung als eine Anerkennung klingen.
Wieder auf der Straße zögerte Ben einen Moment lang: Musste er seinen Kollegen vom Dezernat für Wirtschaftsdelikte, *inspector* Antonio Barajas, wirklich am Sonntag stören, hatte das nicht bis morgen Zeit? Nein, hatte es nicht, Torreón hatte eventuell schon zu viel Zeit bekommen. Barajas würde das sicher genau so sehen.

„*¿Estas mal de la cabeza,* de las Casas? Mich heute anzurufen!"
„Ja, ich weiß, es ist Sonntag, aber ..."

„Sonntag und Karneval! Die traditionelle Auszeit für Verbrecher und Verbrechensbekämpfer!"
„Ich hab nur eine Frage!"
„Und du weißt, dass ich prinzipiell nicht am Telefon spreche!"
„Nur ganz kurz."
„Nein, *nada*, nur über meine Leiche!"

Pozo

Normalerweise war Pozo im Regierungspalast gar nicht gern gesehen, Mantilla achtete penibel darauf, die Treffen auf ein Minimum zu reduzieren und sie an Orten stattfinden zu lassen, wo sie immer auch zufällig zustande gekommen sein konnten.
Die ganze Plaza de España brodelte, nein, nicht nur die ganze Plaza, die ganze Avenida Marittima kochte über, war kurz vor der Explosion, so kurz vor dem Startschuss für den nächsten Faschingsumzug. Hier war der Knotenpunkt, hier stand das große Krankenzelt, das *Hospital de Carnaval,* hier standen die Zelte und Fahrzeuge von Lokalpolizei, Nationalpolizei, Feuerwehr und Zivilschutz. Hier war die zentrale Annahmestelle für Strafanzeigen, die allgemeine Wartezone sowie das Aufenthaltszelt für Erwachsene und das für Minderjährige und natürlich das Einsatzhauptquartier, um das alles zu koordinieren. Eher als eine Vergnügungsveranstaltung hätte man einen Krieg hinter alldem vermutet.

Aber hier oben im alten *Palacio Insular,* dem Sitz der Kommunalverwaltung, war es heute ganz still, keine Menschenseele. Der perfekte Treffpunkt an diesem Sonntagmittag, wenn man nicht gesehen werden wollte. Mantilla, der schlaue Schatten, machte seinem Namen mal wieder alle Ehre. Jetzt starrte er Pozo an, listig und lauernd. Aber Pozo hatte keinen Grund mit seinen Erfolgen hinter dem Berg zu halten, seine Ermittlungen verliefen außerordentlich erfolgreich. Er hatte ein Vertrauensverhältnis zu

Zielperson 2 aufgebaut und einen Sack voller Informationen gesammelt!
„Wenn Sie mich fragen, die Freundin von de las Casas hat ein angeborenes Talent dafür, sich Probleme zu machen. Alleine diese Sache am Flughafen, grandios! Ich meine dafür könnten wir sie doch jederzeit - oder? Vom Flughafen sind die observierten Personen am Freitag direkt zur Wahl der Karnevalskönigin. Also die Pulido hat ja verdientermaßen gewonnen, da kann man nichts sagen, sehr stilvoll, ganz in weiß. Aber das ist ja schon fast langweilig, wenn die Kandidatin von ‚*El día*' nun schon zum dritten Mal in Folge gewinnt, immer derselbe Designer. Das gönnt man doch auch mal anderen! Mir persönlich hat ja Carmen Díaz mit ‚La felicidad' besser gefallen, dieses rosa, so weich, so weiblich, ein Traum, finden Sie nicht?"
Mantilla sah ihn an. Unverwandt. Wahrscheinlich war Mantilla doch eher ein Fan des Siegerbeitrags gewesen. Und jetzt hatte er es sich mit ihm verdorben. Wieso hatte er denn seinen Mund nicht halten können! Manchmal war er eben doch nicht so gewieft, wie er dachte! Andererseits war es eigentlich immer besser, sich ein bisschen dümmer zu stellen, als man in Wirklichkeit zu sein glaubte.
„Äh, ja, anschließend sind die beiden dann in die Wohnung von Zielperson 1 gefahren. Als de las Casas dann zu einem Einsatz gerufen wurde, ist es mir durch persönliche Initiative gelungen, ZP 2 auf die *Fiesta de los Indianos* zu locken, wo ich in direkten Kontakt zu ihr treten konnte. Die junge Frau macht einen klugen, unabhängigen Eindruck. Am zweiten Tag bin ich ihr zur Uni gefolgt - wussten Sie, dass die Straßenbahn ...", er fing wieder diesen Laserblick von Mantilla auf und kam ins Stocken, „ äh, ja, an der Uni hatte ZP 2 einen Termin mit Prof. Delgado Soller. Anschließend hat sie sich circa zwei Stunden auf dem Gelände der Universität rumgetrieben, mit unklarem Ziel, Kontaktaufnahme zu einigen Studenten der Informatik, scheint allerdings unbedeutend. ZP 1 hat sie dann abgeholt. Sie fuhren gemeinsam nach La Laguna, sah für mich wie ein Touristenprogramm aus, kann natürlich auch ein Ablenkungsmanöver gewesen sein."
„Ablenkung von was?"

„Äh, ja stimmt, naja, sie haben dann jedenfalls die Iglesia de la Concepción besucht. ZP 1 erhielt einen Anruf."
„Wir sind hinlänglich über den Inhalt der Anrufe informiert, fahren Sie fort."
„Die observierten Personen betraten im Anschluss das Hotel Aguere."
Mantilla zog fast unmerklich eine Augenbraue hoch:
„Ins Hotel?"
„Ja, das habe ich auch gedacht, ich konnte allerdings durchs Fenster beobachten, dass sie sich die ganze Zeit im Café des Etablissements aufhielten", Pozo war froh, dass er diese Zusatzinformation liefern konnte, „ZP 1 erhielt einen weiteren Anruf. Daraufhin gingen beide ohne Umwege zum Wagen und sind in dieses Bergdorf gefahren, wo es den Zwischenfall mit den Afrikanern gab, *no*?", Pozo machte eine kleine Pause und Mantilla nickte knapp, um zu signalisieren, dass er im Bilde war.
„Und dann sind sie nicht etwa nach Hause, nein, danach bin ich ZP 2 noch auf die zentrale Karnevals-Party an der Plaza del Principe gefolgt. Ich habe ZP 2 erneut kontaktiert, sie hat sich aber leider zunächst meinem Sichtfeld entziehen können, es ist mir dann allerdings gelungen, sie kurze Zeit später mitsamt einer Gruppe Deutscher wieder aufzuspüren und zu belauschen. Einer ihrer Freunde, oder auch neuen Bekannten, das war nicht deutlich zu unterscheiden, hörte auf den Namen Malte..."
„Ja, Malte Voß, 25 Jahre alt, gebürtig aus Tübingen, das ist der Name unter dem er sich für vier Wochen in El Médano eingemietet hat, angeblich, um seinem Surfhobby nachzugehen. In Wirklichkeit scheint er aber hier eine neue Nichtregierungsorganisationen aufbauen zu wollen", Mantilla schnippte angewidert ein Staubkorn von seinem Schreibtisch.
„Da waren Sie ja schon fleißig! Tatsächlich halte ich ihn auch für ein lohnendes Objekt weiterführender Informationserhebung. Ich könnte mir vorstellen, dass sich das Fräulein mit diesem Kontakt viele weitere Schwierigkeiten eingehandelt hat", er lächelte fast traurig in sich hinein, „Nun, ja, gut für uns, nicht wahr?", Pozo richtete seinen massigen Leib ein wenig auf und fuhr fort: „außerdem ein

gewisser Sascha und dessen Freundin, die sich Sissi nennt, wie die österreichische Kaiserin", Pozo deutete ein Lächeln an, steckte es aber gleich wieder weg. „Also: ZP2 hat diesem Malte eindeutig interne Informationen weitergegeben! Über die Afrikaner: Dass einer der toten Afrikaner nicht auf dem Boot war zum Beispiel, wussten Sie das?", Mantilla zeigte keinerlei Regung, Pozo kam aus dem Konzept, er blinzelte, dann versuchte er zu seiner Erzählung zurückzukehren: „Äh, ja, dann hat sich ZP 2 auf den Heimweg gemacht."

„Lassen Sie uns zusammenfassen, was haben wir, um de las Casas nachhaltig aus dem Verkehr zu ziehen? Seine Freundin steht unter dem Verdacht, Drogen geschmuggelt zu haben, das ist ganz gut, leider stimmt es nicht, aber das dürfte nicht das Problem sein. Es gab diesen hässlichen Aufstand von Afrikanern in einem friedlichen Bergdorf mit unbescholtenen Bürgern. Die ganze Aktion stand mehr oder weniger unter seiner Leitung. Da ist sicher auch etwas Brauchbares dabei. Wenn wir das dann noch mit dem Geheimnisverrat kombinieren ... der sich bisher nicht wirklich belegen lässt. Vielleicht wäre es das Beste, wir bestellen Fräulein Jakob noch mal zum Verhör, nur ein paar Fragen, ein bisschen einschüchtern, was meinen Sie?"
Pozo nickte beflissen, dachte aber bei sich, dass sich Evelyn, seiner Einschätzung nach, nicht so einfach einschüchtern ließe, andererseits hatte Mantilla schon ganz andere Kaliber geknackt.
„Nein, ich glaube, das ist doch keine so gute Idee, Pozo, nachher wird sie noch vorsichtig, machen Sie erstmal so weiter."

Evelyn

Als ich erwachte, brummte mir der Schädel, ich sah alles verschwommen, wo war ich? Dann fielen mir Details des gestrigen Abends wieder ein: Die Drogen auf der Plaza del Principe, aber ich hatte doch keine genommen, oder? Das riesige Gesicht von Rosa dicht vor meinem. Wie ich mich

auf dem Nachhauseweg verfolgt gefühlt hatte. Die furchterregende Gestalt im Flur, mein Schrei.
Ich war ziemlich durcheinander. Kein Wunder, nach allem, was in den letzten Tagen passiert war. Und da war noch etwas, was mich beunruhigte, sich im hinteren Teil meines Gehirns versteckte, während ich versuchte, es zu fassen zu kriegen: Ich hatte Malte nicht genug sagen können, weil Rosa dazu gekommen war. Über den toten Afrikaner, also den der nicht auf dem Boot gewesen war, das schien eine wichtige Information für ihn gewesen zu sein. Aber ich hätte ihm das alles überhaupt nicht erzählen dürfen. Warum musste alles immer so kompliziert sein? Ich tastete nach meinem Handy, um zu sehen, ob Malte mir geschrieben hatte oder ihn selber anzurufen, nachdem er mir dann doch gnädigerweise seine Nummer gegeben hatte, aber der Akku war komplett runter, ich hatte wohl gestern vergessen, es aufzuladen! Vielleicht erstmal an die frische Luft und sehen, ob ich irgendwo einen Kaffee bekam.

Ben

Auf der Avenida de J. A. Primo de Rivera formierte sich ein Aufmarsch geklonter Clowns, gefolgt von wild tanzenden Mädchen in Bananenkilts. Aus den Lautsprechern dröhnte einheizende Sambamusik. Der große Sonntags-Umzug, des Familien-Karnevals an der Uferpromenade von Santa Cruz de Tenerife nahm gerade Fahrt auf.
Ben dachte bekümmert daran, dass er den eigentlich zusammen mit Evelyn hatte besuchen wollen, aber als er sie eben zu Hause abholen wollte, war sie nicht da gewesen. Weiter kam er in seinen Gedanken nicht - dann wurde er aufgesogen von einem einzigen Farbenwirbel, einem Soundstrudel aus Pauken und Rasseln, wirbelnden Röcken und Trommelstöcken, Glitzer und Glitter um ausladende, einladend geschüttelte Dekoltées herum.
Wieder musste er kurz an Evelyn denken, ein wehmütiges Ziehen, irgendwo innen, er riss sich zusammen und scannte die Zuschauerreihen nach seinem Kollegen. Das

mit der Leiche war auch gleichzeitig ein Hinweis gewesen. Barajas hatte gesagt, Ben solle nach einem Untoten Ausschau halten. Begeistert klatschendes, säumendes Publikum, fast alle verkleidet, mehr oder weniger fantasievoll, jung und alt, Einheimische wie Touristen. Der Zug der Kinderclowns, die bis ins kleinste Detail perfekt gestylt waren, vom Hut bis zu den übergroßen Glitzerschuhen. Ältere Frauen und junge Mütter hatten ihre Klappstühle am Rand der Piste aufgestellt, jede eine kleine Regentin, die von dort huldvoll die Parade abnahm. Ein weiterer Aufmarsch von Narren, diesmal mit spitzen Hüten und regenbogengestreiften Umhängen, die ganze Buntheit erschien in einem scharfen Kontrast zu den kahlen Bergen im Hintergrund, die mit einem Mal wie eine falsch aufgestellte Kulisse wirkten.

La Marina Ecke Calzadilla hatte Barajas gesagt und tatsächlich entdeckte Ben zwischen den ganzen Spaßvögeln einen winkenden Zombie, der einen kleinen Bären auf dem Arm hielt. Beim Näherkommen entpuppte sich der Bär als verkleidetes Baby und der Zombie als *Inspector* Antonio Barajas, *Unidad Central de Delincuencia Económica y Fiscal* auf den kanarischen Inseln. Nach einer kurzen Begrüßung kam Ben sofort auf den Punkt, er wollte dem Kollegen nicht mehr Freizeit stehlen, als unbedingt nötig:
„Ich untersuche den Tod eines afrikanischen Migranten und ich frage mich, ob du mir dabei helfen kannst. Es sieht nach einem komplizierten Muster aus Wirtschaft und Schattenwirtschaft aus. Diese Flüchtlinge sind hier so eine Art ...", Ben wusste nicht, in wie weit er dem Inspektor die komplizierte ‚Flüchtlingspolitik' der spanischen Regierung erläutern musste. In der Tat war sie kaum verständlich, da überhaupt nicht plausibel. Was dabei herauskam waren ...
„Arbeitszombies!", um seine Aussage zu unterstreichen, zeigte Barajas mit der rechten Hand auf sein Kostüm! Die linke hielt weiter das Baby fest. Ben musste schmunzeln, bevor er wieder ernst wurde:
"Wir erleben hier einen ziemlichen Rückschritt im Umgang mit den Migranten, oder?"

Barajas nickte bedächtig, die grünliche Maske, hinter der er seinen Kopf verbarg, wippte mit:
„Ihnen wird vorgegaukelt, dass sie nach dem spanischen Einwanderungsgesetz ihren Aufenthalt legalisieren können, damit locken die Schlepperbanden die Einwanderer nach Europa, und die armen Leute denken dann, sie könnten einfach so Papiere beantragen."
Barajas schaukelte den kleinen Bären sanft im Rhythmus der lateinamerikanischen Musik. Ben schaute ihn nachdenklich an und sagte:
„Nicht alle sind unglücklich über diesen Zustrom an entrechteten Arbeitskräften! Einige Zweige der Spanischen – und nicht nur der Spanischen – Wirtschaft kommen doch gar nicht mehr ohne die Illegalen aus!"
„Da hast du mal wieder zielsicher den Nagel auf den Kopf getroffen! Dabei nimmt wirklich die ganze Wirtschaft Schaden und die Menschen natürlich auch, stell dir vor, du bist nicht versichert und arbeitest zum Beispiel in der extrem unfallträchtigen Baubranche …"
Das war vielleicht eine Spur. Ben horchte auf. Die winzige Bewegung reichte aus: Die Attacken kamen jetzt öfter und der Schmerz streckte sich inzwischen schon bis zur Schulter hinunter. Unwillkürlich verzog Ben das Gesicht.
„Was ist los mit dir, du bewegst dich auch schon wie ein Zombie!"
„Hab mir nur den Hals ein bisschen verrenkt."
„Kein Wunder: Du arbeitest zu viel! Mach mal Pause! Entspannungsübungen, Massage – Was ist eigentlich aus deiner deutschen Flamme geworden?", bevor Ben antworten konnte, verzog sich Barajas Zombiemund zu einer Fratze und er platzte mit einem neuen Einfall heraus, den er selber offensichtlich für rasend komisch hielt, „oder noch besser: Versuchs mal mit Fango Packungen, das wirkt Wunder und der super Nebeneffekt: Du kannst im Karneval als Golem gehen!"
„Ok, nächstes Mal, du Scherzkeks, aber hör zu, ich hatte gerade eine Idee, dieser Tote, vielleicht war es ein Arbeitsunfall und die haben versucht, das zu vertuschen ..."
„Nicht besonders schlau, oder?"
„Nein, aber deshalb nicht unwahrscheinlicher ..."

Sie mussten beide lachen.
„Ich meine, du hättest diesen Torreón sehen sollen, der Geschäftsführer einer Baufirma, dem ich heute Vormittag einen Besuch abgestattet habe: Der Allerschlauste ist der wirklich nicht."
„Wenn es dich tröstet: Die Zahl der Inspekteure, die derzeit kanarische Firmen überprüfen, ist fast verdoppelt worden und die Strafen für schwarze Schafe, die auffliegen, sind hoch. Es bleibt trotzdem eine Sisyphusarbeit und wie mir scheint, vor allem ein Kampf an den falschen Fronten!"
„Und ist euch José Torreón Abrigo da schon mal untergekommen?"
„Nicht das ich wüsste, aber wenn du willst, schau ich mir diesen Laden mal ein bisschen genauer an ..."
„Da wäre ich dir sehr dankbar und morgen ist ja auch schon Montag!"
„Wenn du einem verspannten, arbeitswütigen Golem den kleinen Finger gibst!"
„Und da ist noch was ..."
„Das war ja klar."
„Nein, nur ein Foto", Ben holte sein Handy raus und zeigte Barajas das Foto, dass er gestern Nacht von Evelyns dickem Verfolger gemacht hatte, „kennst du den?"
„Nein, oder, warte mal", Barajas holte eine Lesebrille aus der Zombiewestentasche, „vielleicht, kommt mir irgendwie bekannt vor, ein Kollege?"
„Ich weiß nicht, aber ich hatte auch schon so einen Verdacht."
Quietschgrüne Federn reckten sich steil in die Luft und kitzelten Ben im Vorbeigehen an der Nase, Ben musste niesen und der kleine Bär auf Barajas Arm schlug die Augen auf. Ben hatte Angst, dass das Baby anfangen würde zu schreien, aber es schaute ihn nur aus großen Augen an und lächelte. Ben war einen Moment lang wie verzaubert. Dann lächelte er zurück, drückte Barajas freundschaftlich die Schulter und verabschiedete sich.
„Danke! Bis morgen!"

Evelyn

Ben stand vor der geschlossenen Badezimmertür:
„Wo bleibst du denn? Wir müssen los!"
„Wieso denn, wir sind doch erst um acht bei deiner Mutter verabredet."
„Ja, aber ich muss vorher noch was erledigen, beeil dich! Was ist denn mit deinem *movíl*?"
„Das hatte ich hier gelassen, es war nicht aufgeladen."
„Es wäre mir lieb, wenn ich dich immer erreichen könnte ..."
„Musst du denn immer genau wissen, wo ich bin, ist das nicht ein bisschen übertrieben?"
„Das habe ich nicht gesagt, ich möchte dich nur erreichen können. Zum Beispiel wollte ich vorhin mit dir auf den Karnevalsumzug."
„Ach, das tut mir leid, bist du jetzt sauer deswegen?"
„Nein, natürlich nicht!"
Das klang nicht wirklich überzeugend und mir wäre es tausendmal lieber gewesen, er hätte es zugegeben. Er hatte ja allen Grund, eigentlich war ich ja deshalb hergekommen, weil er mir den Karneval zeigen wollte. Aber wahrscheinlich hielt Ben es für unmännlich, zuzugeben, dass er sauer war.
Fast hätte ich in der Hektik das Mitbringsel für Bens Mutter vergessen, das ich extra aus Frankfurt hergeschleppt hatte: Einen ziemlich schweren Original Äbbelwoi-Bembel, also so einen grauen Krug aus Steingut, mit blauem Muster drauf. Das hessische Nationalgetränk bleibt in den Dingern wirklich eine ganze Weile schön kühl, also dachte ich, dass die das hier auf Teneriffa auch gut gebrauchen könnten. Außerdem ist es einfach der Klassiker und irgendwie lustig. Bei der Durchsuchung meines Gepäcks war das Geschenkpapier zerrissen, also steckte ich ihn einfach in eine Plastiktüte und wir rannten los. Ursprünglich hatte ich ja auch noch einen echten Handkäs dabei gehabt, eine zugegeben ziemlich stinkige Spezialität aus dem Rhein-Main-Gebiet. Aber den hatten sie mir abgenommen, wegen des Verdachts, dass ich damit die Nase der Drogenspürhunde hätte täuschen wollen! Naja, vielleicht war es

besser so, möglicherweise wäre ich mit dem Käse übers Ziel hinausgeschossen.

Ben freute sich trotz allem, dass ich seiner Mutter etwas mitgebracht hatte, und er machte mir Komplimente für mein Aussehen. Offensichtlich war er darum bemüht, die angespannte Stimmung zwischen uns ein bisschen aufzulockern. Wahrscheinlich auch, um mir vor dem Besuch bei seiner Mutter ein gutes Gefühl zu geben.

Bens Mutter wohnte ebenfalls im Zentrum von Santa Cruz, zwanzig Minuten zu Fuß, deshalb wunderte ich mich, als Ben mich zu seinem Auto dirigierte. Naja, er hatte ja gesagt, es sei vorher noch etwas zu erledigen. Er hielt mir galant die Tür auf und gab mir einen Kuss, bevor ich einstieg. Wir fuhren stadtauswärts und auf die Autobahn nach Norden. Ich bemerkte, dass Ben öfter in den Rückspiegel schaute als normalerweise und klappte die Sonnenblende herunter, um ebenfalls die Straße hinter uns im Blick zu haben. Ben fragte:
„Wie lief denn dein Treffen gestern mit dem Typen von dieser Hilfsorganisation?"
Ich zögerte, das war eine unschuldige Frage, wahrscheinlich nett gemeint, Ben wollte teilhaben, sich interessiert zeigen, aber irgendwie klang es doch auch ein bisschen nach Aushorchen. Oder dachte ich das jetzt nur, weil ich ein schlechtes Gewissen hatte? Weil ich Malte ja doch mehr verraten hatte, als mir erlaubt gewesen war.
„Ja, ganz gut, aber eigentlich war es viel zu laut auf diesem Salsa Bums, um sich richtig zu unterhalten."
„Wie heißt denn die Organisation?"
„Refugee Union Europe."
„Und wie heißt der Typ?"
Moment, war das noch legitimes Interesse in einer Beziehung oder war hier ein Kommissar dabei zu ermitteln? Wenn ich nicht antworte, mach ich mich verdächtig, dachte ich.
„Er heißt Malte Voß."
„Ein Deutscher?"
„Ja."

Schade, eben lief es doch so gut mit Ben, das war vielleicht Wunschdenken gewesen. Aber Ben schien den Umschwung in meiner Stimmung bemerkt zu haben und lenkte ein:
„Auf dem Umzug vorhin hab ich einen Kollegen von der Einheit für Wirtschaftsverbrechen getroffen, der war als Zombie verkleidet und wir haben über Arbeitszombies gesprochen. Das klingt lustig und absurd, aber das trifft es sehr gut und was ich hier sehe sind Kanaren, die vom Schicksal armer Migranten profitieren!"
„Du meinst, weil die Kanaren selber eine lebhafte Geschichte von Ein- und Auswanderung haben, ist es besonders verwerflich?", fragte ich vorsichtig, weil ich mir nicht sicher war, ob ich ihn richtig verstanden hatte.
„Genau, mein kleines, hübsches, kluges Köpfchen, genau das meine ich! Aber wahrscheinlich handeln sie ganz normal, wahrscheinlich ist es einfach nur menschlich! Menschlich und widerlich."
Ich blickte nachdenklich in den Schminkspiegel auf der Sonnenblende und bemerkte einen kleinen schmutziggelben Seat mit einem einzelnen korpulenten Insassen, dessen Gesicht man nicht erkennen konnte. Das Auto war vorhin schon hinter uns gewesen, es blieb uns die ganze Zeit auf den Fersen und überholte nicht, obwohl wir relativ langsam fuhren.
Es war ein ungewöhnlich klarer Tag, jetzt jedenfalls, die erste Hälfte des Tages hatte ich ja glatt verschlafen. Die Landschaft wechselte von karg zu grün - so krass war mir der Unterschied noch nie aufgefallen! Hier oben sah es so ganz anders aus, als im trockenen, trashigen Süden: Lorbeerwälder, fruchtbare Täler - vielleicht hatte der Süden auch einmal so ausgesehen, bevor alle Bäume abgeholzt worden waren? Ich sah Ben an, ich stellte mir vor, ihn zu küssen, ich konnte fast fühlen, wie seine Bartstoppeln mich piekten. Ich hätte es gerne irgendwie hingekriegt, dass wir uns nicht die ganze Zeit streiten würden, dass ich einfach nur in seinen Armen liegen könnte und schnurren. In diesem Moment wünschte ich mir mal wieder, ein sanftmütigeres Wesen in einem kurvigeren Körper zu sein und

gleichzeitig überkam mich eine riesige Angst, dass Ben mich dann trotzdem oder sogar noch mehr lieben würde! Als ich wieder in den Spiegel schaute, bekam ich einen Schreck: Die Motorhaube des Seats hatte plötzlich angefangen zu qualmen. Ich wandte mich Ben zu und sah, dass er schmunzelte. Mit dem Daumen nach hinten auf die Autopanne zeigend fragte ich:
„Hast du den gesehen?"
Ben schaute sich nicht um, vermutlich tat ihm immer noch der Hals weh, aber er checkte die Straße hinter sich kurz im Rückspiegel:
„Wahrscheinlich zu wenig Kühlwasser, das passiert oft ...", dann schaute er zu mir rüber und sagte: „"ich wollte mir die Baustelle auf einer Finca eines Schweizer Ehepaares in der Nähe von Tacoronte anschauen. Ich kann sagen, du bist meine Übersetzerin. Traust du dir das zu?"
„Naja, schon irgendwie, aber können die kein Spanisch, wenn die hier ein Haus haben?"
„Leider sprechen die meisten *residentes* höchstens ein paar Brocken, ich nehme an, dass sie Englisch sprechen, es geht doch auch nur um einen Vorwand ..."

Rafael & Vicente

Brigada Rafael León und *Sargento* Vicente Goméz, auch bekannt unter den Namen zweier Ermittler aus einer amerikanischen 80er Jahre Fernsehserie waren in zivil im Yachthafen von Las Americas unterwegs. Der Puerto Colon war ihr täglicher Arbeitsort, ihr Revier, denn sowohl das Hauptquartier der *CNP* lag hier, als auch ihr Boot, beides im militärisch abgeriegelten Teil des Hafens. Aber es gab Tage, da konnte einem diese Mischung aus Disneyland und Vorhölle auch auf die Nerven gehen, besonders, wenn man die halbe Nacht durchgemacht und sich eigentlich auf einen geruhsamen Sonntag gefreut hatte.
Sie hatten sich in die Niederungen des öffentlichen Hafens begeben, wo große und kleine Boote, Yachten und Schlauchboote im Wasser dümpelten. Der Hafen war nach Christoph Columbus benannt, der auf dem Weg nach

Amerika auf den kanarischen Inseln Halt gemacht hatte. Es sah inzwischen so aus, als würde halb Europa und ein guter Teil Russlands hier Halt auf dem Weg nach irgendwo machen. Falls es sich um den Weg in die Hölle handeln sollte, war das hier eine moderne Interpretation des Limbus'.

„Ist es hier immer so laut und grell gewesen?", fragte Goméz-Tubbs vorsichtig.
Sein Kollege Léon-Crockett grinste nur.
„Können wir jetzt wieder gehen? Wir haben gefühlt hundert Leute befragt und keiner war Freitag vor dem Sturm auf dem Wasser oder hat andere dabei beobachtet. Außerdem erinnere ich mich sehr gut daran, dass der Chef gestern Mittag gesagt hat, am Sonntag sollten wir frei machen!"
„Ja, aber du hättest ihn gestern Abend am Telefon hören sollen", León-Crockett ahmte die tiefe Stimme Bens gekonnt nach, „'Wie, das habt ihr noch nicht erledigt?!'"
„Mir platzt der Schädel."
„Ach, komm, jetzt sind wir doch schon mal hier, wir schauen uns nur noch ein bisschen weiter um und dann setzen wir uns irgendwo in den Schatten und lassen uns ein paar Glitzerärsche vor der Nase herumtanzen."
Goméz-Tubbs stöhnte auf:
„Oh, nein, ich hab' für heute genug vom Karneval."
„Wir können auch mit dem Boot rausfahren, vielleicht finden wir jemanden, der mitfährt? Ich hab da gestern ..."
„Schon gut, eins nach dem anderen, lass uns das jetzt erstmal über die Bühne bringen ..."

Das Hafenbecken war von Bars und Vergnügungslokalen gesäumt und an jeder Ecke warb ein neongelbes Schild für *whale watching tours*. Die meisten der Schilder waren auch mit kyrillischen Buchstaben beschriftet. Ein paar von Ihnen kündigten Fischfangtouren und Hochseeangeln an. Unter ihnen die Agentur ‚Hemingway', vor der die beiden Polizisten gerade angekommen waren.
„Guck mal, die Blonde ist neu hier", sagte Goméz leise zu seinem Kollegen.

Die junge Tour-Agentin kam hinter dem hohen Tresen mit den darauf gestapelten Prospekten hervor und fächerte erstmal ein Sortiment an Sprachen auf, die sie beherrschte und von denen man sich eine aussuchen konnte. Sie einigten sich auf Spanisch und schon kurbelte sie ihren Verkaufstext ab:
„Wussten Sie, das Teneriffa Tummelplatz für viele ganz besondere Fisch- und Walarten ist? Am häufigsten trifft man Grindwale - auch Pilotwale genannt. Oft begleiten auch Delphine unsere Boote und zeigen Kunststücke ..."
„Das ist ja niedlich!", Leóns Augenaufschlag war eine tödliche Waffe, „aber wir hatten mehr an Hochseeangeln gedacht, *Big Game* und so!"
„Achso, kein Problem, wir haben verschiedene Charterangebote, im Moment ist noch keine Saison für Marlin oder Schwertfisch, aber für alle Thunfischarten geht es schon los. Wie Sie vielleicht wissen sind die Gewässer der Kanaren sehr fischreich. Wegen dem Humboldtstrom - auch Kanarenstrom genannt - das ist die Gegenströmung zum Golfstrom. Während der Golfstrom warmes Wasser an die europäischen Küstengebiete bringt, transportiert der Kanarenstrom kühleres Tiefenwasser vor die afrikanische Küste. Und in diesem kühlen, nährstoffreichen Wasser ist der Fischreichtum dann entsprechend hoch und ..."
León nahm sich eins der Prospekte vom Tresen, tippte auf die Vorderseite und beugte sich zu Goméz:
„Schau mal hier, mit der Jeanneau Sun Odyssey wollte ich schon immer mal rumcruisen ..."
Goméz nahm sich auch ein Prospekt, schaute aber nicht rein, sondern begann, sich damit Luft zuzufächeln und sah seinen Kollegen mitleidig an.
León fixierte die Bootsverleihangestellte und sagte:
„Wir waren ja am Freitagnachmittag ganz spontan schon mal hier und wollten die Sun Odyssey ausleihen, aber da war sie leider unterwegs ..."
Die Angestellte schaute in ihr Tourenbuch und schüttelte den Kopf:
„Nein, die war im Hafen, aber vielleicht meinen Sie die Merry Fisher Marlin, auch von Jeanneau, die war Freitag draußen. Ist aber gerade frei und ich kann Ihnen da ein

Superangebot machen, vier Stunden für 500,- € inklusive Kapitän. Unsere Skipper sind Spezialisten im Hochseeangeln und *Big Game* Fischen, in Schleppen, Spinnfischen, *Jigging* und vielem mehr."
„Wir würden es gerne einmal ansehen und mit dem Skipper sprechen. Und übrigens: Was machen Sie heute Abend?"
Die Agentin lächelte nur:
„Hier entlang."
„Du hättest ihr erzählen sollen, dass wir gestern diesen Wal-Kindergarten gesehen haben, das finden Frauen gut."
„Was weißt du denn schon von Frauen? Wenn du mich fragst, ist das Einzige, was Frauen wirklich interessiert, Geld und davon verdienen wir beide nicht genug! Guck dir die reichen Russkijs an, benehmen sich wie die Ölscheichs."

Sie gingen durch dichtes Touristengewimmel auf einen der Stege zu. Ein Katamaran hatte gerade angelegt und eine ausländische Familie war bewundernd stehengeblieben. Eines der Kinder zeigte auf ein Werbeplakat und rief:
„Oh, guck mal, Delfine!"
Die Katamaranpassagiere waren dabei auszusteigen. Eine grüngesichtige Mutter half ihren zwei grüngesichtigen Kindern von Bord, der Vater war schon an Land und wandte sich jetzt vertraulich an das Familienoberhaupt der Interessierten:
„Tun Sie's nicht, auf dem Ding wird man nur seekrank, außerdem ein totaler Nepp: Die haben nur billigen Colaersatz an Bord, und die Wale sind viel zu klein!"
Die Familie ging schnell weiter.
León und Goméz im Schlepptau der Blonden erreichten das anvisierte Boot.
„Das ist das Boot, Tim hier ist unser *Sea-Guide*", und an den schwarzen Skipper gewandt: „Tim, die beiden Herren möchten zum Angeln raus."
„Nein, eigentlich wollten wir uns nur kurz unterhalten, hallo Tim!" León zückte seinen Ausweis und hielt ihn der Blonden vor die Nase.
„Achso, warum haben Sie das denn nicht gleich gesagt?"

„Weil ich dann nicht so viele interessante Dinge über unsere Meeresfauna gehört hätte!", er zwinkerte ihr zu.
Goméz verdrehte die Augen. Die Tour-Agentin war schon auf dem Weg zurück zu ihrem Verkaufsstand.
„Da habt Ihr ja noch mal Glück gehabt am Freitag, Tim! Der Sturm hätte Euch übel erwischen können!"
„Mmh", war die einsilbige Antwort.
„Wir wollten fragen, ob Ihr nichts Ungewöhnliches beobachtet habt da draußen."
„Nein."
„Wir sind kurz nach dem Sturm raus und haben ein havariertes Flüchtlingsboot aufgebracht, das könnte euch auch begegnet sein!"
Der Schwarze unterbrach seine Tätigkeit und richtete sich auf. León fragte ihn jetzt direkt:
„Hast du mich angerufen, Tim?"
Statt einer Antwort wandte er den Kopf und blickte den Steg hinunter. Ein Mann mit grauen Haaren, braun gebrannt, stahlblaue Augen, Typ: Husky, steuerte energisch auf sie zu.
„Kurassow. Dass mein Boot, alles regelrecht angemeldet."
„Wir wundern uns, warum Sie das Flüchtlingsboot Freitagnachmittag nicht bemerkt haben", Léon machte eine Geste, die den Skipper mit einbezog, „Ihr Boot war kurz vor dem Sturm wohl noch draußen."
„Chaben wir nichts bemerkt", er hatte einen starken russischen Akzent.
„Wenn das gestern eine gewerbliche Fahrt war, dann müsste die Route ja im Logbuch stehen, können wir da mal einen Blick reinwerfen?", schaltete sich Goméz ein.
Der Russe zögerte. Der Skipper hatte seine Reinigungstätigkeiten wieder aufgenommen, verfolgte aber die Unterhaltung ganz genau.
„Mein Kollege meint, Ihr habt ganz bestimmt nichts falsch gemacht, wir sammeln nur Informationen."
Der Bootsbesitzer sah plötzlich sehr betroffen aus, er kratzte sich am Kopf und änderte dann seine Taktik:
„Also, wir chaben ein Flüchtlingsboot gesehen, von ganz von weitem. Aber wissen Sie auch, was neulich diesen Fischern in Marokko passiert ist? Die, die afrikanischen

Schiffbrüchigen eingesammelt chaben? Die sitzen jetzt hinter Gittern, wegen Mithilfe, als Schleuser angeklagt, wir chatten Angst, uns dasselbe passiert."
„Wissen Sie, wie viele Menschen da ertrunken sind?!", Goméz verlor ein bisschen von seiner üblichen Gemütsruhe.
„Sie müssen mir glauben, wir chatten Angst, wissen Sie, als Ausländer, chat man immer Angst, was falsch zu machen, weil nicht genug auskennen mit Vorschriften vor Ort ..."
„Das könnte aber nun leider auf unterlassene Hilfeleistung hinauslaufen. Kann ich bitte Ihren Bootsführerschein sehen? Auch von ihrem Skipper."

Der Russe kletterte ins Boot und kramte die Belege hervor. Als er ihnen die Papiere reichte, sagte er:
„Also wenn wir jetzt wegen unterlassener Hilfeleistung angezeigt werden ... Ich meine, das wäre doch absurd, weil ... die Afrikaner sind die Kriminellen", sein Skipper schaute kurz auf. Goméz gab ihm die Papiere zurück:
„Wir melden uns."
Kurassow setzte ein herzliches Lächeln auf, eine Reihe breiter, weißer Kunstzähne blitzte in der Sonne:
"Ach, was rede ich soviel, meine Angestellte chat mir gesagt, Sie würden gerne mal mit der Sun Odyssey fahren ... vielleicht lässt sich da was machen? Sagen Sie einfach Bescheid."
„Machen wir."

Sie gingen den Steg zurück zum Ufer.
„Was für ein Arschloch."
„Wollt ihr mal chaben meine Schwanzersatz-Yacht für kleine Tour? - Fick dich!", León ahmte Kurassows kehliges ‚H' nach und unterstrich seinen Satz mit einer eindeutig anzüglichen Geste.
Eine konsternierte Mutter riss ihr Kind so heftig aus dem Weg, dass es fast ins Wasser geplumpst wäre.
„Müssen wir jetzt de las Casas Bescheid sagen?"
„Nee, das ist doch ein Nullergebnis, reicht morgen."

Evelyn

Tacoronte ist ein kleiner Ort an der Nordküste. Wir mussten eine enge steile Küstenstraße hoch und ein Stückchen wieder runter fahren, weil wir den Eingang zu der *Finca* der Schweizer verpasst hatten. Als wir endlich vor dem Tor standen, klingelte Ben und wies sich als Beamter der *Policía Canaria* aus. Das schwere Eisentor schwang langsam auf und wir fuhren über einen Kiesweg auf das riesige Anwesen. Das war bestimmt über einen Hektar groß und direkt über der Steilküste gelegen. Das nannte man ‚*Finca*'? Ich hatte mir darunter ein kleines umgebautes Bauernhäuschen vorgestellt. Das hier war eine Art Luxusranch. Ich zählte mindestens drei Terrassen, eine war unmittelbar über die anbrausenden Wellen gebaut, der Fels fiel hundertfünfzig Meter senkrecht ab bis zum Meer. Man hatte sowohl einen Blick auf den Atlantik als auch auf den Teide: *Wow*!

Der Besitzer dieser Idylle kam gerade auf uns zu. Sportlich, elegant, graumeliert. Er streckte Ben seine Hand entgegen und schüttelte sie kräftig, Ben stellte mich als seine Übersetzerin vor, erwähnte aber gleichzeitig, dass sie auch problemlos Englisch sprechen könnten, worauf es dann im Großen und Ganzen hinaus lief.
„Wie kann ich Ihnen helfen, Herr de las Casas?"
Er hatte auch im Englischen einen starken schwyzerdütschen Akzent, was für mich ein bisschen nach Kabarett klang. In diesem Moment stieß die Dame des Hauses zu uns. Das blondierte Haar zu einem kunstvollen Gebilde aufgetürmt, den alternden aber trainierten Körper in ein schreiendes Türkis gewandet. Sie war wesentlich weniger jovial als ihr Gatte und begrüßte uns misstrauisch und hochnäsig.
Ben erklärte, dass er den Tod von Issa Touré untersuche und dass er Hinweisen nachginge, denen zufolge Herr Touré zuletzt für die Firma Torreón Construcciones S.A. gearbeitet hatte, also vielleicht auch hier auf dem Grundstück der Achbergers. Ben deutete auf eine Baustelle, am

äußersten Ende der Anlage, die mir gar nicht aufgefallen war, vielleicht weil die Arbeiten zurzeit ruhten. Vielleicht auch, weil ich so geblendet war von der exotischen Pflanzenpracht, dem großzügigen Außenpool und den einladenden Sitzgelegenheiten, die locker über den gepflegten Rasen und die kleinen angelegten Freisitze verteilt waren.
„Wir sind gerade dabei das Chalet etwas zu erweitern", Achberger betonte Chalet natürlich auf der ersten Silbe, „wir bauen ein Gästehaus dazu, wir haben zwar einen schönen *Guestroom* hier im zweiten Stock, aber es ist doch für alle Seiten angenehmer, wenn die Gäste ein bisschen *Privacy* haben, finden Sie nicht?"
Als ob es ein allgemein anerkanntes Problem wäre, dass man seine Besucher nicht in seiner 200 qm Villa unterbringen mochte. Warum lud man sie denn dann überhaupt ein? Ich hielt mich zurück, Frau Achberger lächelte säuerlich, Ben schwieg. Er hatte eine Hand am Mund, den Kopf ganz leicht schief gelegt und wirkte extrem einfühlsam und verständig, so wie wenn er wirklich auch oft über das Problem der Unterbringung von Besuchern nachdachte. Bens Taktik ging auf. Achberger fühlte sich verstanden und sprach weiter, vielleicht auch, um die Stille zu füllen.
„Ich bin ja selber auch in der Baubranche, aber vor allem auf dem spanischen Festland, deshalb mussten wir ein Subunternehmen mit dem Bau beauftragen. Und die einzelnen Arbeiter kann ich beim besten Willen nicht auseinanderhalten."
„Aber Sie haben den Bau überwacht?"
„Nun ja, man muss ja immer selber schauen, sonst passiert ja nichts oder es wird geschlampt, Sie kennen das sicher …"
„Sind Ihnen denn Arbeiter afrikanischer Herkunft aufgefallen?"
Frau Achberger lachte auf:
„Ja, sicher, als ob die Afrikaner wirklich zum Arbeiten herkämen, außer ficki ficki geht's denen doch nur darum, die Rundumsorglosversorgung abzugreifen."
Unwillkürlich zuckte ich ein wenig zurück, sie hatte Deutsch gesprochen, deshalb musste ich ihre kleine Hasstirade wohl oder übel übersetzen. Ich wandte mich

Ben zu, dem wie immer nichts anzumerken war, aber bevor ich loslegen konnte, nickte er und sagte:
„Ich hab's verstanden."
„Sie hat ..."
„Ja", antwortete er knapp, Ben schloss kurz die Augen, lächelte und konzentrierte seine Aufmerksamkeit dann wieder auf Achberger. Dem war der Ausbruch seiner Frau sichtlich unangenehm und er legte ihr beruhigend eine sehnige, gebräunte Hand auf den Arm:
„Schatz, nicht alle Flüchtlinge ..."
„Flüchtlinge, pah, Asylschwindler sind das ..."
„Aber eigentlich sind wir doch auch Flüchtlinge, Gritli, Schlechtwetterflüchtlinge ...", er lachte dünn, plötzlich nicht mehr sicher, ob ihm sein kleiner Scherz in Anwesenheit der Staatsgewalt nicht doch irgendwie zum Nachteil gereichen konnte. Mit einer wegwischenden Geste deutete er auf sein aufwendig restauriertes Herrenhaus und schnarrte: „Kann ich Ihnen etwas zu trinken anbieten, ich habe eine kleine Auswahl an lokalen Weinen da ..."
Ich schielte zu der romantischen Terrasse mit den spektakulären Ausblicken, außerdem war ich wirklich durstig, aber Ben kam mir zuvor. Mit einem kleinen Kopfschütteln lehnte er dankend ab und sagte:
„Bitte beantworten Sie meine Frage."
„Achso, ja, ich kann mich wirklich nicht erinnern, ob da dunkelhäutige Arbeiter dabei gewesen sind. Vielleicht müssten Sie sich da doch direkt an die ausführende Firma wenden, der Vorarbeiter kann Ihnen bestimmt weiterhelfen. Ich bin aber sicher, dass da alles mit rechten Dingen zugegangen ist, ein sehr seriöses Unternehmen, eine Empfehlung des Vizegouverneurs übrigens. Eine alte Golfbekanntschaft von mir", er lächelte einnehmend. „Der 'Real Club de Golf de Tenerife' liegt nur fünf Minuten von hier entfernt, ich versuche, jeden Tag zu spielen, wenn wir hier sind. Wussten Sie, dass es der älteste Golfplatz der Insel ist? Er liegt 600 m über dem Meeresspiegel. Spielen Sie auch?"
Ben schüttelte wieder nur kurz den Kopf, mir kam es vor, als ob ein Schatten über sein Gesicht gezogen wäre. Achberger hatte den hochrangigen, kanarischen Politiker nur

ganz nebenbei erwähnt, aber es war wohl trotzdem eine eindeutige Warnung.

Unser kleines Grüppchen war inzwischen in Richtung *Finca* gegangen, geleitet vom Hausherrn, der gesagt hatte, er würde Ben Namen und Nummer des Vorabeiters geben, die Unterlagen befänden sich in seinem Studio. Das Schlusslicht bildete die Gastgeberin, die uns mit einem Blick verfolgte, der soviel heißen musste wie „Ihr werdet schon sehen, dass ich Recht hatte!"

Wir betraten das Haus über die Veranda, durchquerten den großzügig geschnittenen Wohnbereich und landeten in der imposanten Eingangshalle, von der verschiedene Türen abgingen, unter anderem zu Achbergers Arbeitszimmer. Klein und kühl war der Raum, Achberger trat schnell an seinen Schreibtisch und blätterte sich durch einige Papierstapel. Ich sah mich verstohlen um und entdeckte zu meiner großen Überraschung im Regal ein Buch, das ich sehr gut kannte: ‚Haithabu - Die Spur der Wikinger' von Alexander Jakob. Ich zupfte Ben am Ärmel, deutete auf den Buchrücken und flüsterte:
„Schau mal!"
Leider nicht leise genug, denn Achberger blickte auf und stellte sofort eine Verbindung her.
„Ach, interessant, ich wollte vorhin gleich fragen, als Sie sich vorgestellt haben, aber Jakob ist ja ein sehr verbreiteter Name. Sind Sie verwandt?"
„Mein Vater", ich räusperte mich.
Ben verzog keine Miene.
„Nein, was für ein Zufall. Ich habe ihren Vater mal auf einem Golfturnier kennengelernt, das muss in Genf gewesen sein, ist schon viele Jahre her, da hat er mir das Buch geschenkt, ganz reizend und so allumfassend gebildet - machen Sie auch was mit Archäologie?"
„Ja, ein bisschen. Zurzeit beschäftige ich mich mit den Ureinwohnern der kanarischen Inseln."
„Interessant, so eine tragische Geschichte, die Guanchen sind ja damals von den Spaniern komplett ausgerottet worden!"

„Nein, sind sie nicht, das ist ein Irrtum, der sich erstaunlich hartnäckig in billigen Reiseführern hält! Zum großen Teil hat wohl eine Assimilation stattgefunden, außerdem haben damals auch größere Gruppen von Aufständischen in den Bergen Zuflucht gefunden, ganz hier in der Nähe übrigens, und die heutigen Nachfahren der Guanchen ... Ben, äh, Herr de las Casas hier, ist das beste Beispiel dafür ...", neben mir nahm ich eine Bewegung wahr: Bens Kopf war zu mir herum geschnellt, ein böser Blick traf mich und im selben Moment verzerrte sich sein Mund vor Schmerz und er griff sich an den Nacken. Achberger, der meinen Ausführungen halb amüsiert, halb gönnerhaft gelauscht hatte, reagierte sofort:
„Das sieht ja nach einer üblen Verspannung aus, Herr de las Casas, warten Sie ... Schatz?!", er hob seine Stimme, um seine Frau zu erreichen, die wir irgendwo in den weitläufigen Räumlichkeiten des Herrenhauses verloren hatten, „Schatz, schaust du mal, ob wir noch was von der Wacholder Creme da haben!?", wieder in Zimmerlautstärke setzte er hinzu: „Die wirkt Wunder. Und da haben wir es ja. Hier ist die Nummer, ich schreib sie Ihnen rasch auf."
„Danke und machen Sie sich wegen der Creme keine Umstände, ich würde mir dann gerne noch mal die Baustelle ansehen."
Achberger hielt kurz im Schreiben inne und schaute hoch, verfiel dann aber wieder in seinen jovialen Ton:
„Natürlich, ich begleite Sie gleich hin."

Ben

Ben lenkte den Wagen über die kurvige Straße zurück zur TF5. In der nächsten unübersichtlichen Kurve kam es fast zu einem Frontalzusammenstoß. Beide Autos legten eine Vollbremsung hin. Evelyn stöhnte leise auf, sagte aber nichts. Ben hatte sie, seit sie bei den Schweizern losgefahren waren, ärgerlich ignoriert. Sein Nacken schmerzte und er war jetzt wirklich sauer – ihr hätte doch klar sein müssen, dass es seine Sache war, ob er von den Ureinwohnern der Insel abstammte oder vom Nordpol kam. Er erzählte

ja auch nicht, dass sie ... er wusste eigentlich immer noch viel zu wenig von ihr ... Wie auch immer, er mochte es nicht, wenn seine Privatangelegenheiten ans Licht gezerrt wurden, nicht in einer laufenden Ermittlung! Und schon gar nicht vor solchen Leuten!
„Nette Bekannte hast du!"
„Wieso ich?", brauste sie auf.
„Das waren doch Bekannte von deinem Vater, oder nicht? Ist der auch so drauf? Na, da freue ich mich ja schon sehr, ihn kennenzulernen!"
„Nein, er ist natürlich nicht so drauf und du musst ihn ja gar nicht kennenlernen! Du hast mich doch da mit hingeschleppt!"
„¡*Hostia,* Evelyn! Kannst du dir nicht vorstellen wie unangenehm es ist, so vorgeführt zu werden? Ich bin doch kein Tanzbär, oder der edle Wilde oder was?"
„Ja. Nein."
Er sah aus den Augenwinkeln wie Evelyn sich auf die Unterlippe biss.
„Ja, ich muss arbeiten. Tut mir leid, ist eben schief gegangen mit meinem Urlaub, das ist ja wohl das eigentliche Problem."
„Und mir tut es leid, dass ich das mit dem Guanchen gesagt habe, das ist mir so rausgerutscht, ich kann gut verstehen, dass du nicht möchtest, dass ich das so rausposaune, ich mach das ja auch sonst nicht ... ."
Sie brach ab, wurde rot und schien in Gedanken abgelenkt.

Evelyn

Als ich das kleine Häuschen in der Calle Santiago Cuadrado sah, verspürte ich ein Ziehen in der Bauchgegend. Hier hatte ich zusammen mit Ben im Januar gewohnt, nach dem ganzen Heckmeck mit meiner Forschungsgruppe und dem Beinaheabsturz an den Acantillados. Seine Mutter hatte mich im Gästezimmer untergebracht, aber Ben war jede Nacht in mein Zimmer geschlichen - und morgens wieder zurück, damit seine Mutter nichts bemerkte. Echt wie die Teenager! In welchem Jahrhundert lebten wir nochmal? Naja, Schwamm drüber, jetzt hatte Ben ja sein eigenes Appartement und seine Mutter würde uns nicht mehr reinreden können.

Doch kaum hatten wir das Haus betreten, mutierte Ben vom ausgewachsenen, coolen, Kriminalkommissar zum Sohn! Während seine Mutter wieder die Königin der falschen Herzlichkeit gab. Eine kleine, harte, alte Frau. Hart wohl vor allem auch zu sich selber. Ich schätzte sie auf über siebzig, Ben hatte mal erwähnt, dass sie ihn sehr spät bekommen hatte, der Gram über den verschollenen Mann hatte sie zusätzlich gebeugt und früh altern lassen. Am Ende meines Aufenthaltes im Januar war sie manchmal fast zutraulich gewesen, wahrscheinlich, weil sie davon ausgegangen war, ich würde mich nie wieder blicken lassen.

„Schön, dass ihr eine arme alte Frau doch noch besuchen kommt. Und das, wo du so eingespannt bist und Sie doch nur ein paar Tage auf Teneriffa sein können!"

Das ich nur so kurz da bleiben konnte, freute sie ganz offensichtlich und sie betonte den Umstand extra noch mal für ihren Sohn, damit der endlich kapierte, dass eine Frau, die nur ab und zu mal vorbeischneite, nicht das Richtige für ihn sei.

Statt einer Antwort streckte ich ihr meinen Bembel entgegen:

„*¡Es un jarro tradicional per la sidra de Fráncfort!*", ich gab mir große Mühe, den Satz auf Spanisch zu sagen, weil sie ja keine andere Sprache verstand.

Vorsichtig, als könnte ich eine Bombe darin versteckt haben, nahm sie die Plastiktüte an. Hatte ich irgendwas Falsches gesagt? So wie, ‚ich hab Ihnen hier einen alten Hundehaufen mitgebracht'? Sie holte mit spitzen Fingern den Krug hervor und sagte:

„*Gracias*", bevor sie das Geschenk achtlos zur Seite stellte.

Ich warf Ben einen verstohlenen Blick zu, aber der schien von der ganzen Sache nichts mitzukriegen.

Wir gingen weiter in die Wohnküche, wo der Tisch schon gedeckt war. Ein großer Topf dampfte auf dem Herd.

„Es gibt *Potaje de verduras*, kanarischen Gemüseeintopf, ihr jungen Leute esst ja gar kein Fleisch mehr, sonst hätte ich Zicklein gemacht."
Ich hatte nie gesagt, dass ich kein Fleisch esse! Ben ging zum Herd und lüpfte den Deckel, eine Dampfwolke stieg hoch und er atmete tief ein, ein zufriedenes Lächeln machte sich auf seinem Gesicht breit. Es roch nach Mais und Kürbis. Als Vorspeise gab es ein paar Schrumpelkartoffeln, die sie hier *papas arrugadas* nennen, mit *mojo verde.*

Wir setzten uns und ich radebrechte:
„*Buon Provecho*", aber statt einer Antwort erntete ich nur einen bösen Blick und mir fiel wieder ein, dass man in Spanien ja gar nicht guten Appetit wünscht, sondern stattdessen vor der Mahlzeit betet. Was für mich den Anfang des Essens immer so ein bisschen angespannt gestaltet, aber gut, andere Länder, andre Sitten. Ich sah mit Befremden, dass auch Ben die Hände faltete. Das war mir noch nie aufgefallen, das heißt, ich war mir sicher, dass er nicht betete, wenn wir zusammen aßen. Wir fingen an, zu essen und es entstand so ein unangenehmes Schweigen. Also suchte ich händeringend nach einem Gesprächsstoff:
„In Frankfurt gibt es ja auch eine berühmte grüne Soße! Das war das Lieblingsgericht von Goethe!", ich sah hilfesuchend zu Ben, der halbherzig übersetzte.
Seine Mutter nickte nur. Sie hätte ja zum Beispiel fragen können, was die Hessen da so rein tun, aber für sie schien es sonnenklar zu sein, dass ihre grüne Soße die weltbeste war und man sich gar nicht erst nach anderen Rezepturen zu erkundigen brauchte. Dabei, ok, *mojo verde* ist schon lecker, besonders, wenn er frisch gemacht ist, aber da ist doch oft ein bisschen zu viel Knoblauch drin. Und in den Restaurants wird er mit grünem Paprika gestreckt. Während in die Frankfurter grüne Soße ja sieben verschiedene Kräuter reingehören, nicht nur eins! Am Tisch herrschte weiter Schweigen.
„Wie läuft es auf der Arbeit?"
„Gut", Ben nickte in Richtung Fenster, wo auf einem gepolsterten Plastikstuhl die Ausgabe einer Boulevardzeitung von heute lag, die Schlagzeile war: ‚Kommt eine neue

Flüchtlingswelle?', „von den Afrikanern hast du ja schon gelesen."
Seine Mutter schaute besorgt auf die Zeitung.
„Ich glaube nicht, dass es so schlimm wird wie 2006", kam Ben ihr zuvor. Bens Mutter stand auf, um die Hauptspeise vorzubereiten. Die Küche füllte sich mit dem Duft von gebratenen Zwiebeln. Ein *soffritto* aus Zwiebeln, Knoblauch und Petersilie wird am Ende über die Suppe gestreut. Ich hatte den Eindruck, Bens Mutter würde extra viel Knoblauch dran machen. Vielleicht konnte sie doch Gedanken lesen, schoss es mir durch den Kopf. Auf einem Regal an der Wand standen ein paar alte Tongefäße. Sie sahen aus, als wären sie von Urguanchen handgeformt, aus diesem vulkanaschehaltigen rot-schwarzen Ton, mit diesen typischen schlichten Mustern an den Rändern, perfekt für die Aufbewahrung von *Gofio* oder Ziegenkäse und viel schöner als ein Bembel. Betrübt ließ ich den Blick wieder sinken.

Bens Mutter schöpfte die Suppe auf tiefe Teller und sagte: „Das ist der Lieblingseintopf seines Vaters."
Ben zuckte zusammen. Als ich gerade den Löffel zum Mund führen wollte, fragte sie mich:
„Haben Sie schon was vom Karneval gesehen?"
„Ja, der ist ja nicht zu übersehen und nicht zu überhören", ich hatte Angst, dass das zu negativ geklungen haben könnte und schob gleich hinterher: „Am Freitag war ich auf der *Fiesta de los Indianos,* das war sehr nett."
„*Fiesta de los Indianos*? Das kenne ich gar nicht", sagte Bens Mutter.
„Das ist so eine Touristenveranstaltung, die sie aus La Palma importiert haben", antwortete Ben knapp. Vielleicht war er eingeschnappt, weil ich ausgerechnet den Teil des Karnevals schön fand, wo er nicht dabei gewesen war? Also beeilte ich mich, eine harmlose Frage zu stellen:
„Habt ihr auch Karneval gefeiert, als du ein Kind warst?", ich dachte, eine Mutter redet bestimmt gerne über ihren kleinen Sohn im Cowboy-Kostüm oder was hier so angesagt war.

Aber damit landete ich zielsicher im nächsten Fettnäpfchen.
„Während der Diktatur war Karneval offiziell verboten, erst nach Francos Tod gab es wieder eine *Fiesta de Carnaval* auf Teneriffa“, sagte Ben.
„Und wie Sie sich denken können, hatten wir nach dem Verschwinden von Bens Vater erstmal andere Sorgen, als die Teilnahme am Karnevalszug.“
„Ja, natürlich, das kann ich mir denken“, sagte ich lahm.
„Wurden denn die Karnevalsfeiern nach der Flugzeugkatastrophe 1977 nicht erstmal wieder eine Weile ausgesetzt?“, fragte Ben jetzt an meiner Stelle weiter. Seine Mutter schüttelte den Kopf, aber es war nicht klar, ob das eine Antwort auf Bens Frage sein sollte. „Die Flugzeugkatastrophe von Los Rodeos im März 1977 war die schwerste Katastrophe der zivilen Luftfahrt ohne terroristische Beteiligung“, wandte sich Ben nun an mich, „naja, jedenfalls ohne direkte terroristische Beteiligung, aber da warst du ja noch nicht mal auf der Welt. Damals sind 583 Menschen ums ...“
„Du bist vielleicht älter als ich, aber ich habe Google! Natürlich weiß ich auch Sachen, die vor meiner Geburt passiert sind. Zum Beispiel, dass das Unglück damals letztlich passierte, weil es auf Gran Canaria Bombendrohungen der kanarischen Separatisten gegeben hatte“, sein *Patronizing* ging mir doch langsam ein bisschen auf den Keks. Ein unterkühlter Blick von Bens Mutter traf mich. Dann huschte ein arglistiges Lächeln über ihr Gesicht. Wahrscheinlich gab es irgendein kanarisches Sprichwort, das besagte ‚Heirate nie eine Frau, die ihr Wissen einsetzt, um dir zu widersprechen‘. Sie selbst war zu klug, ihren Sohn darauf hinzuweisen, das würde ihn nur in meine Arme treiben. Sie würde sich zurücklehnen und in Ruhe abwarten.

„Dein Vater hätte sicher Spaß an den Umzügen heute.“
Ben ächzte leise.
„Ich war gestern in der Rechtsmedizin, kennst du einen gewissen Doktor Martinez?“
Das Gesicht von Bens Mutter nahm einen eigentümlich verfinsterten Ausdruck an, aber sie verneinte sofort.

Ben runzelte die Stirn und beobachtete seine Mutter ganz genau, als er sagte:
„Dieser Martinez macht immer so komische Andeutungen über Vater. Ich frage mich, ob er ihn wirklich gekannt hat, denk doch noch mal nach, vielleicht haben die beiden mal zusammen gearbeitet?"
„Kann sein, das ist so lange her."
„Sonst erinnerst du dich doch immer an jedes Detail."
„Ich weiß nicht."
„Mmh, Martinez hat jedenfalls so eine Bemerkung gemacht, von wegen ... also es klang so, als ob Vater ausgewandert sein könnte ... ich weiß, das ist Quatsch ... aber andererseits ... hast du das schon mal in Betracht gezogen?"
Im Verlauf seiner Rede war Ben immer aufgeregter geworden, seine Mutter hingegen immer blasser und schweigsamer, nun stand sie auf und räumte die Teller ab, ich erhob mich halb, um ihr zu helfen, aber sie bedeutete mir, sitzen zu bleiben.
„In den 70er Jahren gab es eine ganze Menge Auswanderer von den kanarischen Inseln. Die meisten sind damals nach Venezuela oder Kuba, richtig?"
„Ja, der Cousin deiner Tante Borja ist damals auf die sogenannte achte Insel, nach Venezuela gegangen."
„Und wenn Vater vielleicht nach Kuba ausgewandert ist, dann ... vielleicht war es schwierig, sich zu melden und er kam dann von da nicht wieder zurück oder er ist inhaftiert worden als Revolutionsgegner oder als Republikflüchtling?"
„Oder er ist in die Hände der *negra Tomasa* gefallen", sagte ich leichthin, „die große Verführerin, die alle mit dem bösen Blick belegt oder mit ihren Kaffeekochkünsten verzaubert hat", schließlich hatte ich auf der *Fiesta de los Indianos* auch einiges über die Geschichte der kanarischen Emigration gelernt. Aber das hätte ich wohl lieber nicht sagen sollen. Die Köpfe von Mutter und Sohn fuhren gleichzeitig herum. Der Blick der Mutter war entrüstet, Ben schaute zunächst entsetzt und im nächsten Augenblick wie von schrecklichen Schmerzen gequält.

Das war wohl wieder so eine fiese Nackenattacke. Ich wollte mitfühlend nachfragen, aber seine Mutter kam mir zuvor.
„Was hast du, Bentagay?"
„Ach nichts, nur eine Verspannung, au ..."
Bens Mutter setzte die Kaffeemaschine aufs Gas, dann ging sie zum Kühlschrank und holte Butter heraus, aus einem Schubfach kramte sie ein altes verbeultes Metalldöschen hervor. Mit einem Holzlöffel schnitt sie etwas Butter ab und gab sie in eine kleine Schüssel, aus dem Döschen streute sie rotes Pulver darüber, dann verknetete sie beides schnell mit einer Hand, forderte Ben auf, sein Hemd zu öffnen und begann sofort damit, die Paste auf Hals und Nacken zu reiben.
Ich sah fasziniert zu und fragte:
„Was ist das?"
„*Sangre del drago*", sagte sie kurz angebunden.
„Drachenblut", übersetzte Ben stöhnend, aber es klang schon nicht mehr so schmerzerfüllt wie eben, „das getrocknete Harz des Drachenbaumes und ..."
„Und Butter?"
„Ja, das ist ein altes Guanchenrezept, dass ich da nicht früher drauf gekommen bin, wenn das mal kein potenter Gegenzauber ist!"
„Ein Gegenzauber?"
„Das erkläre ich dir später."

Wir tranken noch Kaffee, aber die Stimmung war nach meiner Bemerkung deutlich abgekühlt, und das, wenn man bedenkt, dass sie vorher auch schon nicht besonders gut gewesen war. Also verabschiedeten wir uns bald darauf. Aber draußen auf der Straße ging der Ärger dann erst so richtig los.

Ben

Ben hatte das Auto stehen gelassen, sie waren jetzt zu Fuß unterwegs nach Hause. Es hätte auch tatsächlich keinen näheren Parkplatz mehr gegeben. Zehn Uhr abends und die Innenstadt war praktisch explodiert. Auch für spanische Verhältnisse war es relativ laut und ein Treiben wie bei der letzten legalen *Corrida*. Gedränge und großes Hallo und überall Rumba. Die tagsüber so wohlgeordneten Gruppen von Clowns und Charlie Chaplins und exotischen Fakiren hatten sich nun gemischt und ergossen sich in die engen Gassen des Zentrums.

Normalerweise hätte Ben diesen Wahnsinn genossen. Aber der absolut schiefgegangene Abend mit seiner Freundin bei seiner Mutter saß ihm quer im Hals und musste raus. Er hätte gerne geschrien, um seiner Wut einen Ausweg zu weisen, um den Höllenlärm zu übertönen und, um überhaupt zu Evelyn durchzudringen, die eine halbe Schrittlänge vor ihm lief, ein bisschen steif in den Schultern, immer noch stolz und wahrscheinlich auch noch beleidigt. Ganz kurz - wie ein halber *Beat* - durchzuckte ihn der Gedanke, es auf sich beruhen zu lassen, einfach nichts zu sagen. Er atmete tief ein, ein Gemisch aus Schweiß, Alkohol, Parfüm und Zwiebeln stieg ihm in die Nase und überlagerte seine friedfertigen Überlegungen.
„*'La negra Tomasa'*, ja? Wie kannst du meine Mutter nur so vor den Kopf stoßen?", bellte er nach vorne.
Evelyn sah sich kurz erschrocken zu ihm um, erwiderte dann aber ebenso heftig:
„Deine Mutter mag mich nicht, der kann ich es gar nicht recht machen, da kann ich sagen, was ich will."
Es wurde noch enger, sie mussten sich durch eine Gruppe falscher Matrosen quetschen. Evelyn, immer noch vor Ben, drängelte weiter, dabei drehte sie ihm den Kopf zu, damit er sie hören konnte:
„Sie findet mich unmöglich oder eine Zumutung oder was weiß ich, das steht ihr doch so groß ins Gesicht geschrieben, ‚du bist nicht die richtige Frau für meinen Sohn, geh dahin zurück wo du herkommst!'"
„Du übertreibst! Meine Mutter ist vielleicht ein bisschen verbittert, ja, aber das ist noch lange kein Grund, eine arme alte Frau so zu brüskieren!"
Sie waren in eine Straße ausgewichen, wo es nicht ganz so voll war.

„'Arme alte Frau', dass ich nicht lache, die manipuliert dich doch von vorne bis hinten, das ist doch alles nur Show!"
„Wie kann man nur so unsensibel sein?", Ben war stehen geblieben und sah Evelyn an: „Ich meine, gut, du bist jung, viel jünger als ich, naja, so ungewöhnlich ist der Altersunterschied zwischen uns jetzt auch wieder nicht, umgekehrt wäre es vielleicht komisch, aber so –"
Während er sprach, beobachtete er eine sehr hübsche junge Frau mit schwarzen Locken und vollen Lippen, die als Wahrsagerin verkleidet war. Sie trug eine bauchfreie weiße Bluse und ein locker über die Haare geworfenes rotes Tuch, an dem vorne Silbermünzen glänzten.
„Und du bist aus einem anderen Kulturkreis, aber nicht aus Afrika oder vom Nordpol."
Der Begleiter der Hellseherin war ein hübscher Tod, weiße Knochen aufs schwarze T-Shirt gemalt, um die Augen und den Mund im blassgetünchten Gesicht große schwarze Ringe und er lachte, er strahlte seine Partnerin an und auch wenn seine Zähne im Vergleich zu der weißen Farbe leicht gelb wirkten, war seine Erscheinung unglaublich sympathisch.
„Vom Nordpol?"
„Nein, eben nicht vom Nordpol!"
„Ich verstehe dich aber trotzdem nicht, weder eure Macho-Kultur noch deinen Muttersöhnchenkomplex. Oder was jetzt mit deinem Vater ist. Du hast immer gesagt, dein Vater ist tot und du hast auch gesagt, ich soll dir helfen, mehr darüber in Erfahrung zu bringen!"
„Du bist aber keine Hilfe! Und ...", Ben strich sich durch die Haare und atmete laut aus, „und wenn ich mich hier so reden höre, komme ich mir vor wie, wie ... ich weiß nicht, es ist zum kotzen, aber ich finde, du treibst dich mit komischen Leuten rum."
„Was meinst du denn damit?"
„So wie gestern Nacht zum Beispiel."
„Hä ... aber, du warst doch gar nicht mit ... woher ...", Evelyn wirkte ernsthaft verwirrt. War das gespielt oder echt?
„Verfolgst du mich? Oder lässt du mich beschatten, oder was? Ist das wegen der Sache am Flughafen? Du glaubst,

ich hätte wirklich was damit zu tun? Du vertraust mir gar nicht? Oder bist du einfach nur eifersüchtig?!"
Eine Gruppe Italiener, aufgeregt im Gespräch, rempelte Evelyn an, sodass sie - nach dem inneren, fast auch ihr äußeres Gleichgewicht verloren hätte. Ben fing sie auf, aber sie schüttelte ihn augenblicklich ab.
„Nein, jetzt steiger dich doch da nicht so rein, Evelyn, darum geht es doch gar nicht. Es ist dieser Dicke, mit dem du dich getroffen hast, der ist nicht ganz sauber, erst ist er dir gefolgt und ..."
„Ist das dein Ernst? Noch einer, der mir folgt? Das ist ja lustig hier! Da kann ich ja bald eine Partei gründen!"
Bens Mundwinkel zuckte. Er schüttelte langsam den Kopf. Von der Promenade her waren neue Karnevalisten in die kleine Seitenstraße eingefallen. Alles stand dicht an dicht. In bester Stimmung. Mit Tröten und Tschingderassassa. Ben mittendrin unverrückbar, er fühlte sich wie ein Auto, dessen Besitzer während eines Staus einfach weggegangen war und nun floss der Verkehr wieder, aber der Wagen ohne Fahrer blieb natürlich stehen. Er beobachtete Evelyn, registrierte, wie ihre Stimmung von Empörung zu Traurigkeit wechselte, fühlte eine Verzweiflung auch in sich aufsteigen, als sie ihn mit groß aufgerissenen Augen ansah, ein letztes Mal, bevor sie sich losriss und wegrannte. Sie erwischte eine Lücke in einer Formation aus Pierrots, die erste heterogene Gruppe seit langem, die sich gleich hinter ihr wieder schloss. Wogende weiße Gewänder mit weißen Puscheln vorne dran und schwarzen Kappen, unter denen die Haare verschwanden, die Gesichter kalkweiß, die Lippen dunkel und Kajal um die traurigen Augen.
„Evelyn!", Ben rief ihren Namen, aber er konnte sie schon nicht mehr sehen und wusste nicht, ob sie ihn noch gehört hatte.

5. Kapitel

„Siempre Me Quedará“

Ahora que todo era perfecto
Y algo más que eso
El tiempo todo calma
La tempestad y la calma
Siempre me quedará
La voz suave del mar
Volver a respirar
La lluvia que caerá
Sobre este cuerpo y mojará
La flor que crece en mí
Y volver a reír
Y cada día un instante
Volveré a pensar en ti

Bebe

Evelyn

Ich wusste nicht wohin, nur weg wollte ich, nach Hause irgendwie, jedenfalls raus aus Spanien! Weg von diesen Bratenmessermachos und katholischen Kampf-Schwiegermüttern und Rumba-Rumba-Clowns. Ich rannte in Bens Wohnung, raffte meine Sachen zusammen und zog die Tür hinter mir zu. Den Schlüssel warf ich in den Briefkasten.

Dann irrte ich ein bisschen durch die immer noch vom Karnevalsgetöse eingenommenen Gassen und bedauerte plötzlich, was mir vorher immer gerade so gut gefallen hatte: Santa Cruz ist die spanischste Stadt auf ganz Teneriffa, fast wie ein kleines Barcelona mit einer Mini-Rambla zum Meer runter. Hier wurde immer noch überwiegend Spanisch gesprochen, mehr als Englisch oder Russisch oder Deutsch. Hier gab es sogar noch Leute, die nicht in der Tourismusbranche arbeiteten. Das alles fand ich sonst immer ganz toll, aber nicht jetzt. Denn jetzt hatte ich Lust auf ein frisch gezapftes Bier an der schmierigen Theke von Wolfis, auf einen Ausflug in die Schlagerhölle von Biggi's Berlin Bar oder vielleicht sogar auf eine Currywurst in der *Salchichería* zum guten Franken gleich hinter Ullas Schnitzelhorizont. Aber alle diese merkwürdigen

Etablissements, wo man Diskofox zu billigem 80er Jahre Pop tanzte und sich dazu beglückwünschte ‚aus allen Zwängen geflohen' und ‚Reif für die Insel zu sein', findet man zwar auf Teneriffa, aber eben nicht in Santa Cruz. Die Deutschen - und wahrscheinlich auch die Briten und die anderen Reisenden aus dem globalen Norden - kamen hier her, um aus ihrem Arbeitstrott auszubrechen. Während die Afrikaner gerade wegen der Arbeit kamen.
Als ich müde und ausgelaugt mit meiner schweren Tasche über der Schulter, am xten einheimischen Lokal vorbei schlich, realisierte ich, dass diese ganze Tour nur ein Aufschieben des Anrufs war. Noch im Laufen wählte ich die Nummer, die mir Malte gestern gegeben hatte. Aber er meldete sich nicht. Ich bekam sofort ein ungutes Gefühl. Ob ihm etwas zugestoßen war? Sein *‚Business'* schien ja nicht ganz ungefährlich zu sein. Ich blieb stehen und kontrollierte im funzeligen Licht einer Straßenlaterne die Verbindung. Ich drückte die Wiederholungstaste und trat unruhig von einem Bein aufs andere. Endlich, nach langen quälenden Pieptönen und gefühlten Minuten meldete er sich. Er klang ziemlich verschlafen. Mir fiel ein Stein vom Herzen und ich setzte voll und ganz auf den Überrumpelungseffekt. Ich schilderte ihm kurz meine Lage und fragte, ob ich deshalb vielleicht heute Nacht bei ihm unterkommen könnte und wenn ja, dass ich mir dann jetzt ein Taxi nach El Médano nehmen würde.
„Was, ein Taxi? Das ist doch viel zu teuer!"
„Wenn das dein einziges Problem ist, fein, bis gleich!"

Ben

„Ab heute 14 Uhr hat das staatliche Wetteramt eine Warnung der Stufe Orange herausgegeben. Sie gilt für alle Küsten der Inseln Teneriffa, La Palma, La Gomera und Lanzarote. Dort wird mit Wind der Stärke Acht gerechnet und damit verbunden mit mehr als fünf Meter hohen Wellen. Für alle anderen Inseln gilt bereits jetzt Wellenwarnung der Stufe Gelb ...", Ben schaltete das Radio ab und stieg aus dem Auto. Er streckte sich und atmete tief ein,

eine Mischung aus Meeresluft und Abgasen. Dann ging er durch das große weiße Tor mit der Inschrift ‚*Cementerio*'. Der Friedhof Santa Lastenia lag im Südwesten von Santa Cruz, in einem Dreieck, das die Nord- und die Süd-Autobahnen TF 5 und TF 1 bildeten. Die ersten Gräber datierten von 1916, als der innerstädtische Friedhof schon viel zu klein geworden war. Ben war früher oft hier gewesen. Das war ein Ort, an dem er nachdenken konnte. An dem er traurig sein konnte, auch wenn sein Vater kein Grab hatte, nicht hier und nicht anderswo. Ben war immer neidisch gewesen auf die letzten Ruhestätten der anderen. Vielleicht war es besser so, dass Evelyn gegangen war? Er folgte dem Hauptweg, ging noch ein Stück weiter hoch, bis zu den großen Gräbermauern. Fünfstöckige Marmorwände. Wie Schubladen in einer gigantischen weißen Kommode sahen die Grabstätten aus. An der Frontseite waren Vasen angebracht, die jetzt überquollen, am gestrigen Sonntag neu aufgefüllt mit frischen Blumen. Ein überdimensionaler Blumenladen. Bunt, rosa und gelb und duftend und lila und grün. Ben drehte sich um. Zum Meer hin lagen die weißen Mausoleen, jedes für sich ein kleines, sauberes Schmuckstück, die Kreuze in die Fassaden eingelassen oder auf den Dächern, sich zum blauen Himmel reckend. Eine ältere Dame war damit beschäftigt ein schwarzes Marmorgrab mit einem schwarzen Lappen zu putzen. Weiter unten arrangierte jemand Blumen. Sonst war niemand zu sehen.
Plötzlich ein Räuspern hinter ihm. Ben fuhr herum. Der Friedhofswärter hob beschwichtigend die Arme:
„*Hola, tranquilo.*"
Ben erkannte den alten Friedhofswärter sofort und schüttelte ihm herzlich die Hand.
„Kennen wir uns?"
„Ich war früher oft hier, aber das ist lange her, Sie werden sich nicht an mich erinnern ..."
„Nein, tut mir leid, kann ich Ihnen helfen? Oder warten Sie mal, so ein junger Kerl, Sie wollten zur Polizei, Sie waren lange nicht da ..."

„Ja, ich war auf der Halbinsel und im Ausland, aber ich bin wirklich Kommissar geworden, Sie haben ein großartiges Gedächtnis!"
„Naja, ich treffe hier nicht so viele Lebende, *comisario*!", etwas Stolz schwang in seiner Stimme mit und er musterte Ben wohlwollend von oben bis unten. „Gut, dass Sie da sind, vielleicht können Sie mir kurz mit der Leiter helfen, die ist mir zu schwer geworden ..."
„Natürlich!"
Ben half dem alten Mann, eine riesige Leiter an die Gräberwand zu stellen.
„Ich hab' mich immer gefragt, wie die Leute da oben an die fünfte Reihe rankommen!"
„Da will keiner ran, da liegen die Ungläubigen, die von der Straße, ohne Familie, um die sich sowieso keiner kümmert - und die afrikanischen Flüchtlinge ..."
Der Friedhofswärter schielte nach oben, mitleidig und irgendwie schuldbewusst. Dann zeigte er auf eine Bank in der Sonne. Er schien keine große Lust zu haben, mit seiner Arbeit fortzufahren.
„Kommen Sie, wir wärmen uns ein bisschen auf."
Als sie beide saßen, deutete der Alte nochmal auf die oberste Reihe der Urnengräber:
„Die Stadtverwaltung zahlt die Begräbnisse von den armen Teufeln. Da, mit so einem Gestell schieben wir die Särge in die Nischen, jede 2,5 Meter tief. Das würde ich auch am liebsten alleine machen, aber das geht nicht. Meine Mitarbeiter muss ich immer erinnern: ‚Das sind Menschen, keine Tiere'. Menschen wie die anderen, da kann man doch nicht Kaugummi kauen oder rauchen, während man den Sarg trägt, auch nicht wenn keiner zu schaut! Und am Sonntag gehen sie die schwarze Madonna in Candelaria anbeten!", er schüttelte traurig den Kopf, dann sah er Ben an: „Jetzt sind neue arme Teufel angekommen, hab' ich gehört, *comisario*. Auch was für mich dabei?"
„Ja, leider, aber die sind noch nicht freigegeben - haben Sie schon mal was von den Gerüchten gehört, die Gerüchte um die Gerichtsmedizin? Das die Studenten mit den Leichen obduzieren üben?"
Der Alte lachte ein trockenes Lachen:

„Ja, klar, aber das ist alter Kram, die Gerüchte gibt es schon seit über fünfzig Jahren oder so, das sind Schauermärchen, Spukgeschichten, obwohl“, er zwinkerte Ben zu, „ich sehe ja immer nur die Särge - aus Sperrholz“, er schwieg einen Moment, sah ins Tal, zum Meer, irgendetwas schien ihn zu bedrücken, vielleicht überlegte er, ob es besser war, als Leiche gleich auf dem Meer zu bleiben, gar nicht rausgefischt oder angespült und verwaltet zu werden. Sein Blick folgte der Bahn eines landenden Flugzeugs und er zeigte mit der faltigen Hand darauf, „hier kommen die Einwanderer, um die ich mir mehr Sorgen mache.“
„Die Touristen?“
„Nein, die angeblichen Touristen. Die armen Teufel aus Afrika, die sind keine Bedrohung für unsere Arbeitsplätze und die kanarische Jugend, so wie das immer dargestellt wird! Ich meine die, die aus Südamerika oder Mittelamerika kommen, mit einem Touristenvisum, aber dann dableiben, illegal oder mit gefälschten Papieren. So, ich muss wieder an die Arbeit“, der Alte erhob sich schwerfällig.
„Ganz alleine?“
„Die anderen hab' ich heute erst später bestellt, keine angenehme Arbeit, wissen Sie, die Stadtverwaltung zahlt nur fünf Jahre für die Namenlosen. Dann müssen sie wieder raus. Da müssen wir dann die Reste der Körper rauskratzen aus dem Schacht, ich tu sie hier in den Plastiksack und dann kommen sie in das Massengrab“, er zuckte mit den Schultern, nahm seine Sachen und begann, die Leiter hochzuklettern.

Evelyn

Malte kletterte die Leiter von seinem Doppelstockbett herunter. Ich dachte erst, es sei noch mitten in der Nacht, aber die Sonne schien schon aus vollem Hals durch die dünnen Vorhänge. Malte machte einen unerträglich munteren Eindruck und nötigte mich, auch aufzustehen und mit ihm Frühstück zu machen, was im Wesentlichen bedeutete, eine Packung Billigkäse aus dem laut summenden

Kühlschrank zu holen. Als wir an dem wackligen Küchentisch saßen, fragte er:
„Hast du Knoblauch gegessen?“
Ich wäre am liebsten im Erdboden versunken und setzte ein zerknirschtes Lächeln auf:
„Ich fürchte ja …“.
„Aha, ja, das riecht man. Vielleicht kannst du mir noch mal ganz genau schildern, was du in dem provisorischen Flüchtlingslager - oder was das war - beobachtet hast“, sagte er jetzt zwischen einem Bissen Margarinetoast und einem Schluck Instantkaffee.
Ich erzählte ihm haarklein alles, was ich wusste und gesehen hatte. Und versuchte dabei, so wenig Luft wie möglich auszuatmen.
Malte ging in dem fremden Schicksal richtig auf, fest entschlossen, die Ungerechtigkeiten auf unserem Planeten zu dezimieren. Er brannte für die Sache, wie eine kleine Gerechtigkeitsfackel. Und es war ansteckend! Ja, ich wollte ihm helfen, den anderen zu helfen. Es war wie eine Art Erleuchtung, endlich ein Ziel vor Augen! Meine kleine Welt war gestern zusammengebrochen und hier kam etwas Neues. Das hier, das war doch was Echtes, was Sinnvolles, etwas, womit man die große Welt ein kleines bisschen besser machen konnte. Keine Theorien, die sowieso niemanden interessierten. Kein Graben nach alten Knochen, die längst vergessen waren. Hier ging es um ganz aktuelle Tote und vor allem um ein paar Überlebende.
„Das sind sehr wertvolle Informationen, aber natürlich frage ich mich, woher du sie hast, wieso du ...“
Ich hatte Angst davor, dass Malte komplett zu machen und mir gar nichts mehr sagen würde, mich vielleicht sogar vor die Tür setzen könnte, sobald ich ihm erzählte, dass mein Freund bei der Polizei war. Andererseits hatte ich auch keine Lust, ihn anzulügen und - war Ben überhaupt noch mein Freund? Der Gedanke an Ben versetzte mir einen kleinen Stich in die Magengegend.
„Ben, also mein Freund?, ist Kommissar bei der *Policía Canaria*, deshalb.“

„Aha, hab' mir schon so was gedacht. Die Sachen, über die wir gleich reden, das sind Sachen, die du ihm auf gar keinen Fall erzählen darfst, ist dir das klar?"
Na toll, dasselbe hatte Ben doch auch gesagt. Ich machte den Mund auf, um Ben zu verteidigen, um Maltes Zweifel zu zerstreuen, aber er kam mir zuvor:
„Nichts für ungut ... aber in die kriminellen Machenschaften rund um Migranten sind eigentlich immer auch örtliche Behörden verwickelt, eventuell auch Teile der Polizei, deshalb".
Das klang vage aber plausibel, ich ging im Kopf ganz schnell die Möglichkeit durch, dass Ben irgendwas mit solchen Sachen zu tun haben könnte, aber verwarf den Gedanken augenblicklich wieder.
„Warum willst du es mir dann überhaupt erzählen?", fragte ich.
„Du siehst nicht aus wie eine Behörde und vielleicht kannst du mir ja helfen", er zögerte, „und falls mir was zustößt, ist es ganz gut, wenn noch jemand Bescheid weiß ..."
„Wieso sollte dir was zustoßen?", fragte ich, dann blieb mir ein Stück Toast im Hals stecken und ich musste husten.
„Also ich war vor ein paar Tagen mit jemandem verabredet, der mir brisante Informationen geben sollte ... aber er ist nicht aufgetaucht ... ich habe inzwischen die Befürchtung, dass ihm etwas passiert ist ... und dass es mit diesen Informationen und also auch mit der Sache, die ich plane in Zusammenhang steht."
„Aber wenn du meinst, jemand ist umgebracht worden", brachte ich zwischen zwei Hustenanfällen hervor, „und du vielleicht selber in Gefahr bist, dann musst du unbedingt zur Polizei!"
„Nein - das war ja klar, dass du das sagen würdest", Malte war etwas lauter geworden, „ich habe doch gerade gesagt, die Polizei ist nicht vertrauenswürdig ... Da steckt soviel Geld drin, da wollen alle was ab haben".
„Wie denn?"
Malte schüttelte den Kopf, aber dabei lächelte er kurz, bevor er wieder seine ernste Miene aufsetzte:

„Weißt du, hier geht es nicht um ein paar Leute, die in Europa Glück gehabt haben und jetzt ihren Verwandten helfen wollen, her zu kommen. Es geht auch nicht, um ein paar clevere Geschäftsmänner, die sich mit dem Schleusen eine goldene Nase verdienen. Nicht mal um die, die dabei den Tod ihrer Klienten auf dem offenen Meer oder unter Deck eines altersschwachen, überladenen Frachters in Kauf nehmen. Hier geht es um die ganz große Nummer! Das hier ist global. Hier geht es um modernen Sklavenhandel! Sogenanntes intelligentes Schleppen!"
„Was ...?!"
„Das Schleppergewerbe ist ja eine der weltweit größten Wachstumsbranchen. Es passt einfach zu gut zu der stetigen Nachfrage nach illegaler Arbeit in den großen Industrieländern. Klar, offiziell gibt es keine Sklavenhaltergesellschaften mehr. Aber als Geschäftsmodell ist Sklaverei total angesagt."
Ich hatte das Gefühl, dass mir nicht nur ein paar Krümel, sondern das ganze Toastbrot im Hals stecken geblieben wären.
Malte dagegen war so richtig in Fahrt:
„Hast du dich schon mal gefragt, warum alle europäischen Regierungen immer sagen, sie wollen in großem Stil gegen Schleuser vorgehen, dann aber nur ein paar unschuldige Fischer festnehmen? Die hängen da alle mit drin!"
„Wie funktioniert denn dieses ‚intelligente Schleppen'?"
„Das sind lauter Zahnräder die ineinandergreifen, also, du organisierst nicht nur die Lieferung des Rohstoffs Arbeiter, sondern hast auch die Betriebe, die diesen Rohstoff gleich gewinnbringend einsetzen können."
„Aber wenn du das alles weißt, dann wissen das doch auch die Behörden, vielleicht auch die nicht korrupten Teile? Warum machen die nichts dagegen?"
Malte hatte seinen letzten Schluck Kaffee ausgetrunken und setzte die Tasse ab:
„Es ist schwer zu beweisen – und es stecken eben vielfältige Interessen dahinter."
„Und du legst dich hier gerade mit der ganzen Welt an, ja? Du bist mein Held!", ich lächelte ihm etwas schief zu, ich war wie durchgerüttelt von dem, was er mir gerade erzählt

hatte. Eigentlich von allem, was ich in den letzten Tagen erlebt hatte.

„Und was machen wir jetzt?"
„Wir fahren da hin, in die Berge, wo du gesagt hast, dass die Afrikaner sich versteckt haben. Du hast kein Auto, oder? Vielleicht können wir uns dann das Benzingeld teilen."
„Äh, ja, klar."

Ben

„Da sind Sie ja endlich, ich versuche die ganze Zeit, Sie zu erreichen, der Vizegouverneur hat schon zweimal angerufen!", Ignacia schien wirklich beunruhigt zu sein.
„¡*Caspita*! So früh am Morgen ...", schnaubte Ben, er checkte sein Mobiltelefon, tatsächlich, er hatte es auf dem Friedhof auf lautlos gestellt und vergessen, es wieder umzustellen. Keine Nachricht von Evelyn stellte er gleichzeitig enttäuscht fest.
„Was wollte er denn?"
Ignacias Computer piepste und sie betätigte den Drucker.
„Irgendwas mit einem Missverständnis, er wollte mit der höchsten Stelle sprechen."
„Zweifellos", sagte Ben zerstreut.
„Hier ist gerade die Liste der Torreón Construcciones S.A. reingekommen", Ignacia reichte ihm den Ausdruck.
„Was für eine Liste?"
„Na, die mit den Baustellen, von diesem Torreón", sie wedelte ungeduldig mit dem Blatt Papier.
„Ach ja, natürlich", er steckte sein Telefon weg und überflog das Schreiben. Mit der anderen Hand fuhr er sich durchs Gesicht. Er hatte ganz vergessen, den Vorarbeiter der Achberger-Baustelle anzurufen.
„Ok, da müssen wir uns aufteilen. Die Kollegen haben am Samstag ja keine Baustellen besucht, oder?"
„Nein, das haben sie nicht", Ignacia schnappte hörbar ein.
„Puh", Ben atmete aus. „Gut. Dann konzentrieren wir uns jetzt auf die Baustellen von diesem Torreón. Ich warte auch

noch auf eine Auskunft von Barajas, wenn der sich meldet, sagen Sie mir bitte sofort Bescheid ... übrigens: wo sind die Kollegen überhaupt?“ Und wo war Evelyn?

„Die müssten jeden Moment ...“

„Ach, da fällt mir ein“, Ben zog sein Telefon wieder hervor und zeigte ihr das Foto von dem Dicken, der Evelyn verfolgt hatte. „Ich schick Ihnen das gleich, könnten Sie das für mich mal durch den Computer jagen?“, er drückte auf weiterleiten.

„Außerdem überprüfen Sie bitte einen gewissen Malte Foss für mich.“

Den Bekannten von Evelyn, dachte er. Die Nummer von diesem *tipo* war ja auf ihrem Arm notiert gewesen ... Ben spürte einen Schwall Eifersucht in sich hochkochen, vielleicht sollte er ihn direkt selber anrufen.

„Ich muss mal telefonieren“, er war schon auf dem Weg zu seinem Büro, als ihm noch etwa einfiel: „Ignacia, was ist denn eigentlich mit den Afrikanern im Wald? Hat sich jemand um die gekümmert?“

Ignacia zuckte die Schultern.

„Fragen Sie nach, bitte.“

In diesem Moment kamen zwei völlig verpennte Männer zur Tür hinein, die Ben erst auf den zweiten Blick als seine Beamten identifizierte. Ohne auf ihren Zustand weiter einzugehen, bat er sie um einen Bericht. Den Telefonanruf würde er später tätigen.

Crockett und Tubbs hatten sich gestern im Hafen umgehört, aber wenn er das richtig verstanden hatte, gab es da keine neuen Erkenntnisse. Wichtiger als die Baustellen war doch jetzt vielleicht ...

„Ignacia, was haben wir bis jetzt über diesen Issa? Und was hatten Sie gesagt, muss ich den Vizegouverneur zurückrufen oder ruft sein Büro nochmal an?“

„Der Vizegouverneur?“, fragte Crockett.

„Haben Sie noch Schmerzen“, fragte Ignacia.

„Wie bitte? Nein, achso der Hals, ja alles wieder gut, danke der Nachfrage und ja, der Vizegouverneur ...“

Gerade hatte Sargento Ladesma die Station betreten und fragte besorgt:

„Der Vizegouverneur?“

„Ladesma, Sie kommen wie gerufen, haben Sie was Neues zu Touré?"
„Leider noch nicht, aber ich erwarte jeden Moment weiterführende Hinweise. War denn Torreón keine heiße Spur?"
„Ja, *comisario*, wie war es bei Torreón, diesem Schleimpilz?", fragte Crockett.
„Die heiße Spur war vielleicht schon ein bisschen abgekühlt ...", antwortete Ben auf Ladesmas Frage und sah Crockett dabei nachdenklich an. Wieder dieser Verdacht, warum hatten sie diesem schmierigen Mistkerl soviel Zeit gegeben?
„Aber da müssen wir jetzt ansetzen", fuhr er fort, „Sie teilen sich bitte diese Baustellen auf. Hier bei den Achbergers", er deutete auf einen Namen auf der Liste, „war ich schon, da gilt es den Vorarbeiter ausfindig zu machen", Ben kramte den Zettel mit der Nummer des Mannes heraus. Der hat höchste Priorität, wenn ich meinem Gefühl trauen darf."
Es wäre vielleicht besser, Gefühle für den Moment abzustellen, dachte Ben wehmütig. Wo war Evelyn? Zuerst hatte er sich gesagt, lass sie, sie braucht eine Auszeit, trotzdem war er abgrundtief traurig gewesen. Dann hatte er sich geärgert und gedacht, es ist besser so. Dann wieder, ob er alles für sie aufgeben sollte. Irgendwo mit ihr ganz neu anfangen. Inzwischen machte er sich einfach nur noch Sorgen. Obwohl er wusste, dass Evelyn ganz gut auf sich selber aufpassen konnte. Andererseits am Ende vielleicht doch nicht. Ben musste kurz daran denken, wie er sie vor nicht mal drei Monaten im letzten Moment davor gerettet hatte, mit dem psychopathischen deutschen Rentner in den Acantillados abzustürzen. Alle seine inneren Alarmglocken schrillten, ein Schauer überlief ihn. Immerhin schmerzte sein Hals nicht mehr. Er lächelte erleichtert. Er sollte Evelyn einfach anrufen zum Teufel. Plötzlich wurde er gewahr, dass alle seine Mitarbeiter ihn anstarrten. Ignacia mit dem Telefonhörer in der Hand:
„*Comisario*? ... Der Vizegouverneur, soll ich durchstellen, oder wollen Sie das Gespräch hier annehmen?"

Evelyn

Malte war in der Dusche verschwunden. Ich ruckelte an der bodentiefen Glastür, die von der Küche nach draußen führte und stellte mich einen Moment raus auf den kleinen Balkon. Das heißt, da Maltes Ferienwohnung im Erdgeschoss lag, konnte man nicht wirklich von einem Balkon sprechen, aber es erinnerte daran.
Der kleine zweistöckige Appartementwürfel war der dritte in einer Reihe, das Gelände fiel zum Meer hin ab. Oberhalb wurden noch weitere Würfel gebaut. Auf dem Wasser tummelten sich schon die ersten Surfer. Im Westen erhob sich die Montaña Roja, ein hundertsiebzig Meter hoher Vulkanrest direkt am Meer. Von hier aus wirkte der Berg wie eine alte Pyramide, von der anderen Seite aus gesehen, erinnerte er an eine abgebrochene Nase und vom Meer aus, sah man, dass der Felsen, der ihn formte wirklich tiefrot war.
Ich würde wetten, dass die Erhebung bei den Guanchen eine heilige Stätte gewesen war. Aber hier und heute schien nichts mehr heilig zu sein. Das nächste Flugzeug setzte zum Landeanflug auf den nur wenige Kilometer östlich gelegenen Flughafen an. Ich sog die Luft ein, die trotzdem nach Ozean roch. Eine ordentliche Brise, die im Hals kitzelte und mir die Tränen in die Augen trieb. Fast konnte ich das Salz auf der Zunge schmecken. „*Siempre me quedará*", ein Lied von Bebe flutete mein Gehirn: "*Cómo decir que me parte en mil / Ahora que todo era perfecto / Me guardo tu recuerdo / Como el mejor secreto / La tempestad y la calma*". Was soviel heißt wie: „Wie kann ich sagen, dass es mich in tausend Stücke bricht / Jetzt, wo alles perfekt war / Ich behalte deine Erinnerung / Wie das beste Geheimnis / Der Sturm und die Ruhe."
Ben hatte nach Butter gerochen, als ich ihn das letzte Mal gesehen hatte. Der Balkon lag im Schatten, es war kühl, laut und windig hier. Ich versuchte einen klaren Gedanken zu fassen.
Malte rief von innen:
„Du kannst jetzt ins Bad".
Der Wind frischte auf. Ich seufzte und ging wieder rein.

Ben

Ben betrat schnellen Schrittes sein Büro. Vor dem Fenster schwankten die Masten der Segelyachten im Wind, ach ja, der angekündigte Sturm. Er dachte kurz an den kleinen Sturm, der in ihm aufgekommen war, als er Evelyn wiedergesehen hatte, am Flughafen, vor - wie lange war das her? - warum hatte er sie den Sturm nicht spüren lassen, ihn durch ihr Haar fahren lassen? Sich mitreißen lassen?
Er nahm den Hörer ab:
„*Buonas dias,* Herr Vizegouverneur, was kann ich für Sie tun?"
„Sie können ein Missverständnis für mich aufklären, de las Casas."
„Zum Aufklären bin ich ja da, worum geht es denn?"
„Es sieht so aus, als sei ein ehrbares Mitglied unserer internationalen Gemeinschaft unverschuldet in das Visier der Behörden geraten ..."
‚Internationale Gemeinschaft' - der Vizegouverneur würde sich auch gut bei der UNO machen.
„Ach ja?"
„Die Achbergers, de las Casas, sehr achtbare Leute. Die Firma Torreón hatte ich ihnen übrigens empfohlen, ein guter Mann, auf den kann man sich verlassen."
Das glaub ich dir aufs Wort, dass du dich auf den verlassen kannst.
„Natürlich, Herr Vizegouverneur."
„Gut, dann wäre das ja so weit geklärt, wenn Sie noch Fragen haben, gerne an mein Büro, *buonas dias.*"
"*A sus órdenes, Señor Vicegobernador*", Ben pfefferte den Hörer in die Gabel, "*¡Hostia!*"

Schnell wie ein Pfeil war Ben wieder im Empfangsbereich und rief seine Leute zusammen:
„Die Baustelle bei den Achbergers hat oberste Priorität. Wer schon nach meinem kleinen Besuch, den Vizegouverneur bemüht, hat auf jeden Fall Dreck am Stecken. León, schauen Sie, ob Sie einen Durchsuchungsbefehl erwirken

können, in dem Fall gehen Sie gleich mit der Spusi hin. Goméz, bitte suchen Sie den Vorarbeiter persönlich auf, egal, wo er sich gerade rumtreibt, zeigen Sie ihm das Foto von Touré und quetschen Sie ihn aus *como un limon*. Ladesma, Sie schauen sich die anderen Torreón Baustellen in Santa Cruz an ..."
„Mit Ihrer Erlaubnis, *comisario,* würde ich gerne vorher nochmal zu der letzten Unterkunft von Touré fahren ...", unterbrach ihn Ladesma vorsichtig.
„Warum?"
„Ich habe gerade einen Anruf bekommen, dass einer der Mitbewohner, der ihn besser kannte, jetzt zu sprechen ist. Er hat wohl etwas von einem großen Deutschen gesagt, den Issa getroffen hat. Aber ich würde mir das lieber persönlich anhören."
„Wunderbar, Ladesma, ich komme mit!", Ben hatte ein ungutes Gefühl, natürlich konnte das jeder verdammte Deutsche auf dieser verdammten Insel gewesen sein, aber warum hatte er dann sofort das Bild dieses blonden Schönlings vor Augen, mit dem Evelyn sich vorgestern getroffen hatte?
„Ignacia, haben Sie schon was über diesen Foss rausbekommen?"
„Nein, *comisario,* unter diesem Namen haben wir keinerlei Einträge."

In dem Moment betrat ein Bote das Revier, lauthals verkündete er, er komme von der Agentur ‚Hemingway' und bringe einen Gutschein für die Herren León und Goméz: „Die Gratistour mit der Jeanneau Sun Odyssey", rief er strahlend.

Evelyn

Die Fahrt nach Nordosten hatte über eine Stunde gedauert. Wir waren erstmal in Richtung dieses vermaledeiten Dorfes gefahren und hatten Maltes Mietwagen dann etwas oberhalb im Wald abgestellt. Ich hatte eine ziemlich klare Vorstellung davon, wo ich diese Hütte, von der Eyadou

gesprochen hatte, suchen wollte. Trotzdem wurde Malte schon nach wenigen hundert Metern auf dem zugegebenermaßen unwegsamen Waldweg ungeduldig:
„Bist du sicher, dass wir hier richtig sind?“
„Ja, hinter dem Heim den Berg hoch in den Wald hat er gesagt.“
„Aber das kann doch überall sein!“
„Nein, ja, aber ich denke, es ist hier irgendwo.“
„Hier irgendwo?!“, Malte drehte sich einmal um die eigene Achse.
Am Anfang hatte ich noch versucht sehr sicher und zuversichtlich zu klingen, aber nach einer Dreiviertelstunde war klar, dass ich mich heillos verlaufen hatte. Ich holte mein Handy raus, um zu sehen, ob ich hier wieder Empfang hatte. Ein verpasster Anruf von Ben. Ich rief *Maps* auf und starrte angestrengt auf den blauen Punkt, der uns darstellte. Wir waren irgendwie im Kreis gelaufen. Dann hörte ich es: Unverständliche menschliche Laute. Eine Art um Hilfe brummen. Vorsichtig ging ich in die Richtung, aus der die Geräusche kamen und bedeutete Malte, mir leise zu folgen. Hinter dichtem Gestrüpp, dass vielleicht einmal ein Nutzgarten gewesen war, lag die Hütte. Genaugenommen war es keine Hütte, sondern ein kleines Steinhaus. Wir näherten uns vorsichtig. Die verwitterte ursprünglich grün gestrichene Holztür knarrte im Wind. Ich stieg die zwei alten Steinstufen hoch und betrat etwas ängstlich den halbdunklen großen Wohnraum.
„Ist da jemand?“
Das Brummen wurde lauter. Als sich meine Augen an die Dunkelheit gewöhnt hatten, erkannte ich im hinteren Teil des Raumes eine zweite Tür. Das ganze Haus machte einen eigentümlich verlassenen Eindruck. Als seien die Bewohner überstürzt abgereist. Und gleichzeitig, als würden sie jeden Moment zurück kehren und ihre Tätigkeiten wieder aufnehmen. Auf dem Herd stand ein rußgeschwärzter, gusseiserner Topf. Der Holztisch war mit angeschlagenem Tongeschirr eingedeckt. Eine Petroleumlampe hing von der niedrigen Decke und in der Ecke befand sich ein schiefes Bett, die Matratze mit Stroh ausgestopft. Darüber steckte eine bunte Postkarte. Es erinnerte mich an die

Ausgrabungen in Pompeji, wo die Leute von den Aschewolken des Vulkanausbruchs überrascht worden waren. Oder an Bilder von ausgestorbenen Dörfern nach verheerenden Seuchen. Unwillkürlich trat ich einen Schritt zurück und stolperte in Malte, der gerade hereingekommen war.

„Und?", fragte er.

„Ich glaube, hinter der Tür da ist was. Bisschen unheimlich hier, oder?", flüsterte ich.

Malte ging zu der Tür und riss sie auf. Am Boden der Kammer kauerte eine Gestalt, Hände und Füße gefesselt, einen Knebel im Mund.

„Eyadou?!"

6. Kapitel

„Los Muchachos de Mi Barrio"

Las muchachas de mi barrio
No tienen novio
Y le rezan to' los días
a San Antonio
Los muchachos de mi barrio
Le gusta fuma' a diario
Como los lagartos,
yo busco el solecito

Chambao

Ben

Ladesma fuhr die Ausfahrt 6, Richtung Añaza, von der TF 1 runter. Der Verkehr staute sich auf der Autobahnabfahrt.

„Wissen Sie, dass Añaza ein altes Guanchenwort ist? Es bezeichnet das ganze Gebiet, auf dem Santa Cruz später entstanden ist", sagte Ladesma.

Ja, ich weiß, es bedeutet soviel wie ‚der Ort, an dem man die Nacht verbringt' oder ‚Unterschlupf', dachte Ben, aber er nickte nur.

„Und wissen Sie auch, dass es in Añaza eine Straße gibt, die Calle Bentagay heißt?", Ladesma lächelte.

Ben lächelte auch, Ladesma wusste offensichtlich ein bisschen mehr, als er gedacht hatte:

„Was wissen Sie noch über Añaza?"

„Hier sollten ursprünglich die sogenannten einkommensschwächeren Bewohner aus anderen Stadtteilen angesiedelt werden. Dafür wurden die Sozialwohnungen gebaut. Als sie dann Anfang der 90er das große Einkaufszentrum hier aufgemacht haben, wurde es auch für andere Leute als Wohnviertel interessant. Aber heute", sie zuckte mit den Schultern, „alle mit denen ich rede, wollen hier so schnell wie möglich weg. Die Kriminalitätsrate ist so hoch wie sonst nirgends in Santa Cruz, einer der *Hotspots* wenn es um Drogen-An- und Verkauf geht. Die Krankenwagenfahrer fordern manchmal sogar schon Polizeischutz an, wenn sie hierher gerufen werden."

Ladesma nahm die erste Ausfahrt im Kreisverkehr auf die Avenida Guadalupe, die fünfhundert Meter weiter nach einer Rechtskurve zur Calle Acorán wurde und eine schmale Schlucht überquerte.

„Hier der Barranco de Los Pocitos ist die Grenze zu Acorán, da wollen wir eigentlich hin."

Acorán, el Celestial, der Himmlische, wie die Ureinwohner Gran Canarias eine ihrer männlichen Gottheiten nannten, nicht besonders himmlisch hier, dachte Ben.

Das Viertel zehn Kilometer südöstlich des Zentrums von Santa Cruz schien mühsam dem Geröll abgetrotzt zu sein. Die Reihenhäuser unterhalb der Autobahn waren in den Nullerjahren entstanden, aber es sah aus, als hätte man die dazu gehörige Infrastruktur vergessen. Die Einfamilienbungalows weiter unten Richtung Steilküste, mit Blick auf den Ozean aber ohne Zugang zum Meer, dafür mit kleinen Pools im Vorgarten wirkten ganz neu. Einige waren noch im Bau oder würden vielleicht nie fertig werden. Ladesma schlängelte sich durch den westlichen Teil des *Barrios,* die Seitenstraßen trugen die Namen der letzten Guanchen-Herrscher Teneriffas. Ben dachte, dass sie diese Trostlosigkeit nicht verdient hatten. Dann sah er es und es fiel ihm wie Schuppen von den Augen: ‚Das Monster von Acorán'. Da wollte Ladesma mit ihm hin. Dort hatten sich die Afrikaner verschanzt. Die Freunde von Issa Touré, die jetzt Auskunft geben wollten. Ladesma bog auf die menschenleere Promenade ein und steuerte direkt darauf zu. Vor ihnen erhob sich die Bauruine eines riesigen Hotelkomplexes aus den 70er Jahren des letzten Jahrhunderts. Ein Y-förmiges Betonskelett. Einundzwanzig Stockwerke durch die der Wind pfiff. Eine Parade aus geometrischen Flächen und Auslassungen. Wobei die steilen Schatten, die die Mittagssonne warf, den Eindruck von Kassettendecken, Schießscharten oder Augenhöhlen verstärkte. Moderne Säulengänge, zum Teil auf Stelzen. Im Inneren Treppenkonstruktionen, die einem Bild von M.C. Escher entsprungen zu sein schienen. Die Betonböden der Balkone ragten hervor wie die Rückenstacheln eines Dinosauriers. Es roch nach Meer und Staub.

„Ein Mahnmal der Immobilienspekulation", Ladesma schüttelte resigniert den Kopf, „ich frage mich immer noch, wie es sein kann, dass die Erbauer, die vor über 30 Jahren mit der Kasse abgehauen sind, ohne die örtlichen Arbeiter zu bezahlen, bis heute nicht zur Rechenschaft gezogen werden konnten!"
Ben nickte nachdenklich während sich Ladesma richtiggehend in Rage redete:
„Die Ruine ist ja auch überhaupt nicht ausreichend gesichert, immer wieder verunglücken tollpatschige Touristen da drin, und ich spreche von Unfällen mit Todesfolge, ganz zu schweigen von den Selbstmördern, die sich hier gerne von ganz oben herunterstürzen. Die Bauherren, das waren deutsche Investoren, das weiß man aber heute nur noch vom Hörensagen, stellen Sie sich vor, *comisario*, es gibt keine Unterlagen! Inzwischen ist das hier längst Küstenschutzgebiet und das Riesending müsste abgerissen werden, aber wer soll das bezahlen?"
„Sie kennen sich gut aus hier in der Gegend."
„Ja, ich komme von hier. Als Kinder haben wir immer in der Ruine gespielt", Ladesma lächelte scheu.
Es war alles andere als ein Vorteil, in den Außenbezirken von Santa Cruz aufgewachsen zu sein, aber sie hatte es für ihre jungen Jahre schon weit gebracht.
„Und jetzt wohnen die Afrikaner da drin?"
„Die Afrikaner? Nein, die wohnen da unten", Ladesma zeigte auf einen Abhang hinter dem Hotel und Ben entdeckte einen ausrangierten Wohnwagen und ein paar unverputzte Eternithütten, mit Plastikplanen und Wellblech erweitert, die sich vor dem Wind in die schwarze Lavalandschaft neben stachelige Wolfsmilchgewächse duckten.

Die Promenade endete abrupt und Ladesma nahm eine kurvige Sandpiste, die zu den Hütten führte.
Drei junge Männer saßen davor auf den Steinstufen einer Betonterrasse. Als Ben und Ladesma ausstiegen, erhob sich einer von ihnen und kam auf sie zu:
„*¡Hola, señora sargento!*"
„*¡Hola,* Jamal!", rief Ladesma gutgelaunt zurück, „müsst ihr nicht arbeiten heute?"

„*No work today*. Der Bus ist nicht gekommen, um uns abzuholen. Memphis", er zeigte auf einen seiner Freunde bei den Hütten, „hat den Vorarbeiter angerufen, der hat gesagt, keine Arbeit heute wegen Karneval."
Ben und Ladesma warfen sich einen Blick zu, der Afrikaner lud sie ein, näher zu treten und sie setzten sich auf ein paar schnell herbeigeholte rostige Klappstühle in den Windschatten einer der Hütten, eine Eidechse nahm Reißaus, die Plastikplanen knatterten laut bei jedem Windstoß. Die Männer sprachen Spanisch mit Akzent, manchmal flossen englische oder französische Wörter ein. Memphis bot an, Tee zu kochen und verschwand in einer der Hütten. Jamal zeigte auf einen ernsten, jungen Mann mit kurzgeschorenen Locken, der sehr nervös wirkte:
„Ngolo ist auch aus Mali, er kannte Issa am besten."
„Mein Beileid für den Verlust deines Freundes", sagte Ben. „Was ist mit Issa passiert?"
„Das wissen wir noch nicht genau, vielleicht könnt ihr uns helfen, es herauszufinden."
„Issa ist immer zu den Felsgravuren hier in der Nähe gegangen", begann Ngolo zögerlich, „diese Bilder im Stein von den Eingeborenen?", versicherte er sich, ob seine Zuhörer verstanden hatten.
Ben nickte.
„Zuerst hat er sich einfach für die Geschichte interessiert, hat gesagt, dass seien auch unsere Vorfahren und auch Immigranten gewesen, dann hat er sich immer mehr da rein gesteigert", Ngolo machte eine Pause und sah zu Jamal, der ihn aufmunternd anlächelte. „Einer der Könige sei ihm erschienen und wolle ein wichtiges Geheimnis mit ihm teilen, er hätte ihm eine Höhle gezeigt ..."
Memphis kam mit dem Tee und sagte:
„Toll, wir leben hier ja sowieso schon wie in einer Höhle, oder?"
Jamal sagte:
„Issa ist zuletzt oft nach der Arbeit auf der Baustelle nicht mit dem Sammelbus zurück, er ist auf der Straße, gleich nach der Einfahrt ausgestiegen, hat gesagt, er müsse noch was erledigen, vielleicht wollte er zu dieser Höhle?"

„Ich weiß nicht, wo die Höhle liegt," Ngolo schüttelte den Kopf.
„Auf welcher Baustelle wart ihr denn zuletzt zusammen mit Issa beschäftigt?", fragte Ladesma.
„In Tacoronte", antwortete Jamal.
„*¡Hostia, lo sabía!*", schnaubte Ben und Ladesma nickte.
„Issa war ein bisschen komisch, vielleicht weil er aus der Wüste kam?", fragte Memphis.
„Er hat sich immer für uns eingesetzt, für bessere Arbeitsbedingungen, bessere Arbeitszeiten, mehr Lohn, Feiertagszuschlag ...", verteidigte Ngolo seinen Freund.
„Siehst du, das haben wir jetzt davon, jetzt dürfen wir an Karneval nicht mehr arbeiten!", fiel ihm Memphis ins Wort.
„Ich glaube, daran liegt es nicht", ging Ladesma beruhigend dazwischen, „aber habt ihr nicht gesagt, er hatte sogar was mit einer Gewerkschaft zu tun?"
„Die *Refugee Union Europe*? Ist das eine Gewerkschaft?", fragte Ngolo.
Ben zuckte nur ganz leicht mit einer Augenbraue.
„Klingt eher nach einer Flüchtlingsorganisation, wir prüfen das nach", sagte Ladesma, „Jamal hat gesagt, du hast Issa mit einem großen Deutschen zusammen beobachtet?"
„Ja, der war von dieser *Union*, sehr groß, lange Haare, sah aus wie ein Surfer, Deutscher oder Schwede vielleicht. Der hat Issa richtig Stress gemacht. Issa hat ihn woanders getroffen, aber der hat ihn bis hierher verfolgt und ihm gedroht, wenn er die Papiere nicht rausrückt, dann zeigt er ihn an oder so."
„Was für Papiere?"
Ngolo schwieg, Jamal antwortete seufzend an seiner Stelle: „Issa hat alles dokumentiert, unsere Namen, wann wir wo gearbeitet haben, wieviel Geld wir bekommen haben, auch Arbeitsunfälle ..."
„Wir wollten das aber nicht, wir wollen keinen Ärger!", mischte sich Memphis ein, „wir möchten einfach nur legal arbeiten. Keine Drogen verkaufen, oder so, verstehen Sie?"
„Ja, das verstehen wir sehr gut", antwortete Ben, „habt ihr eine Ahnung, wo sich diese Papiere jetzt befinden könnten?"

Alle drei schüttelten den Kopf.
„Können wir Issas Schlafplatz sehen?"

Issas Schlafplatz hatte aus einer dünnen Matratze auf einem Brett und drei Holzpaletten bestanden. Zwei Obstkisten dienten als Schrank, in dem er ein paar Kleidungsstücke aufbewahrte. Ben hatte sofort den Eindruck, dass hier schon einmal durchsucht worden war. Unter der Matratze fand er einen Umschlag mit Familienfotos, einer Kinoeintrittskarte von letztem Jahr und einer unbeschriebenen Postkarte aus Candelaria, hier hätten auch gut diese Papiere drin sein können, waren sie aber nicht.
„Ich finde weder Ausweis noch Telefon," stellte Ladesma fest, als sie alles durchgesehen hatten.
„Sein *mobile* hatte er immer bei sich und unsere Ausweise müssen wir beim Arbeitgeber abliefern, wenn wir einen Job anfangen", sagte Jamal.
Die Polizisten bedankten sich bei den drei Afrikanern und gingen zu ihrem Wagen.
„Ich möchte einen Durchsuchungsbefehl für Torreón, ich bin sicher, dass er die Ausweise der Illegalen irgendwo aufbewahrt, entweder in seinem Büro oder zu Hause", sagte Ben beim Einsteigen, „was meinen Sie, wo die Papiere von Issa sein könnten?"
„Entweder, er hat sie in dieser ominösen Höhle versteckt, oder", sie zögerte, „sein Mörder oder seine Mörderin hat sie an sich genommen. Wissen wir schon, wer der Blonde ist? Ist das dieser Schweizer?"
„Nein, ich habe da einen anderen Verdacht und ich werde auch gleich mal bei dieser *Union* nachforschen. Was halten Sie von den Afrikanern, Sie scheinen ja ganz gut mit Ihnen auszukommen."
„Sie meinen, es ist möglich, dass Issa ihnen mit seinem Aktionismus zu unbequem geworden ist, und sie ihn deshalb zum Schweigen gebracht haben?", sie überlegte, „Möglich. Aber dann hätten sie die Papiere gar nicht erst erwähnt, oder?"
Ben nickte. Als sie wieder auf der Autobahn Richtung Las Americas waren, ergriff er nochmal das Wort:

„Wir kennen uns kaum, aber Sie machen auf mich einen sehr integren Eindruck, Ladesma, darf ich Sie um einen Gefallen bitten?"
„Selbstverständlich, *comisario*!"
„Vorhin auf dem Revier, der Bote mit dem Gutschein für Goméz und Léon. Das sieht schon ein bisschen nach einem Grundtatbestand der Bestechung aus, finden Sie nicht? Könnten Sie der Sache für mich ein bisschen nachgehen, ganz unauffällig?"
„Natürlich, ja."

Evelyn

„Eyadou, bist du verletzt?!", rief ich und stürzte an Malte vorbei, um den jungen Mann, den ich aus der Kirche kannte, zu befreien.
Als er von Fesseln und Knebel erlöst war, schüttelte er sich und fragte:
"Warum kommst du erst jetzt!?", dann rannte er nach draußen.
Ich sah ihm perplex nach. Malte sagte:
„Der kommt gleich wieder", dann ging er zu dem Strohlager und schaute auf die Postkarte, die dort steckte: ‚*Saludos desde Caracas*', las er vor, „vielleicht sind die nach Venezuela ausgewandert?"
„Die Afrikaner?"
„Nein, die ursprünglichen Bewohner dieser Behausung hier."
„Achso", ich kam mir unsäglich dumm vor, „und die Afrikaner? Meinst du das waren diese bewaffneten Typen aus dem Dorf?"
„Iyanlas Komplizen sind gekommen, um alle abzuholen", Eyadou stand in der Tür, er bebte vor Zorn – oder vor Entkräftung.
Malte holte eine Thermosflasche aus seinem winzigen Rucksack und reichte sie ihm:
„Hier. Ich bin Malte."
„Danke. Eyadou."
„Was ist passiert?"

Nachdem Eyadou von dem Wasser getrunken hatte, wurde er gesprächiger:
„Als ich hier im Wald ankam, hatte Iyanla die Männer schon angerufen. Jedenfalls tauchten sie am nächsten Tag auf."
Das machte schon mal mindestens drei Leute, die diese Hütte ohne Schwierigkeiten gefunden hatten, nicht zu fassen. Malte hatte andere Sorgen:
„Was denn für Männer?"
„Ich glaube Russen. Haben gesagt, dass sie uns zu unseren Arbeitsplätzen bringen."
„Also faktisch Menschenhandel!", stellte Malte fest.
„Ja, Mann. Ich wollte nicht, dass sie gehen und es gab Streit mit Akin und Abayomi. Rumer wollte mir helfen, aber Iyanla hat ihr gedroht, der Fluch würde auch ihre Familie zu Hause treffen."
„Warum hast du vorher nichts gesagt? In der Kirche? Oder vorher bei der Polizei?", fragte ich entgeistert.
„Rumer wollte das nicht. Sie hat Angst."
Eyadou gab Malte seine Flasche zurück und war schon zur Tür raus:
„Ich muss ihr helfen. Iyanla ist böse. Wir müssen sofort hinterher, sie befreien. Worauf wartet ihr? Wo ist euer Auto?"
„Warte doch mal, wann war denn das?"
„Gestern."
„Weißt du denn, wo sie hin sind?"
Eyadou schüttelte ärgerlich den Kopf:
„Das krieg ich raus. Ich hab keine Angst mehr vor ihren Geistern, auch wenn sie uns auf dem Wasser fast umgebracht hätten."
Auf dem Rückweg zum Auto, der ungefähr zehn Minuten dauerte, versuchte Malte das Gespräch auf Eyadous Cousin zu lenken:
„Evelyn hat mir erzählt, du hattest einen Verwandten hier auf der Insel und irgendwas mit einer Höhle?"
„Ja, Issa hat mir Koordinaten geschickt, wahrscheinlich einer Höhle, *à la plage de l'homme mort*, ich weiß nicht genau warum, Mann."
„Und Issa, Issa Touré ist dein Cousin?"

„Ist das der, mit dem du verabredet warst, Malte?"
„Ja", und wieder an Eyadou gewandt: „ist die Höhle da, wo er gewohnt hat?"
„Häh, ich dachte, ihr habt euch nicht getroffen?", beharrte ich.
Eyadou sah erst Malte, dann auch mich sehr skeptisch an.
„Doch, doch, ich habe ihn einmal getroffen, aber als wir das zweite Mal verabredet waren, ist er nicht gekommen", erklärte Malte.
„Wo hast du ihn getroffen?", fragte Eyadou düster. „Kannst du mir auch sagen, wer ihn umgebracht hat? Oder wer die drei Typen waren, die seine Leiche ins Wasser geworfen haben?"
„Drei Typen haben seine Leiche ins Wasser geworfen? Aber …", ich merkte, dass ich einfach nur wiederholte, was Eyadou gesagt hatte, mir fehlten eigene Worte.
Wir waren inzwischen am Auto angekommen und Eyadou rief fassungslos:
„Was ist das für ein krankes Land? Wieso seid ihr überhaupt hier?"
Anstatt zu antworten, öffnete Malte den Kofferraum und fand eine Packung Knäckebrot, die er Eyadou gab, er setzte sich auf den Fahrersitz, überlegte es sich dann aber anders und verschwand selber nochmal kurz im Wald:
„Bin gleich wieder da."

Ich wollte gerade einsteigen, als mein Handy klingelte. Ben. Ich machte die Autotür wieder zu, trat beiseite und überlegte kurz. Dann drückte ich den Anruf weg. Gleichzeitig hatte ich einen *flash* und sah Bens Grübchen vor mir, diese unglaublichen Grübchen, überhaupt dieses Lachen, das ganz plötzlich auch wieder in Ernst umschlagen konnte. So intensiv wie alles an Ben. Für einen Moment war es, als könnte ich seinen Körper spüren …
Fast im selben Augenblick, kam eine sms von ihm rein:
„Bitte halte dich von diesem Malte fern, gut möglich, dass er in den Mord an Touré verstrickt ist. Ruf mich an, sobald du kannst. Umarmung. Ben."
Ich schaute auf, weil ich den Motor hörte, aber es war schon zu spät. Eyadou fuhr mit Vollgas los. Malte tauchte

am Waldrand auf und schrie ihm noch irgendwas hinterher. Und obwohl er dabei aussah, wie Legolas in ‚Herr der Ringe' bei einer seiner Heldentaten, war es zu spät. Eyadou und der Mietwagen waren schon zu weit weg, um sie noch einzuholen.

Ben

„Es kann doch nicht sein, dass wir nichts über diesen Foss haben."
„Ist aber so, ich habe was über einen Malte Bob, vielleicht meinen Sie ja den?"
„Zeigen Sie mal."
Ignacia drehte den Bildschirm so, dass Ben drauf gucken konnte und deutete mit einem sehr langen, lackierten Fingernagel auf den Namen, der Nagel machte ein klackendes Geräusch auf dem Monitor:
„B-O-B", buchstabierte sie.
Ben stellte zweierlei fest: Erstens Ignacia hatte ihre Fingernägel in den Farben des Vulkans lackiert: rot und schwarz. Zweitens: Der Deutsche schrieb sich V-O-ß. Ignacia hatte das V wie B ausgesprochen, das war üblich, und das deutsche ß als ein kleines b gelesen. Das war im Prinzip Bens Fehler, da hätte er drauf kommen können, *¡Hoßtia*!
„Ja, sehr gut, Ignacia, dann nehmen wir den. Bitte schicken Sie mir alles, was Sie über den Mann finden können, auf meinen Computer. Und fragen Sie nochmal wegen der Flüchtlinge nach."
Ben ging in sein Büro. Die Masten vor dem Fenster schwankten inzwischen bedenklich und die Bootsbesitzer hatten alles festgezurrt, was nur festzuzurren war. Ben setzte sich und stand gleich wieder auf. Letztlich musste er gar nicht warten, bis das Material über diesen Malte eintraf, er hatte ja die Nummer von Evelyns Arm. Wahrscheinlich war ihr Arm jetzt genau dort, bei diesem Malte. Er hatte sie den ganzen Tag nicht erreicht. Und sie hatte auch auf seine Warnung nicht reagiert. Der Refrain eines Songs des von ihm sehr verehrten Jonathan Richman kam Ben kurz in den Sinn: *„Let her go into the darkness, let her go,*

let her go, let her go." Ben wählte die Nummer. Eine voluminöse, melodische Stimme meldete sich:
„*¡Diga!*"
„Malte Voß?"
„*¿Mal te fo*? Du willst mich ficken? Da bist du ja genau an den richtigen geraten, Schätzchen, pass mal auf, dass das nicht andersrum passiert … !"
Ben hielt den Hörer von seinem Ohr weg, bis die Schimpftirade beendet war.
„*Comisario* de las Casas, wer spricht denn da?"
Aufgelegt. Ben schüttelte den Kopf. Das war bestimmt kein Malte oder Fritz gewesen, das war ein Alejandro oder Juan.
Sein Computer gab ein leises Ping von sich: Malte Voß. 25 Jahre alt, geboren in Tübingen. Vor vier Wochen per Flugzeug nach Teneriffa eingereist. Angemeldet in El Médano. Die meisten Surfer wohnten da. Ngolo hatte den Mann als Surfer beschrieben, das passte. Voß hatte bei der *surf school ícaro* einen Surfkurs für Anfänger gebucht und beim spanischen Innenministerium einen Antrag auf Gründung eines gemeinnützigen Vereins gestellt, der *Refugee Union Europe* … Ben stutzte. Das war gar keine bekannte internationale Organisation? Das war der Privatverein von diesem Malte? Ein Scharlatan! Und Evelyn in seinen Fängen! Wo hatte sie sich dieses Mal wieder reingeritten! Ben ging im Geiste alle möglichen, damit zusammenhängenden Straftaten durch: Geldwäsche, Steuerhinterziehung, Anlagebetrug, Menschenhandel, die Liste ließe sich unendlich fortsetzen. Er notierte sich die Meldeadresse und griff nach seiner Jacke. Auf dem Weg zum Empfang klopfte er bei *sargento* Ladesma. Sie kam aus ihrem winzigen Büro, als Ben schon vorne war.
„Was gibt es, Chef?"
„Schauen Sie sich das mal an", Ben zeigte ihr die Notiz über den Antrag auf Vereinsgründung.
„Der Deutsche wird immer verdächtiger, ich bin unterwegs, ihm einen Besuch abzustatten."
„Soll ich mitkommen?"
„Nein, wie weit sind Sie mit Torreón?"
León und Goméz kamen gerade zur Tür rein.

„Ah, die Kollegen, wie ist es gelaufen, León?“
„Sehr schlecht, *comisario,* wir haben keinen Durchsuchungsbefehl für die Achbergers bekommen. Im Gegenteil, das Büro des Vizegouverneurs hat uns nochmal wissen lassen, dass alle Ermittlungen in diese Richtung einzustellen sind. Sie seien bereits informiert worden.“
„Mhm, sehr ärgerlich, aber auch nicht weiter verwunderlich.“
„Dann brauchen wir es bei Torreón wohl gar nicht erst versuchen, oder?“, fragte León.
Ben warf Ladesma einen Blick zu, ob sie registriert hatte, dass León diesen Torreón schon wieder in Schutz nahm. Dann wandte er sich an Tubbs:
„Goméz, haben Sie wenigstens den Vorarbeiter auftreiben können?“
„Ja, bei sich zu Hause, die Baustelle war heute geschlossen. Es brauchte ein bisschen Ermunterung, bis er zugegeben hat, dass Touré zu dem Trupp auf der Achberger-Baustelle gehört hatte. Der Vorarbeiter kannte ihn schon länger, er sagt, Touré hätte sich zunehmend verändert. Er sei schreckhaft geworden, habe sich immer öfter in Tagträumen verloren, schon fast ein Sicherheitsrisiko. Und nach der Arbeit sei er in letzter Zeit immer an der Straße kurz nach der Einfahrt zur Finca ausgestiegen.“
„Das deckt sich mit den Aussagen der Afrikaner. Bringt uns aber auch nicht weiter. Die zwei großen Fragen nach wie vor: Wer hat ihn umgebracht?“
León meldete sich zu Wort:
„Kann es nicht auch ein Unfall gewesen sein? Ich meine, wenn der Mann so verpeilt war, wie alle sagen?“
„Theoretisch ja“, antwortete Ben, „aber nachdem Touré in Süßwasser ertrunken ist, ist er ja wohl kaum selber aufs Meer rausgerudert. Deshalb ist die zweite große Frage: Wie ist er ins Wasser gekommen?! Ignacia, was haben wir Neues zu den Flüchtlingen, die müssen nochmal genau dazu befragt werden.“
„Leider habe ich da auch nichts Erfreuliches: Die Gruppe aus der Kirche, sowie die drei Senegalesen, die die *Guardia Civil* arretiert hatte, sind alle auf die Halbinsel ausgeflogen worden. Der zuständige Beamte konnte mir nicht sagen,

warum es da ein so beschleunigtes Verfahren gegeben hat. Er vermutete irgendwas mit Tourismus."
„Das ist doch *bullshit*! Und die kleinere Gruppe im Wald?"
„Die sind nicht wieder aufgetaucht."
„Ich werde wahnsinnig. Natürlich tauchen die nicht von alleine wieder auf. Die ältere Frau …"
„Die, die Sie verflucht hat?", fragte León.
Ben seufzte:
„Ja, die und die drei jungen Frauen. Das sieht doch extrem nach Menschenhandel aus. Ich mache mir sehr große Vorwürfe, dass wir da nicht dran geblieben sind! Wahrscheinlich sind die längst in einem der einschlägigen Etablissements gelandet. León, könnten Sie da Ihre Kontakte mal ein bisschen spielen lassen? Oder", Ben biss sich auf die Lippe, „nein, ich glaube, Sie haben genug zu tun, ich werde das Ladesma auftragen."
Ignacia ging ans Telefon und machte gleich ein betroffenes Gesicht, dann hielt sie den Hörer zu und sagte zu Ben:
„Das *Cabildo* ist dran, das Büro von Carreras, Sie möchten sich bitte umgehend im Kommando der *Órganos directivos* einfinden … also ‚bitte' haben sie nicht gesagt ... Was soll ich antworten?"
Ben runzelte die Stirn:
„Sagen Sie ja, ich komme, vielleicht nicht ‚umgehend', aber ja. Vorher würde ich allerdings gerne nochmal mit der Person sprechen, die Issa Touré, unserem bisherigen Ermittlungsstand nach, zuletzt lebend gesehen hat. Ich habe in diesem Fall wirklich schon zu viel zu spät angegangen!"

Evelyn

„Menschenhandel ist nicht Menschenschmuggel und Schleuser oder Schlepper sind keine Menschenhändler. Aber: Es gibt Überschneidungen. Manchmal wird den Opfern erst im Ankunftsland klar, in was für einer Situation sie sich befinden und dann ist es natürlich zu spät."
Malte hatte den ganzen Weg zur Straße doziert. Auch noch die ganze Zeit, die wir warten mussten, bis uns jemand mitnahm und dann weiter in den drei verschiedenen

Mitfahrgelegenheiten, bis wir wieder bei ihm zu Hause in El Médano waren. Wahrscheinlich eine Übersprungshandlung.
Auf die Frage, was denn seine Organisation dagegen unternehme, hatte er allerdings sehr ausweichend geantwortet. Es sei sehr schwierig, direkte Hilfe für Betroffene anzubieten. Im Prinzip gehe es auch darum, erstmal eine funktionierende Verwaltung aufzubauen und dazu müssten zunächst Spenden eingeworben werden. Aha.

Ich war nur so halb bei der Sache gewesen, weil mir die Warnung von Ben im Kopf herumschwirrte und ich deshalb versuchte, Maltes bisheriges Verhalten auf Verdächtiges hin zu analysieren. Ich hatte überlegt, ob ich Ben zurückrufen sollte, aber es hatte bisher keinen unbeobachteten Moment gegeben und vor Malte wollte ich nicht mit ihm sprechen. Ben nur eine Nachricht zu senden, schien mir wiederum zu wenig zu sein. Sollte ich überhaupt nochmal mit zu Malte gehen oder bestand vielleicht wirklich konkret, ohne Scheiß, die Gefahr, dass er mich auch umbringen würde?

Vor der Haustür hatte sich eine kleine Sanddüne aufgehäuft. Der Sand war so fein, dass er auch durch die Ritzen ins Apartmentinnere vorgedrungen war.
„Willst du den Mietwagen als gestohlen melden? Oder wollen wir selber nach Eyadou suchen?“, fragte ich ihn.
„Ja, später.“
Anstatt sich über den Sand aufzuregen oder meine Fragen zu beantworten, begann Malte eilig seine Surfsachen zusammen zu suchen.
„Perfektes Surfwetter! Willst du mit? Es gibt nichts Besseres, um sich abzureagieren.“
„Du willst bei diesem Sturm aufs Wasser?“
„Ich würde sagen ‚frische Brise‘ und ja, auf dem Wasser kann man alles vergessen, weißt du?“
Und schon war er zur Tür raus.

Mein Handy klingelte: Ben.

„¡*Hola,* Evelyn, ich muss mit Malte Voß sprechen. Hol ihn bitte ans Telefon."
„Ich ...", er hatte nicht mal gefragt, wie es mir geht, „Er ist gerade raus", woher wusste Ben, dass ich bei Malte war?
„Ich bin schon auf dem Weg nach El Médano. Weißt du, wo er genau hin ist?"
„Er wollte Surfen gehen ..."
„Bei dem Sturm? Ist der lebensmüde?"
„Um sich abzureagieren."
„Warum muss er sich abreagieren? Evelyn! Was ist los? Warum antwortest du nicht auf meine Nachrichten? Es ist mir egal, ob du was mit ihm hast. Nein, es ist mir nicht egal ... hast du was mit ihm? Sag nichts, ich will nicht, dass du mich anlügst. Sag mir einfach nur, wo er jetzt ist! Den Typen schnapp ich mir."

Pozo

"P - O - Z - O, genau, José Marcos Pozo de Garrucha, ja da bin ich Ihnen sehr verbunden, wenn Sie mich noch auf die Liste ... danke, und ich komme dann vor Beginn auf die Plaza del Charco, um mich einzutragen, ... mmh ... dort wird dann die Absatzhöhe gemessen ... mindestens acht, höchstens zwölf Zentimeter, hab ich verstanden, und ein entsprechendes Outfit, selbstverständlich, *bueno, Adiós.*"
Pozo *also known as* Madame Rosa war stolz auf sich: Zum ersten Mal hatte er es gewagt, sich beim *Comité Organizador* für die *Mascarita Ponte tacón!* anzumelden, den berühmten Stöckelschuhlauf, einen Höhepunkt des Karnevals auf Teneriffa, wo Männer in Frauenkleidern, mit Perücken oder anderen fantasievollen Kostümen auf möglichst hohen High-Heels unter den Augen des grölenden Publikums einen verrückten Hindernislauf absolvierten.

Jetzt kam ‚Tarzan', wie Pozo den Deutschen Aktivisten für sich getauft hatte, wieder raus, sein Board unter dem Arm. Aber ohne Fräulein Jakob. Die waren doch eben erst angekommen, nach ihrer beschwerlichen Reise per Anhalter durch die Galaxis. Pozo musste immer noch Grinsen: Wie der Afrikaner ihnen da den fahrbaren Untersatz unter dem Arsch weggeklaut hatte. Ganz großes Tennis. Jetzt ließ ‚Tarzan' aber mal richtig den *Surfdude* raushängen. Ob er sie damit beeindrucken konnte? Was hatte der, was de las Casas nicht hatte? Pozo wunderte sich immer noch. Aber versteh einer die Frauen. Noch dazu die Deutschen. Noch dazu, wenn man sich wie ein Hornochse hatte abhängen lassen und eine Wissenslücke von circa fünfzehn Stunden mit sich herumschleppte. Da konnte ja alles passiert sein. Ihm war gestern Abend nichts anderes übrig geblieben, als vor dem Haus von de las Casas zu warten, wie so ein drittklassiger Privatdetektiv. Der Kommissar war dann irgendwann alleine aufgetaucht. Von ZP 2 keine Spur. Pozo hatte sich auf die Suche nach ihr gemacht, auf den Plätzen, in den einschlägigen Lokalen, überall, wo der Karneval tobte und einem die Musik fast das Hirn zwischen den Ohren wegpustete. Apropos: Ganz schön windig heute. Pozo war immer noch sehr zufrieden damit, wie er die knifflige Situation letztlich gelöst hatte. Mit diesem Internet. Vielleicht sollte er sich doch mal so ein *Startphone* zulegen? Sehr praktisch die Dinger. Aber da müsste er wohl noch ein paar Jobs für Mantilla erledigen, bis er sich das würde leisten können. Und so ging es ja auch. Er war in den nächstbesten Internetshop gegangen und hatte recherchiert. Der Schatten hatte doch den Verein von ‚Tarzan' erwähnt, diese *Unión Europea de Refugiados,* das hatte er sich gemerkt und die Webseite gesucht und gefunden. Dann musste er nur noch im *Aviso legal* nachsehen und bingo: *Datos Identificativos: Domicilio:* Postanschrift in El Médano. Da hatte er sich gleich heute morgen postiert und war reich belohnt worden. Zuerst war ZP 2 auf den Balkon getreten, ganz in Gedanken, wie ihm schien. Postkoital? Vielleicht. Dann waren die beiden Turteltäubchen abgedüst, Richtung Anaga. Der Rest war Geschichte. Wobei: Gar nicht so einfach, die Beschattung, weder im Wald noch beim Trampen. Sie hatten ihm fast schon leid getan.

Und was war das für ein schräger Anruf vorhin von de las Casas bei ihm? Pozo hatte sich ganz schön ins Hemd gemacht, als er den Namen gehört hatte, aber der wusste ja

ganz offensichtlich nicht, mit wem er verbunden war. War das ein Test? Wen wollte der Kommissar wirklich sprechen? Sehr verwirrend. Oder - ¡*Oh, dios mío*! - vielleicht war de las Casas schwul? - sehr sehr abwegiger, aber sich aufdrängender Gedanke: Hatte er da den leisesten Hauch einer Chance?! - Und war die Jakob deshalb auf und davon?
Ah, da war sie ja. Ganz aufgelöst. Orientierte sich Richtung Strand. Also nicht Richtung Playa de El Médano, dem kleinen Badestrand im Ort mit den Bars an der sogenannten Promenade, wo die Winterbrandung schon wieder den ganzen Sand abgetragen hatte und weiter an den Fundamenten nagte. Sondern nach rechts Richtung Playa del Médano. Zum großen breiten Sandstrand hin, wo die Surfer waren und die majestätische Montaña Roja im Hintergrund.
Pozo startete den Wagen und folgte ihr unbemerkt, überholte und parkte an der TF-643. Wegen des Sturms gab es überhaupt Parkplätze. Sonst war es hier oft so voll, dass die Busse Schwierigkeiten hatten, durchzukommen. Die letzten Familien und Kiter verließen gerade den Strand. Ihre Siebensachen fest an sich gedrückt. Ein paar Unglückselige rannten noch weggewehten Segeln oder Strandmuscheln hinterher. Pozo bekam nur mit Mühe die Autotür auf. Sand fegte ihm ins Gesicht. Er musste die Augen zusammenkneifen, um ZP 2 auszumachen. Ein kleiner heller Punkt. Es sah aus, als könnte auch sie einfach weggeweht werden. Alle Surfer waren inzwischen reingekommen. Alle bis auf ‚Tarzan'. Fräulein Jakob winkte. Sie sah verzweifelt aus. Was machte der denn auch noch da draußen? Ganz schön verwegen. Wahrscheinlich ein Superprofi. Pozo sah zum Turm der Wasserwacht rüber. Die rote Fahne flatterte aufgeregt im Wind. Aber der Turm war verwaist. Klar, bei dieser Wetterlage hingen die Strandwächter die Warnschilder raus und badeten ihre Hände in Unschuld. War ja auch immer noch Karneval. Da hatte man ja vielleicht was Besseres zu tun, als lebensmüde Surftouristen aus dem Wasser zu fischen. Pozo suchte nach Deckung. Er schlich etwas näher und versteckte sich hinter der Baracke einer Surfschule neben der

Holzkonstruktion der Wasserrettung. Sein Telefon vibrierte leise in seiner Brusttasche: Mantilla.
„Wo ist de las Casas?!"
„Äh, *Dottor* Mantilla, ich bin noch an ZP 2 dran ..."
„Was? Man versteht Sie nicht. Sie dürfen das Telefon nicht so in den Wind halten!"
Pozo drehte sich vom Strand weg und versuchte das Mikro mit seiner Jacke zu schützen:
„Tut mir leid, ich weiß nicht, wo ..."
In diesem Moment sah er den Kommissar. Er sprang gerade aus seinem Wagen und kam direkt auf Pozo zugestürzt. Pozo erschrak und zog sich weiter hinter die Baracke zurück. Aber de las Casas hatte ohnehin keine Augen für ihn. Sein Blick war auf den Horizont geheftet. Noch im Laufen zog er sich die Jacke aus und streifte sich die Schuhe ab. Er schnappte sich einen der beiden *life-guard* Jet-Skis samt Trailer, die unter dem Turm geparkt waren und rannte weiter damit Richtung Wasser. Pozo fragte sich, seit wann man die Dinger einfach so kurzschließen konnte, sofern man als Kommissar nicht einen Generalschlüssel für alle Rettungsfahrzeuge der *BOS*-Dienste hatte oder ob die Deppen von der *Salvamento y Soccorrismo* am Ende einfach den Schlüssel hatten stecken lassen ...
„Pozo, sind Sie noch dran?"
„Ja, äh, natürlich, *dottor* Mantilla, ich bin an der Playa del Médano, de las Casas hat gerade ein *moto de agua* der *FESS* entwendet, mit dem er sich in diesem Moment wie David Hasselhoff in die Fluten stürzt."

Ben

Ben hatte Evelyn noch aus dem Augenwinkel gesehen, bevor er sich mitsamt dem *Aquabike* den Wellen entgegen warf. Der Vulkankegel der Montaña Roja erhob sich schwarz und drohend im Gegenlicht des Sonnenuntergangs. Wolken rasten über den Himmel, dramatisch tieforange von unten angestrahlt. Bens Haare flogen im Wind. Gischt peitschte ihm ins Gesicht. Vielleicht bin ich selber

der ‚Herr der Stürme', dachte er. Gleich würde er den jungen Deutschen erreicht haben. Er rief ihm zu:
„Kommen Sie rein. Die Wellen sind zu hoch! Das ist kein Spaß mehr!"
Ben manövrierte sein Wasserfahrzeug hinter den *breaking point*. Eine riesige Welle baute sich auf und er sah, wie sich Malte bereit machte, sie zu surfen.
So ein Idiot, dachte er noch und fühlte wie die Wut, die er eben noch in sich gespürt hatte, abebbte und echter Sorge Platz machte. Als die Oberflächenspannung der Welle brach, hatte Malte sein Board noch nicht richtig in Stellung gebracht und stürzte. Ben verlor ihn sofort aus den Augen. Als er ihn wieder sah, trieb der Körper leblos im Wasser. Ben versuchte, die wenigen Augenblicke bis zur nächsten großen Welle zu nutzen, um den Surfer zu bergen. Gleichzeitig war er sich bewusst, dass der Jet-Ski nur bis zu einer Wellenhöhe von zwei Metern ausgelegt war. Es gelang ihm, den Mann mit einer Hand aus der Gefahrenzone zu schleppen und ihn dann auf das Rettungsfahrzeug zu hieven. Die nächste Wellenpause nutzte er, um an Land zu kommen.

Am Ufer sah er sie alle aufgereiht. Evelyn, die *Guardia Civil,* den Dicken - was für eine absurde Parade. Stehen da und halten Maulaffen feil.
"*¡Llame una ambulancia*!", rief er den Kollegen von der *Civil* zu, die sich gerade in Bewegung gesetzt hatten und auf ihn los marschierten. Voß hatte eine Kopfverletzung und war immer noch ohne Bewusstsein, wahrscheinlich hatte ihn sein eigenes Brett erwischt. Er legte den kraftlosen Körper vorsichtig auf dem Strand ab und begann sofort mit Wiederbelebungsmaßnahmen.
„*¡Paso atráz*! Treten Sie zurück!", befahl ihm einer der Gardisten.
Ben sah irritiert hoch und bemerkte, dass der ‚Kollege' gerade die Sicherung seines Waffenholsters öffnete. Ben stand ganz langsam auf und nahm die Hände hoch.
„Ist das ein Missverständnis?", fragte er.

„Kommissar de las Casas, Sie sind vorläufig festgenommen, es besteht der Verdacht auf versuchten Totschlag. Sie haben das Recht zu Schweigen …"
„Ich weiß, kümmern Sie sich dann bitte jetzt sofort um den Mann oder wollen Sie ihn hier so liegen lassen?", Ben versuchte soviel Autorität wie möglich in seine Stimme zu legen und sah den Militär-Polizisten dabei unverwandt an.

An der Straße hielt der Krankenwagen. Zwei Rettungssanitäter kamen mit Liege und Koffer zum Strand runter gelaufen. Ben atmete auf. Er war nass bis auf die Knochen. Er zeigte auf seine Sachen neben dem Turm der Wasserrettung.
„Kann ich die mitnehmen?"
Als er an Evelyn vorbei kam, deutete er ein Kopfschütteln an, es ist nicht so, wie es aussieht, sollte das heißen.
Der Gardist öffnete die Wagentür und ließ ihn auf dem Rücksitz einsteigen.

7. Kapitel

„La Vida Es Un Carnaval"

Todo aquel que piense
que la vida es desigual
Tiene que saber que no es así
Que la vida es una hermosura,
hay que vivirla
Todo aquel que piense
que está solo y que está mal
Tiene que saber que no es así
Que en la vida no hay nadie solo,
siempre hay alguien
Ay, no hay que llorar
Que la vida es un carnaval

Celia Cruz

Evelyn

Die Sonne schoss letzte Strahlen ab, bevor sie unterging und die Montaña Roja warf ihren gewaltigen Schatten auf den verlassenen Strand. Ich wusste gar nicht, was ich glauben oder denken sollte. Ich wusste nicht mal, was genau, ich da eben beobachtet hatte. Hatte Ben? Und was machte Rosa hier? Wieso sprach er mit den Polizisten? Und Malte? War er? Malte bewegte sich. Ich lief hin. Die Sanitäter hatten ihn zugedeckt, stabilisiert und die Kopfwunde versorgt. Ich kniete mich neben ihn und ergriff seine Hand:

„Malte, hey, wie geht's dir?"

„Schädel-Hirn-Trauma", sagte einer der Sanitäter, „der Patient sollte zur Beobachtung ins Krankenhaus."

„Nein", Malte richtete sich halb auf, „ist ok, ich bin ok, danke, ich glaube, ich kann nach Hause."

„Das ist dann aber auf Ihre Verantwortung", der Sanitäter sah ihn kritisch an, „achten Sie auf Alarm-Symptome. Bei erneuter kurzzeitiger Bewusstlosigkeit, Benommenheitsgefühl, Kopfschmerzen, Schwindel, Übelkeit mit und ohne Erbrechen sollten Sie sofort einen Arzt aufsuchen. Und", er wandte sich an mich, „er sollte die nächsten vierundzwanzig Stunden nicht alleine bleiben."

„Natürlich", nickte ich.

Wir suchten Maltes Schuhe und sein Handtuch. Das Board war im Wasser geblieben, es würde vielleicht später an diesem oder einem anderen Strand angeschwemmt werden. Ich musste Malte stützen und fragte mich insgeheim, ob seine Entscheidung, nicht ins Krankenhaus zu fahren, so klug gewesen war. Und wo war Rosa? Ich hätte seine Hilfe jetzt gut gebrauchen können. Aber der Dicke war nirgends zu sehen.
„Wir sind gleich da", es war wirklich nicht weit, bis zu Maltes Apartment.
Als wir angekommen waren, half ich ihm aus seinem Neoprenanzug:
„Es tut mir so leid. Ich glaube nicht, dass Ben ..."
„Moment mal, das da eben war der spanische Bulle? Dein Freund oder Ex oder was weiß ich?!"
„Mmh", ich klang verzagt.
„Der wollte mich umbringen!"
„Ich dachte eher, er hat dich gerettet ..."
„Das sehe ich aber ganz anders", Malte schob meine Hand von sich weg und sah mich zweifelnd an, „weißt du was, seit ich dich getroffen habe, habe ich eigentlich nur Scheiße erlebt."
„Du stehst noch ein bisschen unter Schock, deshalb ..."
„Nein, ich bin ziemlich klar und ich möchte, dass du jetzt gehst."
„Aber du darfst doch nicht alleine bleiben!"
„Ich glaube, ich bin ohne dich sicherer als mit dir!"
„Kannst du dann wenigstens Sascha oder irgendjemand anderen anrufen?"
„Lass das mal meine Sorge sein, nimm deine Tasche und tschüss."

Da stand ich nun mit meiner Tasche auf der zugigen kleinen miesen Promenade von El Médano. Wo verzweifelt versucht wurde, auch abseits der großen Zentren, richtige Karnevalsstimmung aufkommen zu lassen. Wenn einem nichts Besseres einfiel, probierte man es eben einfach mit Lautstärke. *„Yo te ando buscando como un loco por el mundo"* schallte ein Elektro-Salsa-Song über das Pflaster, ein grelles Neonschild pumpte dazu in epileptischem Rhythmus.

Ich hatte überlegt, den nächstbesten Flieger nach Hause zu nehmen, aber dann war mir eingefallen, dass ich ja wegen der Sache am Flughafen, die Auflage hatte, die Insel nicht zu verlassen! Also war ich in das erstbeste Hotel marschiert und auch gleich wieder raus, denn es war voll belegt. Das nächste genauso. Dann hatte ich alle möglichen Unterkünfte durchtelefoniert. Aber es gab einfach keine Zimmer. „Entschuldigung, Señora, es ist Karneval", hatte ich gefühlt hundert Mal gehört. Was tun? Fieberhaft ging ich meine verbleibenden Optionen durch. Aber ich konnte keinen klaren Gedanken fassen. Ich stand wahrscheinlich auch unter Schock. Malte hatte mich rausgeschmissen. Kein Wunder. Ben, mein Freund Ben, hatte ihn vielleicht umbringen wollen. Aus Eifersucht. Es war also meine Schuld. Und jetzt war Ben deshalb verhaftet worden? Wie hatte es soweit kommen können? Es war wahnsinnig laut. *„Loca, loca, loca. I'm crazy, but you like it"*, dröhnte der aktuelle Hit von Shakira aus dem Lokal hinter mir.
Ein junger Mann mit Halbglatze torkelte auf mich zu. Er war sehr schnell als deutscher Tourist auszumachen und fragte mich, ob ich eine coole Kneipe in El Médano wüsste. Ich verneinte und er bot mir ein Stück Toblerone an. Mein Kopf sprang wieder an und von irgendwoher echote es: „Wir haben einen schönen *Guestroom* hier im zweiten Stock" ... War das eine Lösung? Ich konnte die schrecklichen Schweizer fragen, ob ich bei ihnen unterkommen konnte, ein oder zwei Nächte, irgendwann musste es doch auch wieder freie Hotelzimmer geben. Immerhin waren es Freunde meines Vaters. Naja, eine Golfbekanntschaft ist noch keine Freundschaft und vorgestern hatte ich diese Bekanntschaft noch ganz weit von mir gewiesen, aber das war vorgestern gewesen. Eine andere Zeitrechnung auf einem anderen Planeten. Ich holte mein Handy raus und versuchte, die Nummer der Herrschaften Achberger auf Teneriffa rauszubekommen. Aber ich fand keinen Eintrag, der mich weitergebracht hätte. Der junge Mann mit den zu wenigen Haaren, schaute mich erwartungsvoll an. Er hatte wohl gedacht, ich googelte eine passende Lokalität, wo wir beide dann hingehen würden.
„Ok, danke, ciao", sagte ich und wandte mich ab.

„Wie, du willst schon gehen?“, fragte er leicht aggressiv nach, „Ich dachte, wir …“
„Nein, machen wir nicht“, ich ging schnell ein paar Schritte weiter, dann musste ich wohl oder übel in den sauren Apfel beißen und meinen lieben Vater anrufen. Mein Vater hob sofort ab.
„Hallo, Papa, …“
„Hallo, Eva, wo bist du denn, was ist denn das für ein schrecklicher Lärm im Hintergrund?“
„Ich bin auf Teneriffa.“
„Ach, ja, bei Bentagay, grüß ihn schön von mir, unbekannterweise.“
„Ja, nein, es ist …“, ich musste schlucken, die Tränen standen mir schon in den Augen.
„Ich versteh dich nicht, Liebes, ist es wichtig? Sonst telefonieren wir lieber morgen, wenn die Verbindung besser ist.“
Aus dem Augenwinkel sah ich, dass der deutsche Touri mich immer noch lauernd beobachtete.
„Nein! Bitte! Nicht auflegen jetzt!“
„Ja, natürlich nicht, was ist denn, du bist ja ganz aufgewühlt, habt ihr euch gestritten?“
„Ja, auch, aber es ist noch viel schlimmer und sehr kompliziert und verwirrend, was ich jetzt von dir brauche, ist eine Nummer. Kennst du einen Herrn Achberger? Ein Schweizer. Er sagt, er kennt dich vom Golfen, ein furchtbar aufgeblasener Typ …“
„Achberger, Achberger, …, lass mich überlegen, ach, ja, ziemlich reich, aber das sind ja alle Schweizer, eine Baufirma glaube ich, vielleicht gab es da einen Skandal, eine abgewendete Insolvenz, aber das will ich jetzt nicht beschwören. Und hast du seine Frau auch kennengelernt, meine Güte, ein ganz schönes Geschoss, wenn die was getrunken hat, …“
„Ja, leider, hast du die Nummer? Ich möchte Sie fragen, ob ich zwei Tage bei ihnen unterkommen kann.“
„Ach, herrje, so schlimm? Warte, ich schau mal … Ja, hier, siehst du, man weiß ja nie, wofür man jemanden mal braucht …“

Mein Vater schickte mir einen link mit dem Adressbucheintrag von Beat Achberger. Ich bedankte mich und versprach, ihn am nächsten Tag wieder anzurufen und ihm alles genau zu erzählen.
„Ach, nein warte, morgen ist schlecht, da hab ich den ganzen Tag diese Veranstaltung und das *Panel,* vielleicht ist übermorgen besser, ja, Schatz, Küsschen, pass auf dich auf."
Und weg war er.

„Hallo, Herr Achberger, Evelyn Jakob hier, mein Vater hat mir Ihre Nummer gegeben, ich soll Sie schön grüßen."
„Frau Jakob, das ist aber eine Überraschung, was kann ich für Sie tun?"
„Ich muss Sie um einen Gefallen bitten, ich befinde mich in einer schrecklichen Notlage. Meinen Sie, es ist möglich ... also, dass Sie mich für ein oder höchstens zwei Tage in Ihrem Gästezimmer ... äh chalet ... ich meine, wenn nicht, dann verstehe ich das natürlich ..."
„Achso, ja, einen, Moment, bitte, ich frag schnell 's Gritli ..."
Er hielt eine Hand vor den Hörer, trotzdem konnte ich noch gut verstehen, was er zu seiner Frau sagte, ihre Antworten hörte ich allerdings nicht.
„Schatz, da ist die kleine Jakob am Telefon, die vorgestern mit dem kanarischen Kommissar da war. Sie fragt, ob sie hier übernachten kann ... Ja, eine Spionin, das hab ich auch gedacht, aber vielleicht können wir andersrum rauskriegen, was die Polizei weiß, ... ja, mach ich, ... Frau Jakob, sind Sie noch dran?"
„Ja, natürlich, ich ..."
„Selbstverständlich kommen Sie vorbei, der *Guestroom* ist die ganze Woche unbelegt. Wir freuen uns. Wir sind übrigens gerade auf dem Sprung nach Puerto della Cruz, zur *Mata Culebra,* ein ganz putziger Karnevalsbrauch hier, das wird Ihnen gefallen, wollen wir uns gleich da treffen?"
„Ich bin leider noch auf der anderen Seite der Insel, und ohne Auto, da brauche wahrscheinlich so zwei Stunden bis nach Puerto, sind Sie dann noch da?"

„Gewiss, meine *Natel*nummer haben Sie ja, damit wir uns in dem Trubel finden."

Ignacia

„So, ich fahr jetzt den Computer runter und dann ist Schluss für heute", Ignacia schaute amüsiert zu Goméz. Der auf der anderen Seite des Raumes zwei Stühle zusammengeschoben und sich darauf ausgestreckt hatte. Es sah maximal unbequem aus, aber er schlief wie ein Baby. León lehnte mit verschränkten Armen am Empfangstresen:
„Du weißt doch, dass de las Casas seine Freundin zu Besuch hat …"
„Na, und? Ich kann ja nicht ewig warten, bis der Chef so gnädig ist, sich nochmal zu melden", sie nahm einen kleinen Spiegel aus ihrer Handtasche und zog sich die Lippen nach.
„Und was machen wir jetzt mit dem angebrochenen Abend?", fragte León ehrlich interessiert.
Ladesma kam aus ihrem Büro.
„Na", fragte León, „hast du bei den Puffs was rausgefunden?"
„Nee", Ladesma schüttelte den Kopf, „ich war im Tantric Queen, im Canarian Hot Girls und im Sirenas - nichts Verdächtiges. Auf dem Weg nach Hause werde ich gleich nochmal in Los Abrigos vorbeischauen".
„Das Planet S neben dem Lidl?"
„Du kennst dich ja echt gut aus, Rafael."
Ignacia verdrehte die Augen, stöhnte gespielt und setzte sich wieder hin.
„Ja, deshalb wundere ich mich, wieso der Chef dir die Aufgabe gegeben hat und nicht mir?"
„Keine Ahnung, warum", sagte Ladesma und vermied es, den Kollegen dabei anzuschauen.
„Sag mal im Ernst, Elene, was ist eigentlich los? Du warst doch mit ihm unterwegs heute. Hast du seinen Blick vorhin gesehen? Irgendwas ist doch … er hat so misstrauisch ausgesehen plötzlich …"

Ignacia hatte sich wieder an ihren Computer gesetzt und tippte irgendwas, jetzt sah sie hoch und bemerkte:
„Du bist doch sonst nicht so feinfühlig, Rafael."
„Ignacia, mach dich nur lustig, es geht hier immerhin um meinen Chef. Aber ich kann mir auch schon denken, was ist. Es sind die Russen. Die wollten uns in die Pfanne hauen mit ihrem Gutschein. Und das ist ihnen auch wunderbar gelungen. Wir müssen was unternehmen! Vicente, wach auf!"
Goméz fiel fast von seinen Stühlen, war aber sofort auf den Beinen und schnarrte:
„Was liegt an?"
„Kommando Ehrenrettung!"
„Rafael, was wollt ihr denn machen? Denk doch einmal nach, bevor du losrennst. Und Elene, sieh mal hier. Ich glaube, du solltest eher an einem abgelegeneren Ort schauen."
„Mh?"
„Die Etablissements, wo man Zwangsprostituierte vermuten würde, sind die an entlegenen Standorten. Und mit extremen Sicherheitsmaßnahmen. Elektronische Überwachung, vergitterte Fenster, gesicherte Türen ..."
„Wie das Temptation", sagte Goméz als hätte er die ganze Unterhaltung von Anfang an mitbekommen.
„Ganz genau", sagte Ignacia und drehte den Monitor so, dass er für Ladesma einsichtig war, „Das Temptation ... beste Erholung für Herren auf Teneriffa ... *ambiente de relax* ... diskrete Atmosphäre, in der all Ihre Fantasien Wirklichkeit werden können ... breite Service-Palette ... die private Parkplatzeinfahrt gewährleistet die absolute Diskretion."
Ladesma ließ ein anerkennendes Schnalzen hören:
„Ey, Ignacia, das ist ein super Hinweis. Da fahre ich gleich mal hin. Du solltest dich für den höheren Dienst bewerben. Kein Scheiß."
„Wird das jetzt so eine Art Frauenpowerverbrüderung?", León hatte sich neben Ladesma gestellt, um auch auf den Bildschirm sehen zu können.
Bevor sie antworten konnte, klingelte Ignacias Diensttelefon, sie schaute genervt auf die Uhr und hob ab:

„Ríos … aha … ja … danke für die Info, ich schulde dir was.“
Alle sahen sie aufmerksam an.
„Eyadou Hamid ist verhaftet worden.“
„Wer ist denn das?“, fragte León.
„Das ist einer der Flüchtlinge, die sich in den Wald abgesetzt hatten.“
„Und?“
„Er hat versucht, sich Zutritt zu einem Bordell zu verschaffen. Und dreimal dürft ihr raten, zu welchem!“

Evelyn

„*¡Mátala, negro!*“, schrie ein kleiner Junge und ließ die Peitsche knallen. Er hatte einen riesigen Rauschebart ans Kinn geheftet und einen roten Umhang mit einem gelben Stern um die schmalen Schultern.
„Ich werde sie nicht töten, Meister. Ohje, wie sehr ich mich fürchte. Schauen Sie diese Zähne an, die sehen aus wie Stecknadeln“, antwortete ein anderer Junge. Sein Gesicht und die dünnen Beine waren bis zu den Knöcheln schwarz angemalt. In der einen Hand hielt er eine Holzschlange in der anderen ein Schwert. Auch er hatte einen Umhang und einen Strohhut, der vorne mit einer roten Blume verziert war.
"*¡Maldito negro!*“
Die beiden standen in einem Kreis aus Kindern, Mädchen und Jungen, alle weiß gekleidet, mit Hüten und Blumen, Gesichter und Beine schwarz angemalt. Sie hatten Rasseln in der Hand und Holzschwerter am Gürtel und sangen jetzt im Chor:
„*¡Calabazón, son, son*! Rassel, rassel, Kürbisrassel!“
Ja, das *matar la culebra,* das Töten der Schlange, kann einem auf den ersten Blick echt *strange* vorkommen. So ging es mir jedenfalls, als ich da an der Plaza del Charco mitten in Puerto de la Cruz mit meiner Reisetasche stand und nach Gritli und Beat Achberger Ausschau hielt. Ich hatte mich auf dem Weg dorthin schlau gemacht und gelesen, dass es sich um ein altes afrokubanisches Ritual handelte. Ein

weiterer Karnevalsbrauch, den Rückkehrer Ende des 19. Jahrhunderts von der Karibikinsel auf die Kanaren gebracht hatten und der vor ein paar Jahren hier mit Schulkindern als nationales Erbe wiederbelebt worden war. Der schwarze Sklave soll mit der Peitsche dazu gebracht werden, die gefährliche Viper zu töten. Er weiß zunächst nicht, wovor er sich mehr fürchten soll, aber er überwindet seine Ängste und ersticht das Reptil. Die Schlange ist dabei nicht nur das Symbol für die Macht des Bösen an sich. Sie steht hier auch für die Ausbeutung der Schwarzen im Sklavensystem Kubas!
Der Vorarbeiter mit dem falschen Vollbart knallte noch ein paar Mal bedrohlich seine große Peitsche auf den Asphalt, bis der schwarze Matador zum tödlichen Hieb ausholte, um den Kopf der vielleicht vierzig cm langen, schwarzen Holzschlange zu durchbohren. Der Chor sang zum Abschluss einen Neckreim: „Mariquilla *está mala, ña, ña, ña, y se fue a la botica, ña, ña, ña, por ungüento volante, ña, ña, ña*“, irgendwas mit einer Apotheke und einer Salbe - ich musste an Ben denken. Ben, wo war er jetzt, wie ging es ihm? Würde er auch sagen, dass er nur Scheiße erlebt hatte, seitdem er mich kannte? Vielleicht gab es gegen mich ebenfalls einen potenten Zauber, eine weitere Buttersalbe seiner Mutter? Wieso hatte er eigentlich einen Gegenzauber gebraucht?
Die Kinder gingen jetzt mit den Hüten rum und sammelten Geld ein.
„Da sind Sie ja“, Achberger kam braun gebrannt und strahlend auf mich zu und zog mich durch die Menge zu seiner Frau, die dem bunten Treiben applaudierte, bis die Parade weiterzog. Vorneweg ein Kind mit einer roten Fahne danach zwei Trommler, die den Rhythmus vorgaben, dann der Rest mit lautem Gesang:
„Aquí vamos los negritos, para matar la culebra.“
„So herzig, die Kleinen, finden Sie nicht?“, wandte sich Frau Achberger jetzt mit einem affektierten Lächeln an mich. Sie roch leicht nach Alkohol.
„Ja“, sagte ich, in Gedanken immer noch bei den Salben und Zauberformeln, die hier anscheinend mehrfach den Atlantik überquert hatten.

„Gut, dass sie die Vorführung ein paar Mal an verschiedenen Plätzen der Stadt wiederholen, sonst hätten Sie es verpasst. Sind Sie jetzt wirklich mit dem Bus?"
„War nicht so schlimm", log ich. Von der Promenade in El Médano hatte ich zwei Busse bis zum *Intercambiador*, dem großen Busbahnhof von Santa Cruz, genommen und von da fuhr die Linie 102 direkt zur Plaza del Charco, jedenfalls normalerweise, heute mussten alle wegen des Andrangs schon eine Station vorher aussteigen. Ich kam mir sehr unhandlich vor mit meiner Reisetasche und dachte, nur gut, dass wenigstens der schwere Bembel nicht mehr drin war.
„Sie müssen ja halb verdurstet sein, lassen Sie uns bei Rodrigo was trinken gehen."
Wir gingen Richtung Marina, über einem Ecklokal prangte der Neonschriftzug ‚El Cid', die Achbergers wurden freundlich, fast schon untertänig begrüßt.
„Zeit für einen *Apéro*, oder, Schatz?", fragte Achberger seine Frau und kurze Zeit später standen auch schon drei randvolle, minzgeschmückte Gläser vor uns.
„Das ist ein Primo-Spritz, mit weißem Wermut aus Lanzarote, der wird aus *Malvasia Volcánico* gemacht!", klärte mich Achberger kennerhaft auf.
„*Santé*, Fräulein Jakob!", sagte Frau Achberger mit gespitzten Lippen und erhob ihr Glas.
„*Viva*, zum Wohl!", erwiderte ihr Mann.
„Sie arbeiten doch für Kommissar de las Casas, mein Mann sagte mir, es habe einige Missverständnisse mit der hiesigen Polizei gegeben. Hat der Herr de las Casas da noch was erwähnt, nach dem Sie bei uns waren?", fragte jetzt Frau Achberger ohne Überleitung. Sehr direkt die Dame.
Ich versuchte, das Aperitifglas so lange wie möglich am Mund zu behalten, und mir in der Zeit eine gute Antwort zu überlegen.
„Nein, das war eine einmalige Sache mit Herrn de las Casas."
Das klang so, als wäre Ben für mich eine einmalige und vor allem eine ehemalige Sache. Schrecklich.
Herrn Achberger schien meine Aussage zu beruhigen, seine Frau war noch nicht zufrieden:

„Ich meine, so ein Durchsuchungsbefehl ist ja keine Kleinigkeit."
„Gritli, ich hab das doch schon mit dem Vizegouverneur."
„Ja, ja, du hast vermeintlich schon wieder alles geregelt, und wenn es nicht so ist?", sie winkte dem Kellner wegen einer zweiten Runde *Apéro*, ihr Mann schaute besorgt.
Ich versuchte, das Thema zu wechseln:
„Es ist doch faszinierend, wie sich im Karneval die Interkulturalität der kanarischen Bevölkerung zeigt. Also die Kanaren im Spannungsfeld zwischen Afrika und Mittelamerika sozusagen."
„Die Studierten können einem aber auch wirklich alles verderben", sagte Frau Achberger zu niemandem bestimmten und rülpste leise.
Herr Achberger war sehr peinlich berührt vom Benehmen seiner Frau:
„'S Gritli verträgt nicht so viel, nicht wahr, *Schnügel*?"
Ein Blick voller Verachtung traf Achberger, der sich davon in keinster Weise beeindruckt zeigte und stattdessen auf meinen Konversationsversuch von eben einging. Wir plauderten eine Weile angeregt, bis Frau Achberger für sich einen dritten Aperitif bestellte.
„Liebling, vielleicht solltest du ..."
„Du sagst mir nicht, was ich sollte und was nicht", sie lachte böse auf.
„Aber ich will dich beschützen, *Härzli*, wie immer."
„Ach ja, beschützen nennst du das, unterdrücken willst du mich, klein halten, du hast das doch gemacht, weil du eifersüchtig warst, nicht, um mich zu beschützen. Zack, mit dem Schwert durch den Kopf."
„Ich habe gedacht, du wirst angegriffen", sagte Achberger leise erbittert.
„Schauen Sie sich diese falsche Schlange an, Fräulein Jakob, ja, in Wirklichkeit bist du eine falsche Schlange, Beat, wie bei den Karnevalskindern, die *culebra*! Die Schlappschwanzschlange."
„Ach, *das isch guet*, wer ist denn die falsche Schlange hier, *hä*? Treibst es hinter meinem Rücken, mit dem Afrikaner. Und vorne rum immer die feine Frau Achberger, die nur Geringschätzung übrig hat für die Ausländer."

Frau Achberger kippte ihr drittes Glas Primo-Spritz in einem Zug hinunter:
„Es geht doch nichts über einen *Apéro*", sagte sie.
Hatten die mitgekriegt, was sie da eben gesagt hatten? Und das ich mit am Tisch saß?
Achberger lachte jovial:
„Wir machen nur Spaß."
Ich suchte ganz dringend nach einer Ausrede, warum ich jetzt doch nicht mehr bei den Achbergers unterkommen müsste. Ich schielte nach der Toilette, vielleicht könnte ich einfach hinten durchs Fenster verschwinden?
„Ich müsste mal ganz kurz", ich zeigte auf einen Pfeil, der mit WC beschriftet war.
„Ach, das ist nicht so sauber hier, wir sind gleich zu Hause, da haben Sie's angenehmer. Rodrigo? *¡La cuenta, por favor!*", Achberger hatte schon sein Portemonnaie gezückt und lächelte. „*Chömer?*", sagte er in einem gewählt neutralen Tonfall zu seiner Frau.

Rafael, Ignacia, Vicente & Elene

León saß im Auto gegenüber der ‚privaten Parkplatzeinfahrt', die ‚absolute Diskretion' versprach. Er hatte außerhalb des Lichtkegels einer Laterne geparkt, dabei aber gute Sicht auf den Haupteingang des unscheinbaren Gebäudes mit den vergitterten Fenstern im Hochparterre. *Latin Pop* drang gedämpft nach draußen, irgendwas von Ricky Martin, aber so leise, dass man gleichzeitig noch die lauten Ventilatoren der *Aircondition* auf dem Hof hören konnte. Der Sturm hatte alle Wolken weggefegt, es war sternenklar und ziemlich frisch auf sechshundert Metern über dem Meer oberhalb von San Lorenzo.
Zusammen mit Ladesma und Ignacia, die es sich nicht hatte nehmen lassen, mitzukommen, beobachtete er, welche Wagen auf den abgeschirmten Hof fuhren. Sie hatten auch die Einfahrt im Blick, waren aber selber für den Parkplatzwächter nicht zu sehen. Es herrschte Hochbetrieb, die Schranke ging in einem fort auf und zu, aber bis auf die Autos war die Straße davor menschenleer.

Der Plan war schnell gemacht gewesen. Vielleicht ein bisschen zu schnell, denn er war weder vernünftig noch rechtlich abgesichert und de las Casas würde sie alle in der Luft zerreißen, wenn er davon erführe. Andererseits sollte er unbedingt davon erfahren. Jedenfalls von dem Ergebnis. Denn sie zogen das Ganze ja schließlich durch, um ihre Ehre als Polizisten wieder herzustellen. Eine klassische Zwickmühle. Darum könnten sie sich aber später kümmern. Alle waren sich einig gewesen, dass es nur um eine erste Sondierung gehen sollte. Auf keinen Fall würden sie in irgendeiner Weise eingreifen, oder sich den Bordellbetreibern gegenüber als Polizisten zu erkennen geben.
Goméz meldete sich übers Mobiltelefon. Sie hatten ihn *undercover* in zivil reingeschickt. León war aus bekannten Gründen nicht in Frage gekommen. Zuerst hatte sich Goméz gesträubt, dann schien ihm die Rolle des Protagonisten aber doch auch ein wenig zu gefallen.
„Ich hab jetzt nach ‚*brown sugar*' gefragt, wie du gesagt hast, und die Dame des Hauses hat vielversprechend mit den Augen geklimpert, „Worauf muss ich denn jetzt achten?"
„Geh auf keinen Fall ein Risiko ein, Vicente", Ladesma hatte sich vom Rücksitz nach vorne gebeugt, um in Leóns Telefon sprechen zu können.
„Wie besprochen, du gehst mit dem Mädchen aufs Zimmer und gibst dich ihr als Polizist zu erkennen …"
„Aber pass auf, dass der Raum nicht videoüberwacht ist, Vicente", sagte Ignacia und handelte sich einen überraschten, anerkennenden Seitenblick von León ein.
„Und wenn es keine Zwangsprostituierte ist?", fragte Goméz.
„Es müsste eine von den drei Flüchtlingen sein, ich bin sicher, du erkennst sie von den Fotos, die wir angesehen haben. Die Fotos der GC sind nur ein paar Tage alt, du musst dir halt die zwei Kilo Schminke, die jetzt wahrscheinlich drauf sind, wegdenken", Ignacia kannte sich mit Schminke aus. Aber offensichtlich auch noch mit ein paar anderen Sachen, die man ihr auf den ersten Blick nicht ansah.
„Bis du nicht die Richtige hast, frag nach jüngeren oder Frischfleisch."

„Das ist eklig, Rafael."
„Ja, du schaffst das."
„Ok, sie kommen, ich glaube, das ist eine von denen, sie setzt sich jetzt zu mir, ich muss Schluss machen."
León nahm das Telefon runter und sah im selben Moment, wie der aufgemotzte, schwere Wagen von Kurassow auf den Hof fuhr.
„Scheiße!"
„Was ist denn?"
„Der Russe hat uns beide im Hafen gesehen, der erkennt Goméz doch und dann kann er eins und eins zusammenzählen."
„Theoretisch könnte Goméz doch durchaus in seiner Freizeit in den Puff gehen, ich meine, du scheinst das doch auch zu machen, Rafael ..."
„Theoretisch bin ich der Papst, Elene. Also, nein, ich meine nicht, dass der Papst in den Puff geht, *Dios no quiera,* aber ..."
„Ich geh rein", sagte Ignacia.
Alle starrten sie an.
„Ich geh rein und hol ihn da raus."
„Wie ...?"
„Ich denk mir was aus. Ruf du Verstärkung, Rafael, er hat das Mädchen ja schon erkannt. Ich glaube wir haben genug für eine kleine Razzia."

Als Ignacia den schummrigen Raum betrat, war Goméz an der Theke schon von drei breitschultrigen, ungemütlich dreinblickenden Männern umzingelt. Ignacia steuerte direkt auf die Gruppe zu und schrie:
„Da bist du, Vicente! Komm du mir nach Hause, du Hurensohn! Wir warten zu Hause mit dem Essen und du treibst dich wieder in den Puffs rum! Womit hab ich das verdient? Einen Ehemann, der zu den Huren geht? Seh' ich aus, wie eine, die man mit einer Nutte betrügt, *Amigo*?", den letzten Satz hatte sie einem der Russen entgegengeschleudert, eine Hand in die Hüfte gestemmt und dabei ihre wilden Locken nach hinten geworfen. Ohne eine Antwort abzuwarten, schnappte sie sich den verdatterten Goméz und zerrte ihn weiter zeternd zum Ausgang.

„Ey, du hast noch nicht bezahlt!", rief die Barfrau hinter ihm her. Goméz, der jetzt wieder voll dabei war, warf schnell zwei Fünfziger auf den Tresen und beeilte sich, zusammen mit Ignacia, das Lokal zu verlassen. Sie waren noch nicht ganz zur Tür raus, als es hinter der Theke unruhig wurde. Die Puffmutter hatte gerade den Tipp bekommen, dass eine Razzia bevorstand.
„Schnell, raus hier", sagte Ignacia. Sie liefen zum Auto und alarmierten die anderen beiden.
„Kommt, wir müssen sie am Hinterausgang abpassen, die wissen schon Bescheid."
„Was? Das gibt's doch nicht!", León war mit einem Satz auf der Straße, „Auf dem Hof gibt es einen versteckten Ausgang und einen Lieferanteneingang, aber ohne Durchsuchungsbefehl kommen wir nicht an dem Parkplatzwärter vorbei."
Unten an der Straße leuchteten Scheinwerfer auf.
„Sind das die Kollegen?", fragte Ladesma und kletterte vom Rücksitz nach draußen.
„Nein, wo bleiben die denn, Rafael", drängelte Ignacia.
Aber Ladesma war dem ankommenden Wagen schon entgegen gesprintet, präsentierte ihre Dienstmarke und nötigte den Fahrer anzuhalten. Sie hielt Ignacia und León die hintere Tür auf und quetschte sich selber dazu. Goméz in zivil durfte vorne einsteigen, die anderen duckten sich hinter die Vordersitze.
„Fahren Sie da rein", befahl Ladesma dem Fahrer.
Der Fahrer der Limousine gehorchte und wurde vom Parkwächter ohne weiteres eingelassen.
„Parken Sie da hinten, in der dunklen Ecke und dann bleiben Sie hier im Wagen, Ignacia, du bleibst auch hier drin", Ladesma duldete keine Widerrede. Sobald das Auto zum Stehen kam, sprangen die drei raus und zogen ihre Waffen. Keine Sekunde zu früh, denn im selben Augenblick kamen die drei Mädchen begleitet von Iyanla und zwei Russen zum Lieferanteneingang raus.
„Hände hoch", schrie Ladesma. Goméz und León waren sofort an den Männern dran, die gar nicht dazu kamen, ihrerseits die Waffen zu ziehen.

„Sie sind verhaftet, Sie haben das Recht zu schweigen, … *a no declarar contra sí mismo y a no confesarse culpable …*"
Ignacia hielt es nicht länger aus und kam aus dem Auto, um sich um die drei Mädchen zu kümmern und einen Krankenwagen zu rufen. Im Hintergrund waren jetzt die Sirenen zu hören. Ladesma legte Iyanla Handschellen an. León sagte halb ehrfürchtig halb im Scherz:
„Vorsicht, Elene, die Dame kann Fluch."
Ignacias Telefon klingelte, sie ging ran und wurde ganz blass:
„De las Casas ist verhaftet worden, der Vorwurf lautet auf versuchten Totschlag. Er braucht sofort einen Anwalt!"
Iyanla starrte León triumphierend an und spuckte vor ihm aus.

Pozo

Martes de carnaval, Faschingsdienstag und Pozo summte leise seinen Karnevalslieblingsohrwurm *„La vida es un carnaval"* von Celia Cruz vor sich hin. Er hatte ein schlechtes Gewissen. Aber warum? Er hatte doch alles richtig gemacht, oder? Auftragsgemäß. Beobachtet, berichtet, Informationen eingeholt und abgegeben, sich eingeschleimt und angeschlichen, er hatte ausspioniert und Gerüchte gestreut, Verkleidungen angelegt und Zeugnis abgelegt, Sachverhalte angenommen und zu Protokoll gegeben. Nachgedacht und Schlüsse gezogen. Er hatte ZP 1 und 2 im Auge behalten, bis sie genug gegen beide in der Hand hatten. Ja, sogar die selbstlosen Bemühungen des untadeligen Kommissars ließen sich ins Gegenteil verkehren und gegen ihn verwenden. Und genau das war das Geschäft von solchen Leuten wie Mantilla, die im Auftrag von ranghohen Politikern oder wohl teilweise auch mit eigener Agenda, sowohl aus politischem wie materiellem Interesse Parteifreunde, Kontrahenten und auch die Opposition ausspionieren ließen und teilweise gezielt kriminalisierten. Natürlich hatte Mantilla auch Pozo in der Hand. Die Sache damals, die ihn seine Stelle gekostet hatte. Der Geheimnisverrat, wie dumm kann man sein, jung und

verliebt, dick und schwul, Pozo seufzte. Das hatte zwar zu seiner Suspendierung geführt, es hatte jedoch keine Anzeige gegeben. Laut Mantilla eine Sache, die man jederzeit nachholen konnte.
Aber "*la vida es un carnaval y las penas se van cantando*", Das Leben ist ein Karneval und die Sorgen vergehen singend, tja. Wenn Pozo ganz unvoreingenommen nachdachte, dann musste er zu dem Schluss kommen, dass de las Casas alles richtig gemacht hatte. Er war integer, bescheiden, unbestechlich, klug, fleißig, beharrlich, meistens freundlich, viril, männlich, gut gebaut und diese Grübchen! Die Grübchen waren auf jeden Fall strafwürdig. So ein Lachen sollte verboten werden. Erregung öffentlichen Ärgernisses. Pozo seufzte nochmal, dafür kam man aber nicht in Untersuchungshaft. Genau dort schien er aber allem Anschein nach immer noch zu sein. In Gewahrsam. Zu Hause war er *de facto* nicht. Pozo wartete mal wieder *como un tonto* vor der Tür des Kommissars, weil er keinen Zugang zu Polizeiinterna hatte. Die Fährte von ZP 2 war ebenfalls *perdu*. Nachdem er gestern bei den Kollegen seine Aussage gemacht hatte, war sie nicht mehr da gewesen. Weder am Strand, noch bei ‚Tarzan', das hatte er nachgeprüft, in keiner guten Verfassung der Knabe übrigens, aber auch kein Wunder. Die Jakob jedenfalls wie vom Erdboden verschwunden.

Eigentlich wollte sich Pozo heute den ganzen Tag frei nehmen, natürlich sowieso heute Abend für den Stöckellauf, für den er sich schon angemeldet hatte, aber auch heute Nachmittag für den großen *Coso*, den Höhepunkt des Straßenkarnevals in Santa Cruz. Zu diesem Zweck war Pozo auch schon in Schale geworfen. Und er war besonders stolz auf seine Verkleidung heute. Trotzdem hatte ihn das schlechte Gewissen dann doch nochmal vor die Tür des *comisarios* von der traurigen Gestalt getrieben, aber er würde seine Zelte jetzt abbrechen. Er hatte seine Schuldigkeit fürs Erste getan und der Karneval forderte seinen Tribut. Pozo kletterte, so behände wie der enge Latexanzug ihm das erlaubte, in sein kleines Auto, betätigte den Anlasser und bemerkte im selben Moment, wie de las Casas auf den

kleinen Platz einbog. Der Kommissar wirkte unendlich müde. Es tat Pozo in der Seele weh, ihn so zu sehen. Er schaltete den Motor wieder aus und war fest entschlossen, hinzugehen und alles zu beichten. Also vielleicht nicht alles. Aber ... sein Mobiltelefon klingelte lautlos.
„*¡Diga!*"
„Evelyn Jakob hier."

Evelyn

„Ich hab dich gesehen. Am Strand. Du hast mit den Polizisten geredet. Du hast denen was gesagt und dann haben sie Ben verhaftet."
„Äh."
„Du hast dich absichtlich an mich rangemacht, um Ben was anzuhängen, stimmt's?!"
„Nein, ich ... Wie kommst du denn ..."
„Wenn das Bild nicht gestern schon etwas zu inflationär gebraucht worden wäre, würde ich dich jetzt eine falsche Schlange nennen!"
Pozo nahm für einen Moment überrascht sein Telefon vom Ohr und starrte an sich herunter. Die große Plüschanakonda, die zu seinem Kostüm gehörte und die sich um seinen Leib ringelte, starrte zurück.
„Wo denn gestern?"
„Das führt jetzt zu weit ... besser gesagt, führt es dich jetzt hierher, um mich abzuholen."
„Was?"
„Ich komme hier nicht alleine raus. Die haben mich eingesperrt."
„Wer?"
„Kannst du nur noch in Fragewörtern sprechen? Die Achbergers!"
„Die *„Ajberghés"*, was soll das sein? Egal, ich habe sowieso jetzt keine Zeit, tut mir leid, ich muss zum *Coso*!"
„Wohin?"
„Zum *Coso*, der große *Coso*! Hast du immer noch nichts über den Karneval von Santa Cruz gelernt?"

„Du kannst mich mal mit deinem Karneval! Hier brennt die Hütte, hier ist Gefahr im Verzug. ¡*Ayuda*! ¡*Alarmas*! ¿*Entiendes*? Entweder, du kommst oder ..."
"Oder was? *No me importa un pimiento.* Und ich wüsste nicht, womit du mich zu irgendetwas zwingen könntest."

Ja. Nein, das konnte ich nicht. Dafür wusste ich inzwischen, wer Issa Touré umgebracht hatte. Aber das würde ich dieser aufgeblasenen Person nicht am Telefon verraten. Hundert Prozent ließ Rosa mich dann hier versauern und schmückte sich selber mit den sachdienlichen Hinweisen oder - und das war viel wahrscheinlicher - betonierte meine Informationen irgendwo ein, wo sie niemand finden würde, wahrscheinlich direkt neben mir. Ich meine, hatten die Achbergers nicht eine Baufirma? Und war das nicht die übliche Art jemanden verschwinden zu lassen, der einem unbequem geworden war. Ich horchte kurz, ob Beat schon den Betonmischer angeschmissen hatte. Da das mit dem ins Meer schmeißen ja in letzter Zeit nicht so gut geklappt hatte, würde er bestimmt wieder zu bewährten, traditionellen Methoden übergehen. Und dass die mich nicht so einfach wieder abreisen lassen würden, war ja inzwischen irgendwie klar geworden: Nachdem ich am Morgen in einem antiken, reich verzierten Doppelbett mit nigelnagelneuer Matratze wach geworden war und mich kurz orientiert hatte: Stilvoll eingerichtetes *Finca*zimmer. Antiquarische Möbel aus der Kolonialzeit Teneriffas, ein Strauß selbstgepflückter Blumen auf der Anrichte. Ein alter Waschtisch als Deko. Natürlich ich war bei den Schweizern, bei Gritli und Beat. Sie hatten mir gestern Abend beim Willkommensdrink im *Chalet* noch das Du angeboten. Aber als ich an der schweren Eichentür rüttelte, war sie abgesperrt. Weiteres Rütteln und Rufen waren komplett ins Leere gelaufen. Keine Reaktion. Ich war verzweifelt. Das Zimmer lag im ersten Stock. Wenn ich aus dem Fenster springen würde, riskierte ich mindestens einen Knöchelbruch. Und dann? Dann war mir Rosa eingefallen. Zum Glück hatten sie mir mein Handy nicht abgenommen.

„Doch, Rosa, du hast ein weiches Herz!"
„Ach ja, woher willst du das wissen? Du hast nämlich ganz sicher keins! Dein Freund ist unschuldig in Untersuchungshaft beziehungsweise gerade nach Hause gekommen. Einsam, verlassen, gebeugt, wie ein geprügelter Hund oder eine streunende Katze oder ein Küken, dass aus dem Nest gefallen ist! Und dein anderer Bekannter liegt alleine mit einer Gehirnerschütterung zu Hause! Du hast *tabula rasa* gemacht, sehr gründlich sogar! Kannst du mir erklären, wieso du diesen Teufelskerl von einem *Tinerfeño* verlassen hast? Was denkst du dir eigentlich? Dass solche Prachtexemplare überall am Straßenrand auf dich warten? Ph!"
„Du hast doch gesagt, ich soll aufpassen ..."
„Du kannst doch nicht einfach machen, was ich dir sage, wo kommen wir denn da hin?"
„Kommst du jetzt, oder nicht?"
„Wo hin denn?"
„Nach Tacoronte, also in die Nähe, glaube ich ..."
„*Dios mío*, du weißt nicht mal, wo du genau bist?"
„Ich schick dir einen *pin*."
„Einen was?"
„Wie arbeitet ihr Möchtegern-Polizeispitzel eigentlich?"

Pozo

„Ich stehe vor dem Tor, es ist zu."
„Ja, natürlich ist es zu. Du musst irgendwie reinkommen."
„Kann ich klingeln?"
„Ja, aber das wird nichts nützen. Die sind auf und davon."
„Und wie hast du dir das vorgestellt?"
„Das du irgendwo über die Mauer steigst, oder so, du bist doch Privatdetektiv, oder?"
„Ja, aber doch nicht mit dem Kostüm!"
„Welches Kostüm?"

„Oh, Gott, wie siehst du denn aus? Was soll das denn für ein „Kostüm" sein?"
„Das ist mein Eva-Kostüm, das sieht man doch."

„Ja, äh, willst du nicht vielleicht was drüberziehen?"
„Ich hatte was drüber, aber das ist im Gestrüpp hängen geblieben, als ich über die Mauer geklettert bin."
„Soll ich dir was von mir leihen?"
Pozo verdrehte ungeduldig die Augen:
„Ich glaube nicht, dass wir dieselbe Größe haben, *querida*. Willst du jetzt runter kommen, oder was?"
„Wie denn?"
„Kannst du nicht ein paar Laken zusammen knoten? So machen die das doch in den Filmen immer."
„Ich kann mich dir auch an den Hals werfen, deine aufgeplusterten Riesenmöpse funktionieren bestimmt auch als Sprungkissen."
Pozos hautenger Latexanzug war vorne mit sehr großen Gummibrüsten bestückt, die lustig auf und ab hüpften, wenn er lief und das Pendant zu dem ebenfalls enormen Hinterteil bildeten.
„Ah, da bringst du mich auf eine Idee, die haben hier doch bestimmt einen Haufen Poolmöbelpolster, da kannst du reinspringen, wie so ein Stuntman!"

Kurze Zeit später war Pozo wieder unter dem Fenster, an dem Evelyn wartete wie Rapunzel aus dem Märchen oder Julia aus Verona.
„Guck mal, ich hab eine Leiter gefunden."
„Du bist gar nicht so doof, wie du aussiehst. Ich werf' dir ein Laken runter, falls du dich doch verhüllen willst. Und meine Tasche. Hier, fang."
Als Evelyn unten war, schnappte sich Pozo die Leiter und marschierte Richtung Ausgang:
„Mit der Leiter kommen wir auch über das Tor."
„Schon wieder eine gute Idee."
„Wie hast du dich eigentlich schon wieder in so ein Schlamassel manövriert, *mi belleza*?"
„Malte hat mich rausgeworfen und ich wusste nicht, wohin. Das sind Bekannte von meinem Vater, also entfernte Bekannte … leider sind es auch die Mörder von Issa Touré, einem afrikanischen Migranten."

„Die was?!", Pozo blieb entsetzt stehen und sah sich alarmiert nach allen Seiten um, „bist du eigentlich sicher, dass sie abgereist sind?"
Evelyn ignorierte Pozos Frage und ging unbeirrt weiter Richtung Ausgang:
„Ich glaube, Ben hatte das auch schon vermutet, aber ich kann es jetzt beweisen."
„Wie denn?"
„Erst mal haben die sich gestern, übrigens auf der *„mata culebra"* - ich kenne mich nämlich inzwischen doch schon ziemlich gut aus mit dem Karneval auf deiner Insel - also da haben die sich in einem bühnenreifen Ehestreit so ‚Wer hat Angst vor Virginia Woolf'-mäßig angegiftet. Und dabei so Andeutungen gemacht, von wegen Mord aus Eifersucht oder so."
Sie waren jetzt an der Ausfahrt angekommen und Pozo stellte die Leiter neben das Tor an die Mauer und kletterte vor. Dann folgte Evelyn, als sie beide oben waren, zogen sie die Leiter hoch und kletterten auf der anderen Seite wieder runter.
„Und warum bist du dann nicht sofort über alle Berge?"
„Na, weil ich dachte, ich kriege noch mehr raus, hab ich auch."
„Toll, das wäre ja beinahe schief gegangen."
„Grit, also Frau Achberger hat Issa, also dem Mordopfer, einen USB-Stick mit einem Video von sich geschenkt. Das ist doch ein Beweis. Und er hat ihr gesagt, er versteckt es mit seinen anderen Schätzen. Wahrscheinlich in einer Höhle, von der mir sein Cousin erzählt hat und für die sich auch Malte interessiert hat. Jetzt müssen wir nur noch diese Höhle finden."
Sie steuerten auf Pozos kleinen gelben Wagen zu, der neben der Einfahrt geparkt war.
„Ich versteh nur noch Höhle und was hat denn jetzt ‚Tarzan' damit zu tun?"
„Wer?"
„Na dieser Malte Bob."
„Das weiß ich noch nicht genau, vielleicht steckte er mit den Schweizern unter einer Decke."

„*Bueno*. Krieg keinen Schreck wegen der Schlange auf dem Rücksitz, die ist nicht echt und gehört zu meinem Kostüm. Ich bringe dich jetzt nach Santa Cruz."
Wohin genau er sie bringen würde, sagte er nicht.
„Nein, nein, wir müssen zum Barranco del Muerto."

8. Kapitel

„Fever“

Everybody got the fever
That is something you'll know
Tener fiebre no es de ahora
Hace mucho tiempo que empezó
You give me fever
When you kiss me
Fever when you hold me tight
Fever in the morning
And fever all through the night

La Lupe

Evelyn

Rosa fuhr wie eine gesengte Sau und schwitzte dabei wie ein Schwein in seinem Latex-Ganzkörper-Outfit, das an schlechtem Geschmack wirklich nicht zu unterbieten war. Immerhin hatte er sich das Laken der Achbergers umgewickelt. Er fluchte leise vor sich hin, es klang wie ein innerer Gewissensbisse-Monolog, aber wahrscheinlich ging es darum, dass er ja eigentlich zum großen *Coso* wollte und stattdessen mit mir hier noch so eine kleine Inselrundfahrt machen musste. Im Eifer des Gefechts verfehlte er auch noch die richtige Abfahrt, meinte aber das wäre auch ok, man käme auch durch Acorán zur Playa und zum Barranco del Muerto. Was sich dann bald als Fehleinschätzung herausstellte. Immerhin kam ich so in den Genuss des Anblicks dieser völlig verrückten Hotelruine. Eine Art Riesenskelett, das da unterhalb der Promenade auf dem Schutt thronte und aufs offene Meer hinausblickte wie Gevatter Tod in Gedanken. *Google Maps* schickte uns den ganzen Weg wieder zurück, von Ausfahrt 7 bis Ausfahrt 4 auf der TF1 und dann nach einer Steilkurve einen unbefestigten Schotterweg runter Richtung Barranco del Muerto und Meer. Unterhalb des Weges waren alte angelegte Terrassen, auf denen aber nur dieses typisch kanarische Strauchzeug wuchs. *Tabaiba dulce* oder *Euphorbia balsamifera,* wie Rosa mich aufklärte, eine

Medizinpflanze, deren *,látex'*, also Milchsaft, zu Kaugummi verarbeitet wird und die dann zahnfleischstärkend wirkt:
„Wird auch zur Heilung von Warzen und Hühneraugen verwendet."
„Dann kommst du ja am Ende wie aus einem Jungbrunnen aus deinem Latex-Anzug", grinste ich.
Der befahrbare Teil des Weges endete abrupt und wir stiegen aus. Zum *Barranco* waren es vielleicht noch hundert Meter. Wir waren ungefähr in der Mitte zwischen Autobahn und Strand.
„Wo müssen wir hin?"
„Weiß ich nicht genau, aber die müssen hier irgendwo sein."
„Wer die?", fragte Rosa beunruhigt.
„Die *Petroglyphen*."
„*Grabados rupestres*? Alte Steinritzungen der Ureinwohner?"
„Genau. Von denen hat mir mein Professor erzählt. Und ich bin sicher, dass die uns den Weg zu Issas heiligem Ort weisen. Die Lage stimmt auch mit den Angaben, von Eyadou, also dem Cousin von Issa, überein."
„Du bist noch verrückter als ich dachte, *mi hermosura*."
„*Look who is talking*. Also mal nachdenken. Die Felsbilder sind meistens an Orten zu finden, an denen religiöse Zeremonien abgehalten oder Tote beigesetzt wurden. Manchmal auch an Wasserstellen. Normalerweise hat man von dort aus einen super Blick auf das Meer oder auf den Teide.
Ich ging Richtung *Barranco*. Die Schlucht war hier ein flaches weites Becken, eingerahmt von noch mehr Balsawolfsmilch. Am Boden war vom Wasser glatt gespültes Vulkangestein, nach dem Schmelzwasser des Teide im Januar, lag das Tal nun im Trockenen und man konnte gut bergauf steigen. Rosa folgte mir unwillig, er war nicht besonders beweglich in seinem Anzug und das Laken schien auch eher hinderlich zu sein.
„Findest du es nicht ein bisschen gruselig, dass das hier Barranco del Muerto heißt?", fragte er keuchend.

„Ich nehme an, dass die kleineren Höhlen als Grabkammern für die Mumien dienten. Wenn ich mich recht erinnere, haben sie auch vor vielen Jahren hier noch eine gefunden und daher der Name."
Rosa schüttelte sich.
„Du weißt ja sicher, dass die Verehrung der Ahnen bei den Altkanariern eine besondere Bedeutung hatte", führte ich weiter aus. „Die Mumifizierungen und einige überlieferte Riten deuten darauf hin. Es gab verschiedene Orte auf der Insel, an denen sich, ihrem Glauben nach, die Seelen der Vorfahren aufhielten. Ich könnte mir vorstellen, dass das hier so ein Ort war", ein Gefühl sagte mir, dass wir ganz nah dran waren, aber das sagte ich nicht, um nicht noch verrückter rüber zu kommen als sowieso schon.
„Mmh."
„Du hast doch keine Angst vor Geistern, oder? Du siehst nämlich gerade aus wie eine Guanchen-Priesterin, die Kontakt mit den Vorfahren aufnimmt ..."
Rosa machte eine obszöne Geste mit der freien Hand, mit der anderen hielt er das Laken fest.
„Lass uns mal da oben schauen", sagte ich zuversichtlich.
Wir umkletterten einen kleinen Tümpel, das Flusswasser, das sich in einem Steinbecken gesammelt hatte, war schon mit ein paar Algen durchsetzt. Rosa quiekte erschrocken, als ein kleiner brauner Frosch vor ihm von der Felswand sprang.
Während ich gerade gefunden hatte, was wir suchten: „Hier, schau dir das an!", auf der rechten Seite der Schlucht ragten ein paar hohe Basaltwände in die Höhe. Einige trugen Felsritzzeichnungen. Kleine und große. Insgesamt vielleicht dreißig Stück, „Wahnsinn, so tolle Felskunst habe ich auf Teneriffa noch nicht gesehen. Sowohl figurativ als auch geometrisch."
„Meinst du nicht, die hat irgend so ein Tourist hier eingraviert, nach dem Motto, Julio liebt Romina 2004?"
„Nein! Guck hier, von denen hat Delgado Soller gesprochen, die Schiffsdarstellungen, Mann, ist das aufregend, die sind einzigartig, sie stehen für Migration, die Sehnsucht nach der Reise, die Hoffnung auf ein besseres Leben ..."

Rosa atmete ungeduldig aus:
„Weshalb waren wir nochmal hier?", dann stapfte er weiter.
Ich blieb vor den Eingravierungen stehen. Ehrfürchtig, bewundernd: Tatsächlich ein Schiffsrumpf wie eine Nussschale mit einem geblähten Segel darüber. Und hier noch ein größeres, die Segel waren mit horizontalen und vertikalen Linien in kleine Kästchen aufgeteilt. Es sah aus, als hätte jemand versucht Karopapier in den Stein zu ritzen. Ein kleiner Schauer überlief mich und ich spürte so etwas wie einen Hauch oder eine warme Brise.
„Hier ist eine Höhle", rief Rosa von weiter oben, „sieht ziemlich groß aus, sowas suchen wir doch, oder?"
Dann hörte ich einen schrillen Schrei, aber es war diesmal nicht Rosa, der geschrien hatte.

Ich hechtete hinauf. Unter einem Felsüberhang war ein langgestreckter Höhleneingang zu sehen. Das war sicher die Wohnhöhle einer ganzen Familie gewesen. Ich konnte mir das richtig gut vorstellen, man tritt aus der Höhle heraus, nickt den Ziegen und Schweinen zu, die vor dem Eingang grasen, lauscht dem kleinen Bächlein, das vorbeiplätschert und dann dieser Meerblick. Fantastisch. Leider hatte ich für solche Beobachtungen gerade gar keine Zeit. Der Schrei war von innen gekommen.
„Was machen Sie hier? Sind Sie alleine?" das war doch Bens unnachahmliche, tiefe Stimme!
Ich stolperte in den Steinschlund und blieb erstmal stehen. Als sich meine Augen an die Dunkelheit gewöhnt hatten, sah ich, dass sich Eyadou, Ben und Rosa wie angewurzelt gegenüber standen.
„Nein, er ist mit mir hier", sagte ich und alle Köpfe schnellten zu mir herum.
Eyadou hatte beim Anblick von Rosa geschrien. Kein Wunder. Soviel ich wusste, glaubten manche Nordafrikaner an böse Geister, die *Kel Esuf*, die sich bevorzugt an einsamen Orten, wie zum Beispiel in Höhlen, aufhielten. Rosa musste ihm wie ein solch böser Geist erschienen sein. Als er mich sah, wich er weiter zurück. Das lag wahrscheinlich daran, dass er Malte und mir erst gestern das Auto

gestohlen hatte und jetzt mit Repressalien rechnete. Auch kein Wunder.
Bens ganze Reaktion bestand hingegen lediglich darin, dass er eine Augenbraue hochzog.
Aber ich war schon froh, dass er mich oder uns nicht gleich verhaftete oder schlimmeres. Was musste er von mir halten, die ich ihn für einen zwielichtigen deutschen Sprücheklopfer-Surfer verlassen hatte und jetzt mit dem dicken Verräter vom Strand genau da auftauchte, wo er zusammen mit einem traumatisierten Überlebenden des Bootsunglücks, den Mord an einem unschuldigen Afrikaner aufzuklären versuchte. Dass ich zwischenzeitlich bei den kriminellen Eidgenossen untergetaucht war, wusste er ja nicht einmal. Ich hoffte jetzt, dass ich ihm das nie würde erklären müssen. Andererseits hoffte ich, dass es noch einmal einen intimen Moment zwischen uns geben und sich am Ende alles aufklären und zum Guten wenden würde.
Ben sah bei all dem nicht einfach nur toll aus, wie der König der Guanchen in seiner herrschaftlichen Höhle persönlich, sondern er hatte durch sein Auftauchen am richtigen Platz auch mal wieder seine Klugheit, seinen siebten Sinn, sein Feingefühl bewiesen.
„Hallo, Ben", brachte ich hervor.
Sein *„hola"* klang wie das Knarzen eines Nordpolgletschers, aber ich meinte auch eine ganz kleine Spur Verunsicherung herauszuhören, er hatte sich vielleicht doch noch kein endgültig vernichtendes Urteil über mich gebildet.
Dann blieb es eine Weile still, bis Eyadou und Rosa es nicht mehr aushielten und fast gleichzeitig losplapperten.
Eyadou erklärte, dass ihn Ben aus der Untersuchungshaft geholt hatte, weil der Kommissar glaubte, dass Eyadou Informationen von seinem Cousin bekommen hatte, die zur Aufklärung des Falles beitragen würden. Der Kommissar wusste von Papieren, die Issa versteckt hatte und er glaubte daran, dass Eyadou irgendwie ahnte, wo die versteckt sein könnten. Und Eyadou war stolz, helfen zu können, endlich kümmerte sich jemand um den Fall und den Tod seines Cousins und er hatte den Kommissar zu dem

Ort geführt, dessen Geodaten ihm sein Cousin geschickt hatte.
Ich sah, dass Rosa als Außenstehender Schwierigkeiten hatte, den Ausführungen des Afrikaners zu folgen, aber er ließ sich nichts anmerken und verkündete seinerseits, dass an derselben Stelle auch der USA-Stick mit dem Video zu finden sein müsste, den Issa von Grit Achberger bekommen hatte. Ich war froh, dass Rosa dabei nicht erwähnte, dass es sich bei dem Video wahrscheinlich um eine Art privaten Softporno handelte. Ben hatte trotzdem verstanden, dass es hier um einen wichtigen Beweis ging. Alles gut und schön, aber Ben und Eyadou hatten die ganze weitläufige Höhle bereits abgesucht, nachdem sie - genau wie wir - von den Felszeichnungen, zu denen die Koordinaten sie geführt hatten, hier hoch gestiegen waren.
Und dabei hatten sie genau nichts, *nada* gefunden.
„Entweder das ist die falsche Höhle, oder jemand war vor uns da", sagte Ben und mehr zu sich: „aber die Mitbewohner wussten nicht, wo die Höhle war, oder jedenfalls haben sie das ausgesagt …"
„Also alles umsonst?", fragte Eyadou mit unendlicher Enttäuschung in der Stimme.
Plötzlich hatte ich eine Eingebung. Wie eine Röntgenaufnahme leuchtete das letzte Felsbild vor mir auf und legte sich auf das Bild der Hotelruine …
„Ich hab's", schrie ich auf, „Issas geheimer Ort ist nicht diese Höhle …"
Alle schauten mich mit absolutem Unverständnis an.
„Ich meine, er hat doch gesagt, der Guanche hat ihm den Weg gewiesen, oder Eyadou?"
Eyadou nickte zögerlich.
„Ich glaube, er hat gedacht, der Guanche will ihm das Hotel zeigen."
„Was denn jetzt plötzlich für ein Hotel?", fragte Rosa.
Das allgemeine Unverständnis wich Ungeduld.
„Na, diese Hotelruine da unten am Ufer."
Die Ungeduld wechselte wieder zu Unverständnis.
Jetzt wurde ich ungeduldig:
„Die Felszeichnungen hier unterhalb der Höhle", ich fuchtelte mit dem Zeigefinger und malte kleine Karos in die

Luft, „die sehen aus wie eine Skizze des verlassenen Rohbaus da an der Küste weiter unten ... kommt, ich zeig sie euch!"
Wir kletterten zurück zu den Steingravuren, wo ich meine Theorie nochmal veranschaulichte. Die anderen blieben skeptisch, wollten es aber auf einen Versuch ankommen lassen.
Ben hatte an der Abfahrt der TF 1 geparkt, von der Höhle kam man durch den *Barranco* direkt da hin. Rosa meinte großmütig, dass ich und Ben ja vielleicht noch etwas zu besprechen hätten und deshalb zusammen in Bens Auto fahren sollten, während er mit Eyadou nachkommen würde. Aber Eyadou weigerte sich, alleine mit Rosa zu bleiben und Rosa selbst war dann wohl auch nicht so traurig darüber, denn der Weg zu Bens Auto war viel näher und so fuhren wir erstmal zu viert zu der Ruine. Rosas Auto würden wir auf dem Rückweg holen.

Ben

Der Wind war seit gestern, also seit seinem Rettungseinsatz als ‚Herr der Stürme', abgeflaut, aber durch die leeren Augenhöhlen des Monsters von Acorán pfiff er unvermindert und unheilverkündend weiter. Ben und seine bunt zusammengewürfelte Truppe aus Schicksalsgenossen gingen auf die Ruine zu. Eyadou schien beim Anblick des riesigen Gebäudes erneut der Mut zu verlassen:
„Wo sollen wir hier suchen, die Papiere und dieses Video können ja überall sein!"
Sie waren aus dem zugigen Eingangsbereich eine freistehende Betontreppe in den ersten Stock hinaufgestiegen, in stillem Einvernehmen, vielleicht einer Eingebung folgend. Als Eyadou die anderen mit einem Zeichen aufhielt und flüsterte:
„Wartet mal. Ich höre was."
Ben versuchte hinter das Pfeifen des Windes zu lauschen und die Geräusche zuzuordnen. Vielleicht Tiere, die sie aufgescheucht hatten? Eher Stimmen. Spielende Kinder? Oder abenteuerlustige Touristen? Die Stimmen kamen

näher, bogen um eine Ecke und plötzlich stand ihnen das Ehepaar Achberger gegenüber. Die Achbergers waren in Begleitung von Ngolo, dem ehemaligen Mitbewohner von Issa, der aussah, als würde er gerade gerne im Zementboden versinken. Achberger hielt eine Mappe und einen kleinen USB-Stick in der Hand und lächelte jovial. Er sah über den seltsamen Aufzug von José Marcos Pozo de Garrucha ebenso hinweg wie über die Unwahrscheinlichkeit überhaupt auf diese kuriose Truppe an diesem aus der Zeit gefallenen Ort zu treffen und schnarrte mit seinem einstudierten Mann-von-Welt-Charme ein:
„Guten Abend, die Herrschaften" in den staubigen Rohbau hinein. Er fuhr fort, der reizende junge Freund aus Afrika hätte ihnen diese kanarische Sehenswürdigkeit zeigen wollen, bevor sie jetzt leider sehr eilig abreisen müssten: „Unser Flug geht in einer Stunde, Sie entschuldigen uns", er nickte Ben und Evelyn zu, „Herr Kommissar, Evelyn", und machte Anstalten seine Frau in Richtung Treppe zu schieben.
Diesmal war es Pozo, der zuerst seine Sprache wiederfand.
„Warum haben Sie die *Señorita* eingesperrt?"
Eingesperrt?!, dachte Ben alarmiert, ich wusste doch, dass sie dieses Talent hat, sich in Schwierigkeiten zu bringen. Aber wieso hatte Pozo Kenntnis davon? Warum hatte sie Ben nicht zu Hilfe gerufen?
„Eingesperrt? Aber, nein, was reden Sie da. Wahrscheinlich hat die alte Tür wieder geklemmt, da muss man mit ein bisschen Wumms dagegen. Komm, *Härzli,* wir müssen."
„Nicht so schnell, Herr Achberger", sagte Ben, „was haben Sie da?", er zeigte auf die Mappe und den Stick.
„Wir haben nur geholt, was uns gehört."
„Was gehört Ihnen denn? Ich dachte, Sie kannten Issa Touré nicht. Das sind zu viele Ungereimtheiten, um einfach abzureisen, würde ich sagen."
„Hier, halt mal, Schatz", sagte Achberger zu seiner Frau, reichte ihr die Mappe und den Stick und zog blitzschnell eine Pistole aus der Jacke. Im nächsten Moment hatte er seine Frau um den Hals gepackt und ihr die Waffe an die Schläfe gepresst.

„So, die Herrschaften, keinen Schritt weiter, Sie lassen uns jetzt gehen, oder ich schieße."
Grit Achberger ließ die Sachen fallen und versuchte mit beiden Händen, den Würgegriff ihres Mannes zu lockern, dabei krächzte sie:
„Schieß doch, das hättest du gleich machen sollen."
„Halt den Mund, Gritli", zischte Achberger und drückte den Arm noch fester um ihren Hals.
„Sie werden nicht weit kommen, Herr Achberger."
„Zwischen Spanien und der Schweiz gibt es kein Auslieferungsabkommen für eigene Staatsangehörige, das wissen Sie doch sicher, Herr de las Casas."
Ben taxierte Achberger und erwog seine Möglichkeiten. Provozieren oder deeskalieren? Während sich die beiden Gruppen wie beim finalen Wettkampf einer dieser schrecklichen Fernsehunterhaltungsshows gegenüber standen. Ben dachte an *El Rival Más Débil* oder la *guerra de familias*.
„Bring mich doch auch einfach um. Er hat Issa aus Eifersucht im Pool ertränkt, Sie haben das gestern verstanden, oder, Evelyn!", flüsterte Frau Achberger triumphierend mit halb erstickter Stimme.
Bens Blick schnellte zu Evelyn und instinktiv stellte er sich schützend ein wenig vor sie. Achberger registrierte das.
„Es war keine Affekttat aus Eifersucht, nicht wahr? Sie wussten schon länger von der Beziehung Ihrer Frau zu Issa", sagte er ruhig.
„Sie haben zu viel Fernsehen gesehen, Herr Kommissar! Wo der Mörder am Ende in langen Monologen immer seine Schuld zugibt. Den Gefallen werde ich Ihnen sicher nicht tun."
Eyadou hatte Ngolo mit Handzeichen auf sich aufmerksam gemacht und sagte jetzt auf Tamasheq, der Sprache der *Imuhar*, der Bewohner der Wüste: „Issa *iba*", aber er fügte vorsichtshalber auf Französisch hinzu: *„il n'y a plus"*. Es gibt ihn nicht mehr und *„moi je suis son cousin"*.
Ngolo nickte und Eyadou fragte weiter:
„Ce sont ses papiers la?"
„Oui, ce sont ses dossiers de travail illegal."

Eyadou war blass von den Strapazen der letzten Tage und Wochen, die Überfahrt, der Anblick seines toten Cousins, das Bootsunglück, der Angriff der Dorfbewohner in den Bergen, alleine zurückgelassen in der Hütte im Wald, die Angst um Rumer und sein verzweifelter Versuch, sie aus dem Bordell zu befreien, der ihn direkt ins Gefängnis gebracht hatte. Seine Locken standen wild von seinem Kopf ab, wie die Schlangen vom Haupt der Medusa, er sah Achberger durchdringend an, als er sagte:
„Sie haben ihn umgebracht, weil er etwas gegen Sie in der Hand hatte", mit dem Kinn zeigte er auf die Mappe, die Grit Achberger fallen gelassen hatte, „weil er gedroht hat, Sie wegen der Schwarzarbeit auffliegen zu lassen, und er war nicht bestechlich ..."
„Das ist doch lächerlich, wo sollte er denn damit hin? Das hätte ihm doch niemand geglaubt, oder vielmehr, das wissen doch sowieso alle."
„Aber jetzt - nach dem ganzen Trubel um die verpatzte Beseitigung von Issa - gab es Ärger mit ihren russischen Geschäftspartnern aus dem Rotlichtsektor", setzte Ben nach.
Draußen dämmerte es bereits, die Schatten in den Ecken der Ruine wurden dunkler und größer, einen Moment herrschte gespenstische Stille bis Pozo sagte:
„Also wenn das hier jetzt eine meiner geliebten Quizshows wäre, ich weiß ja nicht, in wie fern Sie sich mit spanischer Populärkultur auskennen, Herr Achberger, aber ich denke da zum Beispiel an *Saber y ganar* oder *Un, doz, tres ... responda otra vez ...*"
Ben sah Pozo aus dem Augenwinkel an und bewunderte seine Hinhalte-Taktik, wenn er auch nicht genau wusste, worauf Pozo hinauswollte.
„Ich bin es jetzt endgültig leid, jetzt spielen wir hier noch eine eurer billigen Fernsehunterhaltungssendungen nach oder was gibt das hier?"
Pozo räusperte sich.
Achberger verlor die Geduld und gab einen Warnschuss an die Decke ab. Der Schuss hallte ohrenbetäubend durch das leere Gebäude. Staub und Putz rieselten auf sie herab. Achberger nutzte den Moment der Verwirrung, um seine

Frau von sich zu stoßen und stattdessen nach Evelyn zu greifen. Aber sowohl Ben als auch Pozo waren schneller. Achberger rannte ohne Geisel zur Treppe, zielte im Laufen und schoss in ihre Richtung. Er traf Pozo, der zu Boden geschleudert wurde. Ben schubste Evelyn in Deckung und kümmerte sich dann um Frau Achberger und Pozo. Achberger entkam nach unten. Aber wenige Augenblicke später ertönte schon die Stimme von Ladesma:
„Halt, bleiben Sie stehen, oder ich schieße!"
Achberger, der sich der Übermacht von Goméz, León und Ladesma gegenüber sah, ergab sich und wurde abgeführt.

Ladesma war von Jamal informiert worden, dass Achberger gekommen war und Ngolo gezwungen hatte, ihm Issas Versteck zu zeigen. Natürlich hatten sie gewusst, wo das war, wollten aber alle ihre illegalen Arbeitsverhältnisse behalten.

Eyadou durfte zusammen mit Ngolo und Jamal zu deren Behausung gehen, nachdem alle ihre Zeugenaussage unterschrieben und versprochen hatten, sich zur Verfügung zu halten.
Kurze Zeit später war auch ein Krankenwagen da (Ladesma hatte der Besatzung der *ambulancia* glaubhaft versichern können, dass bereits genügend Polizisten zu ihrem Schutz vor Ort seien), der sich um die Verletzten kümmerte. Frau Achberger war mit leichten Blessuren davon gekommen. Musste aber mit einer Anklage rechnen, weil sie den Mord an Issa nicht angezeigt hatte, vielleicht auch wegen unterlassener Hilfeleistung oder sogar Beihilfe. Und in wie weit sie in die kriminellen Machenschaften ihres Mannes eingeweiht war, würde natürlich auch noch geprüft werden.
„Hoffentlich sind wir hier mit der Strafverfolgung erfolgreicher als bei den Erbauern des Monsters", seufzte Ladesma.

Der Held des Tages war aber eindeutig Pozo. Es war zum Glück nur ein Streifschuss gewesen, der eine seiner gigantischen Plastikbrüste durchlöchert und sie ganz platt gemacht hatte. Mit großer theatralischer Geste bat er den Sanitäter um ein spitzes Instrument, um auch die Luft auf der anderen Seite abzulassen. Trotzdem war er ein wenig niedergeschlagen, weil er ja nun den *Coso* und vor allem den berühmten Stöckelschuhlauf verpasst hatte. Aber Evelyn tröstete ihn und sagte, der Tag heute sei viel aufregender gewesen und er würde von ihr den ersten Preis bekommen.

Als Krankenwagen und Spurensicherung abgezogen waren und Ben seine Polizisten voller Stolz verabschiedet hatte, fuhr er Pozo und Evelyn zu Pozos Auto auf der anderen Seite des *Barrancos*. Unterwegs bot er an, Evelyn könne bei ihm übernachten, er würde dann so lange zu seiner Mutter gehen, wenn ihr das lieber wäre. Pozo auf der Rückbank prustete, entschuldigte sich sofort, sah von einem zum anderen und platzte dann heraus:
„¡Sie können auch gerne bei mir übernachten, *comisario*!

Rumer

Mittwochmorgen auf dem Friedhof Santa Lastenia. Eine kleine, ungewöhnliche Trauergemeinde war zusammengekommen und stand im Schatten der überdimensionalen Gräbermauer, an der die Namen, Daten und Bilder unzähliger Toter angebracht waren. In den Vasen verwelkten bunte Blumen und verströmten den Geruch von Vergänglichkeit. Den Hang hinunter reihten sich blütenumkränzte, weiße Grabmäler, die aussahen wie die Villen sehr kleiner reicher Leute. Dahinter das Meer. Rumer schauderte. Ignacia nickte ihr aufmunternd zu. Die fürsorgliche Polizeisekretärin, die zusammen mit ihren Kollegen an der Befreiungsaktion aus dem Bordell beteiligt gewesen war, hatte es geschafft, für die Beerdigung einen katholischen Priester zu verpflichten. Immerhin waren einige der Ertrunkenen katholische Yoruba gewesen. Der Geistliche hatte die Seele der Verstorbenen reingewaschen und für sie um Gottes Gnade gebeten. Mehrere Friedhofsangestellte waren dabei, die Särge mit Hilfe eines hohen Gerüsts in die

obersten Nischen zu schieben. Rumer senkte den Blick vom Rand der Marmorwand auf die Anwesenden und trat vor. Sie hatte sich zum Andenken an Nilaya bunte Perlenschnüre in die Haare geflochten, die bei jedem Schritt leise klimperten. Als das Geräusch verklungen war, hob sie an zu sprechen, erst zaghaft, dann sicherer und lauter:
„Ich bin tief bewegt von eurer Anteilnahme, eurem Einsatz und davon, dass ihr den Toten die letzte Ehre erweist und es ist mir ein Anliegen, hier noch einmal ihre Namen zu nennen. Wir betten zur letzten Ruhe meine mutigen Gefährten Sowande Musiala, Abiola Onisiwo, Babafemi Saka und meine geliebten, tapferen Freundinnen Becca Yobo, Jenifa Osimhen, Olabisi Moffi, Ayo Iwobi and Nilaja Quaison".
Sie zupfte kurz an dem kleinen Pflaster, das sie auf der Stirn trug und fuhr dann fort, „Agowu hat meine Brüder und Schwestern geholt und mich verschont. Agowu ist der Herr der Stürme, Sturmwinde, Gewitter und Naturkatastrophen. Er steht aber auch für den ewigen Kreislauf aus Entstehen, Zerstörung und neu entstehen. Darin kann man Trost finden. Ich danke Euch."
Sie trat einen Schritt zurück, Ignacia kam sofort zu ihr und umarmte sie lange:
„*Mas sentido pésame*. Mein Beileid. Und Gratulation: Du hast die richtigen Worte gefunden!"
Ein Friedhofsangestellter kletterte mit Mörteleimer und Kelle auf das Gerüst, um die Nischen mit Betonplatten zu verschließen.
Rumer schaute zu Eyadou, der mit den ehemaligen Mitbewohnern seines Cousins gekommen war. Als sich ihre Blicke trafen, lächelte sie. Es war niemand da, der ihr das verbieten konnte. Iyanla war in Untersuchungshaft. Ife und Taneesha waren auf eigenen Wunsch hin aufs Festland gebracht worden.
Stattdessen waren noch ein paar Leute da, die sie nicht kannte. Ein Dicker in einem etwas zu engen Anzug, ein großer Blonder, der aussah wie ein Wikinger und eine rotblonde Frau, die sich am Anfang mit Eyadou unterhalten hatte und jetzt unbehaglich zwischen dem Blonden und dem Dicken stand. Rumer hielt Ausschau nach dem

großen Kommissar vom Strand, dem den Iyanla verflucht hatte, sie hatte gehört, dass er es war, der die Untersuchungen geleitet und vorangetrieben hatte. Sie hätte ihm gerne persönlich gedankt und war etwas enttäuscht, dass er nicht gekommen war.

Evelyn

Ich sah mich zum xten Mal um, wo Ben blieb. Er hatte gesagt, er würde nachkommen. Aber die Zeremonie war so gut wie vorbei und er war immer noch nicht da. Rosa neben mir stupste mich an und machte mit dem Kopf ein Zeichen zu Malte. Von Ben wusste ich inzwischen, dass Malte zwar ein Hilfsorganisationshochstapler war, aber mit dem Mord an Issa nicht direkt etwas zu tun hatte. Ich drehte mich halb zu ihm um und fragte vorsichtig:
„Ey, wie geht's dir? Was macht der Kopf?"
Er nickte, verzog sofort das Gesicht und sagte:
„Geht schon wieder. Und du? Was machst du jetzt? Hast du dich mit der Archäologie versöhnt oder willst du was anderes machen?"
Mir fiel ein, dass mein Vater mir einmal gesagt hatte, dass schon die alten Griechen, Mythen und Geschichte als identitätsstiftendes Mittel genutzt hatten. Es konnte also durchaus relevant sein, sich mit unserer weiter zurückliegenden kulturellen und politischen Vergangenheit zu befassen, zum Beispiel im Hinblick auf Probleme mit der Integration von Migranten oder andere Krisen der Europäischen Union.
„Nee, doch, ich bleib dabei, die Beschäftigung mit der Vergangenheit, das ist ganz gut, ich glaube, damit kann man was machen.", sagte ich zu Malte und wunderte mich, dass er mir wohl auch irgendwie zugehört hatte.
Außerdem war da ja noch das Projekt, das auf die Idee meines Professors über die Immigranten von damals und von heute zurückging und ich hatte so eine halbe Idee, wen ich dazu als erstes befragen könnte.
Eyadou kam zu uns und gab Malte die Hand:

„Sorry, Mann, dass ich dir das Auto geklaut habe, tut mir leid, ich hab' dem *comisario* gestern den Schlüssel gegeben und gesagt, wo es steht. Und ich zahl dir natürlich die Tage, an denen ich es hatte."
„Ja, das ist ok."
Ich schaute Malte kopfschüttelnd an.
Rumer, die junge Frau, die die bewegende Rede gehalten hatte, trat hinzu und ich konnte nicht anders, als sie fest in den Arm zu nehmen. Dann fragte ich Eyadou, wann die Beerdigung von Issa sein würde. Er zuckte die Schultern. Es gab noch keinen Termin. Die Rechtsmedizin hatte den Leichnam noch nicht frei gegeben. Eyadou wandte sich noch einmal an Malte:
„Ich wollte fragen, ob du uns helfen kannst? Rumer und ich wollen, so lange es geht, hier auf der Insel bleiben und das Erbe meines Cousins antreten: Den Kampf gegen die schlechten Arbeitsbedingungen hier, aber auch gegen falsche Informationen, die die Schlepper in unserer Heimat verbreiten."
Malte sah verdutzt aus und sagte beschämt:
„Naja, das klingt gut, aber ich habe leider keine richtige Organisation im Rücken, ich bin praktisch alleine hier."
„Ich weiß", antwortete Eyadou lächelnd, „aber dann wären wir schon zu dritt."
Malte schüttelte Eyadous Hand und nickte Rumer zu:
„Abgemacht", sagte er und sein ernster Gesichtsausdruck klarte auf, nur um sich gleich darauf wieder zu verfinstern. Ich folgte seinem Blick und sah Ben. Er war soeben eingetroffen und wechselte ein paar Worte mit dem alten Friedhofswärter, der die ganze Zeit die Zeremonie überwacht hatte wie ein gütiger Hirte. Ich beeilte mich, dazu zustoßen und hörte noch wie der Alte sagte:
„ … ich habe diesmal in die Särge reingeschaut, war alles noch drin", und Ben zuzwinkerte.
Ben nickte:
„*Bueno*", dann nahm er mich an der Hand und sagte: „Darf ich Ihnen *mi novia de Alemania* vorstellen?"
„*Ah, tiene una prometida extranjera*", grinste der Alte.
Ich wusste nicht, wie ich reagieren sollte und kicherte verlegen zurück. Dabei war mir durchaus nach Lachen

zumute. Aber darf man auf einem Friedhof lachen? Darf man verliebte Blicke tauschen? Darf man sich vielleicht sogar heimlich hinter einer Mausoleumswand küssen? Aber warum hatte der Friedhofswärter so wissend gegrinst? Was wollte er mit *‚prometida extranjera'* sagen? Natürlich war ich nicht von hier. Aber wie fremd war ich jemandem, wie diesem netten, älteren Herrn zum Beispiel? Und was genau heißt eigentlich *novia*?

Wie ich noch in Gedanken war, näherte sich Rumer, die junge Frau aus Nigeria. Sie reichte Ben die Hand und sagte:

„Danke! Danke für alles. Ich bedaure, dass der Fluch Iyanlas Sie getroffen hat, ich hoffe, er hat keinen größeren Schaden angerichtet. Und dennoch", sie zögerte, „ich wollte Sie noch darauf hinweisen, dass Agowu nicht nur zur Schadensmagie taugt. Er wird auch gerufen, wenn es um verdrängte Erinnerungen geht, alles, was wir verdrängt haben, um es zu ertragen und zu verarbeiten. Agowu fegt dabei wie ein Wirbelsturm durch das Unterbewusste und wirbelt das Alte und das Verdrängte auf."

Ich bemerkte, dass Ben bei ihren Worten ein kleines bisschen erschauerte und einen Seitenblick auf eines der Gräber warf. Rumer fuhr fort:

„Wenn man ihn deshalb anruft, sollte man sich den Fragen wirklich stellen wollen, das ist kein Spaziergang", sie lächelte dabei sehr wissend für ihr Alter. Ben hatte sich wieder gefasst und lächelte zurück:

„Vielen Dank für den Hinweis, ich habe tatsächlich ein paar Leichen im Keller, unter anderem in der Pathologie", er zwinkerte dem Friedhofswärter zu, ich verstand nur Bahnhof, „und werde sie also mit Bedacht angehen. In der Zwischenzeit werde ich mich für Ihren und Eyadous Verbleib hier auf der Insel einsetzen, soweit das in meiner Macht steht, Frau Enyeama. Auf Wiedersehen."

Er nahm wieder meine Hand, sagte: „*¡Ven!*" und zog mich zu Pozo. Dieser hatte offensichtlich, ganz Privatschnüffler, die Ohren gespitzt und fragte jetzt leise:

„'Schadensmagie?!' Hab ich richtig gehört, *comisario*? Hat sie jemand verflucht?"

„Ja, aber ich glaube fürs Erste sind alle Flüche gebannt, wenn ich es richtig anstelle, auch der, der auf Ihrem Haupt lastet, Pozo." Und weiter - Pozos maximal fragendes Gesicht einfach ignorierend - an uns beide gewandt: „Ich muss noch ganz schnell was erledigen und dann sehen wir uns heute Abend auf der nächsten Beerdigung, *querida*. Ich zähle auf Sie, Pozo!"

Ben

„Sie wollten mich sprechen?", fragte Ben freundlich und ließ der Direktorin keine Zeit, sich darüber zu echauffieren, dass sie diese Bitte oder besser diesen Befehl ja bereits vorgestern ausgesprochen hatte, stattdessen fuhr er direkt fort: „Sie hatten Recht, es war doch besser, dass ich mir während des Karnevals nicht frei genommen habe, *señora directora*."
Carreras Lächeln war wie mit Haarspray fixiert, sie schüttelte leicht den Kopf:
„De las Casas, was sollen wir nur mit Ihnen machen?"
Ben antwortete:
„Ich glaube nicht, dass das die richtige Fragestellung ist. Ich würde vielmehr gleich auf den Punkt kommen und von den Zwischenergebnissen meiner Ermittlungen im Mordfall Touré berichten: Zusätzlich zu der Aussage der Ehefrau des Hauptverdächtigen, dem Schweizer Staatsbürger Beat Achberger haben wir die Aussage von Tim Zokora, einem Skipper, der für Kurassows Chartergesellschaft Hemingway arbeitet. Diesen Aussagen nach, hat Achberger Issa Touré in seinem Swimmingpool ertränkt und seine Leiche dann mit Hilfe von Zokora und Kurassow ins Meer geworfen. Die Spurensicherung wird dafür genügend belastende Beweise im Auto des mutmaßlichen Täters und auf dem gecharterten Boot finden. Achberger könnte versuchen, sich auf Totschlag im Affekt aus Eifersucht hinauszureden, aber es gibt hinreichend Hinweise darauf, dass es vielmehr ein geplanter, kaltblütiger Mord aus Habgier war. Zokora belastet sich durch seine Zeugenaussage zwar auch selbst, hofft aber auf mildernde

Umstände, da er die *Policia Canaria* über das gekenterte Flüchtlingsboot informiert hat."

Im Gesicht der Direktorin konnte Ben lesen, dass sie eher der Totschlag-These zustimmen würde als den mildernden Umständen für Tim.

„Was die Tatbestände angeht, die diesem Verbrechen vorangehen" führte Ben unbeirrt weiter aus, „so hat die *Unidad Central de Delincuencia Económica y Fiscal* übernommen. Soviel ich gehört habe, ist Torreón schon umgekippt und belastet sowohl den Vizegouverneur als auch Sie, aber das wissen Sie natürlich schon längst. Gegen Mantilla wird ein Verfahren wegen Erpressung und Nötigung angestrengt, aber ich muss sagen, da mache ich mir nicht allzu viele Hoffnungen. Wie es aussieht, ist sein Netz aus Leuten, die ihm aus dem einen oder anderen Grund etwas schuldig sind, doch sehr engmaschig. Immerhin ist es mir gelungen, einen jungen Kollegen zu rehabilitieren, der wegen Geheimnisverrats suspendiert war. Das ist soweit erstmal alles, *señora directora.*"

Carreras sah ihn eine Weile unverwandt an und sagte dann

„Vielen Dank, de las Casas, Sie können dann jetzt gehen."

Ben deutete ein Nicken an und wandte sich zum Ausgang.

„Und grüßen Sie Ihre deutsche Freundin von mir", hörte er Carreras noch sagen, bevor die Tür ins Schloss fiel.

Evelyn

„*¡Povrecita! Ay, que dolor!*", ein markerschütternder Schrei hallte von den Häuserwänden der engen Gasse wider, mischte sich mit vielstimmigem Wehklagen und lautem Schluchzen. Eine Prozession klagender Witwen, in Gruppen oder Einzeln oder am Arm befrackter Herren mit Zylinder. Fast alle mit dunklen Sonnenbrillen, obwohl es schon kurz vor Mitternacht war. Tiefverschleiert im traditionellen Trauerflor oder mit keckem Netz am Hütchen, mit Perlenketten und Handtaschen und Federboas - Federboas? Bei näherem Hinsehen entpuppten sich die meisten Damen als Herren! Mit Perücken und Lippenstift und falschen Brüsten überboten sie sich in Jammer- und Wehgeschrei. Unter die Witwen, die in der Überzahl waren, mischten sich Geister und Geistliche. Die einen in weißen Laken die anderen in Purpur und Rot mit Zepter und Mitra, heulend die einen, betend und segnend und Weihrauchfass schwenkend die anderen.

El desfile del Entierro de la Sardina war um 21.00 Uhr an der Calle Juan Pablo II einberufen worden und wälzte sich seitdem durch das Zentrum von Santa Cruz. Die vorbestimmte Route des Trauerzuges führte durch die Straßen Méndez Núñez, El Pilar, Villalba Hervás y La Marina Richtung Plaza de España. Vorneweg eine riesige Pappmaché-Sardine, pardon, Bastardmakrele, mit einem Hibuskusstengel im Schmollmund und einer roten Flamenco-*Peineta* auf dem Fischkopf. Sie wurde auf einem Wagen geschoben, begleitet von Würdenträgern in schwarz-rot-goldener Uniform, deren Kopfbedeckung an orthodoxe Priester erinnerte und vorne mit einer goldenen Sardine verziert war, die sich auch auf dem roten Überwurf wieder fand. Einer der offiziellen Sardinenbegleiter zog gerade einen kleinen Flachmann aus der Brusttasche und prostete einer überkandidelten Witwe mit roter Perücke zu, die grölend eine Flasche *Cava* schwang.
Mittendrin lief die Kapelle, Schlagzeuger und Blasinstrumentalisten vor allem, die abwechselnd südamerikanische Karnevalsmärsche und unheimliches Totengetrommel anstimmten und im Dialog mit den Umzugs-Teilnehmern stand. Eine trauernde Witwe vor mir, den undurchsichtigen schwarzen Schleier tief ins Gesicht gezogen, interpretierte den eben ersterbenden Trommelwirbel theatralisch, in dem sie sich vor Schmerz zu Boden warf, sich dort krümmte und wandt und - von Umstehenden gestützt - wild mit ihrem großen Taschentuch wedelte. Dabei rutschte ihr der lange Rock hoch und über den schwarzbestrumpften kräftigen Beinen kam leuchtend rote Unterwäsche zum Vorschein, während die Kapelle schon zum nächsten Gassenhauer ansetzte. Die halbe Insel war hier versammelt und damit beschäftigt, zu tanzen, zu trinken, *Puros* zu rauchen, sich gegenseitig heulend in die Arme zu

fallen oder sich wahlweise zu Boden zu werfen. Ich kam aus dem Staunen gar nicht mehr heraus. Eine solch fantastisch surreale Veranstaltung hatte ich noch nie vorher gesehen. Mir kam der Kontrast zu den weiß angezogenen und mit Babypuder bestäubten Karnevalisten auf der *Fiesta de Los Indianos* in den Sinn. Wie lange war das her? Gefühlt Jahre, in Wirklichkeit waren seitdem erst ein paar Tage vergangen.

Neben mir marschierte José Marcos Pozo de Garrucha, ab nächster Woche stolzes neues Mitglied der Abteilung Kapitalverbrechen der *Policia Canaria,* aber gerade jetzt ganz in seinem Element als Madame Rosa mit Perücke und und lila Federboa. Er johlte mit der Band:
„¡Yo soy un hombre sincero, de donde crece la palma!"
Dann blieb sein Blick an zwei hochgewachsenen Männern hängen, Augen und Augenbrauen im weißgrundierten Gesicht kunstvoll in schwarz nachgezogen und auf dem Kopf gewaltige geschwungene Teufelshörner in schwarzweißem Karomuster und er seufzte laut.
Ich hatte zum Glück ein kleines dunkles Stretchkleid im Gepäck gehabt, das jetzt zum Einsatz kam und mich zusammen mit einem feinen schwarzen Spitzenschleier, den mir Rosa geliehen hatte, zu einer sehr attraktiven Witwe machte. Als ich Ben vorhin das feine Kopftuch mit den Worten:
„Schau mal, Pozo hat mir eine echte *Mantilla* geliehen!" gezeigt hatte, war er leicht zusammengezuckt. Erst hatte ich gedacht, ich hätte das spanische Wort falsch ausgesprochen, dann vermutet, er sei vielleicht doch irgendwie eifersüchtig auf Pozo, der mich wie Don Quixote seine Dulcinea aus den Fängen der bösen Schweizer gerettet hatte. Aber es stellte sich heraus, dass Mantilla der Name eines Regierungsfunktionärs war, mit dem Ben noch viel Ärger haben würde, wie er meinte. Andererseits sah er gerade gar nicht nach Ärger aus, im Gegenteil. Er hatte sich groß in Schale geworfen, tatsächlich mit Frack und Zylinder, ich war fast hinten übergekippt, als er mich so vorhin abgeholt hatte. Auch Rosa war kurz die Luft weggeblieben, dann hatte er mir *„¡Como un queso!"* zugeraunt, was wörtlich

übersetzt ‚wie ein Käse', heißt, aber, soviel ich weiß ‚sexy und knackig' bedeutet. Ben jedenfalls strahlte von innen. Er wirkte glücklich und in sich ruhend, nicht mehr so gehetzt und getrieben wie zuletzt. Ich hielt seine Hand und himmelte ihn unverhohlen an, als mir plötzlich ein Gesicht in der Menge bekannt vorkam: Mit langen roten Handschuhen und roten Teufelshörnern auf dem Kopf schob sich der Drogenkurier vom Flughafen durch die Menge. Ich machte Ben auf ihn aufmerksam und hätte den Mann auch direkt zur Rede gestellt, aber Ben hielt mich zurück, ich müsse ja nicht die ganze Polizeiarbeit für sie machen, nachdem ich schon Issas geheimes Versteck für ihn gefunden habe. Als ich wieder in die Richtung sah, wurde der Teufel gerade von den zwei Beamten, die ich als Goméz und León kennengelernt hatte, verhaftet. Sie waren in ihren aberwitzigen rot-schwarzen Uniformen im Trubel gar nicht aufgefallen. Beide grüßten dezent zu Ben herüber, bevor sie den Mann abführten.
Die *comitiva fúnebre* erreichte in diesem Moment die Plaza de España. Die Klageweiber vorne mit ihren vom Weinen geröteten Augen setzten zu einem wimmernden Crescendo an. Die Sardine wurde auf den Scheiterhaufen gehievt und angezündet und mit einem ohrenbetäubenden Krachen und vom Jubel aller Beteiligten begleitet, explodierten die eingebauten Feuerwerkskörper und Leuchtraketen in der Luft.

„*La quema de preocupaciones*", flüsterte mir Ben ins Ohr, "die Beerdigung der Sardine, das ist auch so eine Art ‚Verbrennen der Bedenken', verstehst du?"
Allein das Flüstern an meinem Ohr bescherte mir eine Gänsehaut am ganzen Körper und entfachte ein inneres Feuerwerk, einem Fieber gleich. Statt einer Antwort, fiel ich ihm um den Hals, fing noch seinen fallenden Zylinder auf und warf ihn Rosa zu, der ihn aufsetzte und aus voller Überzeugung seinen Lieblingssong anstimmte:
" ¡Ay, no hay que llorar / Que la vida es un carnaval / Y es más bello vivir cantando!"

Ende

Personenregister

Evelyn Jakob, Archäologin, zu Besuch auf Teneriffa
Bentagay de las Casas, *Comisario* und Leiter der Einheit Kapitalverbrechen der *Policia Canaria* auf Teneriffa. weitere Mitarbeiter der Einheit Kapitalverbrechen:

Ignacia Ríos de Espinoza, Sekretärin
Rafael León Hernández, *Brigada*, auch genannt Crocket
Vicente Goméz García, *Sargento*, auch Tubbs genannt
Elene Ladesma Enriques, *Sargento*

Teresa Carreras Duque, Direktorin der *Órganos Directivos*
Marino Mantilla Gracían, genannt der **Schatten**, *Funcionario del Vicesecretariado General del Consejo de Gobierno Insular*
José Marcos Pozo de Garrucha, kurz Pozo, nennt sich auch Madame Rosa, suspendierter Polizist im Dienst von Mantilla
Antonio Barajas, *Inspector* der Unidad Central de Delincuencia Económica y Fiscal
Camilo Jiménez Ruiz, Einsatzleiter beim Roten Kreuz
Doktor Martinez, Leiter des Instituts für Rechtsmedizin

Madrigal, Drogenkurier
Malte Voß, Surfer und Aktivist
Sascha und **Sissi**, Freunde von Malte
Prof. Delgado Soller, emeritierter Professor für Archäologie an der Universität von la Laguna

Yoshi Konstantinowitsch Kurassow, Inhaber des Bootsverleihs ‚Hemingway'
Tim Zokora, Skipper, arbeitet für Kurassow
Chrissy, Touragentin bei Kurassow

José Torreón Abrigo Bauunternehmer und Inhaber der Firma Torreón Construcciones S.A.
Beat und Gritli Achberger, Schweizer Ehepaar mit einer geräumigen Finca auf Teneriffa

Maria Hernandez Mondeo, Bens Mutter
Professor Dr. Alexander Jakob, Evelyns Vater (nur am Telefon)

Issa Touré, Geflüchteter aus Mali
Eyadou Hamid, Geflüchteter aus Mali und Cousin von Issa
Iyanla Ndah, Geflüchtete aus Nigeria und Yoruba Priesterin

Rumer Enyeama, Geflüchtete aus Nigeria
Ife Alaba, Geflüchtete aus Nigeria
Taneesha Boniface, Geflüchtete aus Nigeria
Becca Yobo, Geflüchtete aus Nigeria, gestorben vor Teneriffa
Jenifa Osimhen, Geflüchtete aus Nigeria, gestorben vor Teneriffa
Olabisi Moffi, Geflüchtete aus Nigeria, gestorben vor Teneriffa
Nilaja Quaison, Geflüchtete aus Nigeria, gestorben vor Teneriffa
Ayo Iwobi, Geflüchtete aus Nigeria, gestorben vor Teneriffa
Owie Alagbé, hochschwangere Geflüchtete aus Benin
Amen Alagbé, Geflüchteter aus Benin und Ehemann von Owie
Aly Mané, Fischer und Geflüchteter aus dem Senegal
Lucambré Sané, Fischer und Geflüchteter aus dem Senegal
Ibrahim Diouf, Fischer und Geflüchteter aus dem Senegal
Sowande Musiala, Geflüchteter aus Nigeria, gestorben vor Teneriffa
Abiola Onisiwo, Geflüchteter aus Nigeria, gestorben vor Teneriffa
Babafemi Saka, Geflüchteter aus Nigeria, gestorben vor Teneriffa
Azagba Yeboah, Geflüchteter aus Benin
Inegbedion Adéoti, Geflüchteter aus Benin
Ediresa Kanu, Geflüchteter aus Gambia
Malik Essien, Geflüchteter aus Gambia
Alaji Okocha, Geflüchteter aus Gambia
Sheikh Touré, Geflüchteter aus Gambia
Yaya Drogba, Geflüchteter aus Gambia
Tijan Weah, Geflüchteter aus Gambia
Bankole Aiyegbeni, Geflüchteter aus Nigeria
Dada Oliseh, Geflüchteter aus Nigeria
Efunsegun Amokachi, Geflüchteter aus Nigeria
Olabukonola Mikel, Geflüchteter aus Nigeria
Abayomi Amunike, Geflüchteter aus Nigeria
Akin Balogun, Geflüchteter aus Nigeria
Boubacar Kanouté, Geflüchteter aus Mali
Abdu Keita, Geflüchteter aus Mali
Salifa Diarra, Geflüchteter aus Mali
Mamudu Dieng, Geflüchteter aus Mali
Omar Traoré, Geflüchteter aus Mali
Ousman Sissiko, Geflüchteter aus Mali

Freunde und Mitbewohner von Issa:
Ngolo aus Mali, **Jamal** und **Memphis** aus Nigeria

Playlist

Sastanàqqàm, Tinariwen, Musik/Text: Abdallah Ag Alhousseyni
© [PIAS] Recordings

Willkommen, Bienvenue, Welcome, Joel Grey,
Musik: John Kandler, Text: Fred Ebb © UMG Recordings, Inc.

Besame mucho, Cesária Evora, Musik/Text: Consuelo Velasquez
© Lusafrica

I Put a Spell On You, Nina Simone,
Musik/Text: Screamin' Jay Hawkins © Philips Records

Guantanamera, Celia Cruz, Musik/Text: Joseito Fernandez, Julian Orbom, Pete Seeger, José Martí
© Craft Recordings, a Divison of Concorde Music Group, Inc.

La Negra Tomasa, Compay Segundo, Musik/Text:
Trad./Guillermo Rodríguez Fiffe © dro eats west

Volver, Estrella Morente, Musik/Text: Alfredo Le Pera,
Carlos Gardel © Parlophone Music, Spain, S.A.

Wandern, Funny van Dannen, Musik/Text: Funny van Dannen
© JKP GmbH & Co. KG

La Cumbia di Chi Cambia, Jovanotti, Bomba Estéreo, Musik:
Adriano Celentano, Text: Jovanotti © Universal Music Italia srl

Chicharrero de Corazon, Himno Tradicional de Tenerife

Santa Cruz en Carnaval, Billo Frómeta, Billo's Caracas Boys,
Musik/Text: Augustín Ramos, D. Rodriguez
© Billo's Caracas Boys / Dinastia INC

Yo Soy La Muerte, El Gran Combo de Puerto Rico
© Cartagena Enterprizes, Inc.

Siempre Me Quedará, Musik/Text: Maria Nieves Rebolledo
(Bebe) © Parlophone Music Spain, S.A.

Los Muchachos de Mi Barrio, Chambao, Musik/Text: Maria Del Mar Rodriguez, Daniel Casañ, Edoardo Casañ © Sony BMG Entertainment España

Let Her Go Into The Darkness, Jonathan Richmann, Musik/Text: Jonathan Richmann © Rounder Records a Division of Concord Music Group, Inc.

Tu cariñito, Luisito Ayala e la Puerto Rican Power, Musik/Text: Miguel Diaz © Musical Productions

Loca, Shakira, El Cata, Musik/Text: Shakira, Dizzee Rascal, Pitbull, Edward 'El Cata' Bello, Ñejo © Sony Music Entertainment (Holland) B.V.

Pégate, Ricky Martin, Musik/Text: Ricky Martin, Roy Tavare, Tommy Torres © Sony Music Entertainment UK Limited

La Vida Es un Carnaval, Celia Cruz, Musik/Text: Victor Roberto Daniel © Machete Music

Guantanamera (Guajira), Zucchero, Musik/Text: Joseito Fernandez, italienischer Text: Zucchero Sugar Fornaciari © Universal Music Italia Srl

Fever, La Lupe, Musik: Eddie Cooley, Otis Blackwell, Peggy Lee, Text: Eddie Cooley, John Davenport © Craft recordings a Division of Concord Music Group, Inc.

Die Playlist ist auf Spotify abrufbar:
https://open.spotify.com/playlist/3CKzQeaMBPyE775Q4wxaxE?si=ec7011dd35754fcc

Danksagung

Vielen Dank an Kerstin Müller für das sehr ermunternde Lektorat.

Vielen Dank an Nina Johannsen, die sich auf unseren Stadtspaziergängen immer meine Geschichten angehört hat und an Jonas Winner, der das noch viel öfter getan hat.

Vielen Dank an Hendrik für - trotz allem - einträchtige Diskussionen über Weltpolitik, an Tayfun Emrem für seinen frischgepressten Ingwershot mit Chilipulver und an Ulli, die ihn mit mir trinkt.

Ich danke Wolf Haas, Francesca Melandri, Joachim Meyerhoff, Katja Oskamp, Tana French, Navid Kermani, Gary Shteyngart, Chimananda Ngozi Adichie und Irene Dische für tolle Literatur.

Und meinem Papa † für den etwas anderen Blick auf Alles, seine Wortschöpfungen und sein Faible für Spanien.

Besonders vielen Dank an meine Mutter, meine Großmutter † und meine Tochter.